徒然草の誕生

中野貴文

徒然草の誕生

中世文学表現史序説

岩波書店

目　次

序章　「随筆」という陥穽

『徒然草』を「随筆」に属するものと見なす弊害について、先行研究が指摘してきた内容を確認することから始めよう。その際にまずあげられるべきは、稲田利徳氏の卓論「『徒然草』における兼好のジャンル意識（1）」をおいてあるまい。氏は『徒然草』を随筆と呼ぶにふさわしい内容と構成を備えていると認めた上で、随筆としてはいささか不自然な点が目につくとして、幾つかの違和感を指摘する。すなわち、兼好が当代随一の歌人でありながら和歌に関する言及が極端に少ないこと、自身の体験を記録的に記した章段も非常に少ないこと、鎌倉末期の政治情勢や事件などに関する話もほぼ皆無であること等であり、以上から、兼好が「明確なジャンル意識を有し、新しいジャンルの作品の創造を企図していたのではないか」という仮説を提示している。

氏は終わりに、「結果的に「徒然草」は、連想を核とした絶妙な章段配列にも支えられながら、日本の文学史上、従前に類をみない、魅力的な「随筆」作品の出現となった。ジャンル意識を明確にして執筆したことが、新しいジャンルの作品を誕生させた」とも指摘しているが、これらに一貫するのは、『徒然草』という作品が、文学史上全く「新しいジャンル」に属するものであるという認識に他ならない。カッコつきで「随筆」と表記したのも、その新しさを強調するためでもあったろう。既に「随筆」というジャンルが浸透・定着している中で、同様の執筆行為に及んだのではない。事は逆で、『徒然草』という全く新しい達成があり、それを受けて、後にこれとやや似た性格（それは主に、雑多な内容を筆にまかせて書く、といったところであったろう）を有する諸作品が、一括して「随筆」と呼ばれるようになったのである。(2)

もう一つ稲田論文と同様に、『徒然草』の文学史的な新しさを「随筆」というジャンルの問題とからめて論じているのが、三木紀人氏の「徒然草の成立」(3)である。論文表題も示す通り、同論は『徒然草』の成立年次に関する研究史の整理に紙幅の多くが費やされているが、論の後半、兼好の執筆動機に筆が及んだところで、この作品の有するユニークさが俎上に載せられる。三木氏は兼好に強い執筆への衝動があったとした上で、「その衝動と過不足なくつり合う既成の型はなかなか見つからなかったであろう。結局彼が実現するのは「随筆」の範型といってもよいものである」と述べる。ここでも『徒然草』がそれ以前の文学史の中に類例を見ない「新しい」作品であること、その「新しい」作品は、結果的に後代の我々が認識するところの「随筆」に近いものであったこと、以上二点が言及されている。同論はさらに続けて、重要な指摘に及ぶ。やや長いが全文引用したい。

これを随筆と呼んでしまえば話は簡単だが、考えてみれば、「随筆」とは、様式から各様のあり方でもっとも遠い作品群を便宜的に呼ぶ称にすぎず、なにがしか「その他」というのに似ている。この便利な用語は、むしろ、徒然草の形態のユニークさからわれわれが感ずべき驚きを失わせてしまったのではなかろうか。

いったいジャンルという概念は、複数の作品を一つの括りに収めることによって、それらの間にある種の共通性があることを宣言するもの、さらにいえばAという作品とBという作品とが、何かしら似ていることを示すものであろう。『徒然草』のジャンル論を厄介にしているのは、同時代やそれまでの時代において、これとよく似た作品を容易には見出し難い点にある。三木氏が指摘する通り、我々は『徒然草』を「随筆」と呼ぶことで、これを「その他」として扱おうとしてきたのだ。中世の作品でありながら、説話でも軍記でも歌書でもない、「その他」である。そして、さすがに「その他」と呼ぶわけにもいかず、「随筆」というジャンルに押し込めることによって、半ば強引に理解し(たつもりになっ)てきた[4]に過ぎまい。「随筆」とは、まさしく「便利な用語」であった。

しかし、以上の見通しが正しいとすれば、『徒然草』を「随筆」と呼ぶことは、仮にこの作品がいわゆる「随筆」に近しいものであったとしても、大きな問題を孕んでいよう。一つには両論文が指摘している、『徒然草』の持つ「新しさ」「ユニークさ」を、我々の認識から奪ってしまうこと、そしてもう一つは、既存に無いジャンルのものを作り出すときに必ず生じざるを得ない作り手の創意工夫や葛藤を忘れ、本当に筆の赴くままに書いたものだと誤解することである。

ならば『徒然草』は「随筆」ではなく何なのかという点が、改めて議論されなければならない。右に述べた通り、ジャンル論の根底にあるのは、よく似た作品を見つけて両者の共通性を指摘することであろう。『徒然草』においてしばしば比較されてきたのは、三百年以上前に記された『枕草子』、および百年以上前に記された『方丈記』であった。中学・高校の教育現場では、今なお「三大随筆」として教えられていることもある。

しかしながら、これまでにも指摘のある通り、これらを『徒然草』と近似した作品として他の書物から切り離す見方は、妥当性を欠くものといわざるを得ない。中でも『方丈記』は、『池亭記』などに連なる「閑居」を舞台とした「一連の「記」作品を、文学的先蹤として、もつ[5]」ものであること、ほぼ定説であろう。

一方、これは後ほど第一篇第一章でも触れることになるが、『枕草子』は中世後期以降、しばしば『徒然草』と並べられて把握されてきた[6]。だが、これに「随筆」というジャンル定義が与えられるのは近世の国学者の出現まで待たねばならず[7]、『枕草子』にしても『方丈記』にしても、これらが「随筆」と呼ばれるのは畢竟、一見よく似た作品をすぐには見出し得なかったがため、「その他」という括りに放り込んだためでもあったろう。

もちろん、それでもなお「随筆」という同一のジャンルの中に収める以上、『徒然草』とこれら二作品との共通性を論じることは、研究史上盛んに行われた。『方丈記』との関係でいえば、両者に通底する(と想定された)「隠者文学」「無常観」なるものの検討が盛んになされ、それは一時期、中世文学の本質を語ることにつながると見なされることすらあった。このことは例えば、以下にあげたような文章から察することができるだろう。

中世文学会が創設されたのはこうした研究史的状況の中であったから、初期には中世文学の特質や上下限などがしばしば正面から取り上げられて、講演や討論会(シンポジウム)のテーマとされた……やや乱暴に言えば、「新古今」から「徒然草」を経て世阿弥に至る系列に視点を置く西尾氏と、前述のようにそれでは不十分とする、更にわれわれの先入観による増補もあろうが、ある時期には軍記・説話・狂言などにウェイトを置いておられたかに見える永積氏との見解の相違を、われわれは半ば無責任に「幽玄・非幽玄論争」などと呼んだものであった。(8)

いま、われわれのなかに保たれている中世的なものは何であるか。言語性に関し、様式性に関し、その思惟性に関し、その類同性において捉えるとき、それは、われわれの文語文として生きのこっている、いわゆる和漢混淆体であり、われわれの日本的な文化様式として生きのこっている、いわゆる「さび」であり、さらに、われわれの世界観の基調をなしているとせられている、いわゆる無常観であるとしてよいであろう。(9)

田中貴子氏(10)が説くように、一九六〇年代頃の中世文学研究は、「中世的なるもの」「中世文学の本質」とは何かを考究するという明確な志向を持っていた。そしてかかる問いに対する有力な解答候補が「無常観」であり、その「無常観」を最も見事に表現した(と思われた)作品の一つが『徒然草』であった。このような学問的思潮の中で、『徒然草』は研究対象として「特権化」されることとなった。「特権化」という表現が強すぎるのであれば、「過剰に期待されていた」と言い換えても構わない。この時期、『国文学 解釈と教材の研究』『国文学 解釈と鑑賞』の両誌は、ほぼ毎年何かしらの形で、『徒然草』あるいは「無常観」「隠者文学」に関する特集を用意していたほどである。

その後、中世文学研究の質的・量的な進化変容の過程で、「無常観」を論じる研究は急速に減少していく。そして『徒然草』も、「中世」さらには「文学」という概念そのものが揺さぶられた近年の研究史の潮流の中、その本質を問い直されることなく、放置されてしまった。『徒然草』は随筆でないなら、では何であるのかという問題も、十分に論じられないまま今に至っているのである。

一方『枕草子』との関係に関しては、基本的に両者の間に深いつながりを認める方向で議論が重ねられた。とりわけその根拠となったのが、両者の序跋文の近似である。

この草子、目に見え心に思ふ事を、人やは見むとすると思ひて、つれづれなる里居のほどに、書きあつめたるを、あいなう人のために便なき言ひ過ぐしもしつべき所々もあれば、よう隠しおきたりと思ひしを、心よりほかにこそ洩り出でにけれ。

（『枕草子』三巻本・跋文）

つれづれなるままに、日ぐらし硯に向かひて、心にうつりゆくよしなしごとをそこはかとなく書き付くれば、あやしうこそ物狂ほしけれ。

（『徒然草』序段）

右の如き表現の類似に加え、両者の形態的な近さを指摘した『正徹物語』、

つれづれ草のおもふりは清少納言が枕草子の様也。

（上・七四）

枕草子は何のさまともなく書きたる物也。三冊有る也。つれづれ草は枕草子をつぎて書きたる物也。

等を根拠に、『徒然草』は『枕草子』の影響を受けて成立した作品、随筆文学の史的系譜に連なるものという認識が定着しているように思える。（下・二二）

しかし、両者の間には三百年余の時間的懸隔が横たわっていることを看過すべきではない。また前掲の序跋の類似にしても、荒木浩氏[11]が指摘している通り、『龍鳴抄』や『雑秘別録』、『阿仏の文』など、それに近しい序跋を有する作品を他に幾つもあげることができ、両者のみの近似とするわけにはいかない。そもそもたった二つの作品を以て一つのジャンルが成立し、史的系譜などというものが生まれ得るのだろうか。以下本書では、如上の研究状況に鑑み、従来『枕草子』との類似性にばかり関心が傾きがちであった『徒然草』を、中世文学史の史的な動態の中に位置付け直すことを試みたい。

随筆と呼ばれることで『徒然草』は、中世文学史の史的動態から浮き上がった存在として把捉されることになった。しかしながら、『徒然草』のみが特殊な達成を果たした傑作だと認識することは、この作品の本質を見誤らせるものでしかあるまい。前述した「新しさ」「ユニークさ」も、突然一人の天才によって編み出されたものではなく、長い文学史的な蓄積が、この時代に必然的に湧出したものととらえるべきではないか。随筆ではなく何であるのかという点を、同時代の様々な文学作品(その範囲は急速に広がっている)との関係の中で、不断に問い続けることが求められるはずである。以下本書中では、『龍鳴抄』などの芸道の書、『阿仏の文』などの消息に近いテクスト、『源氏物語』やそれから大きな影響を受けて生まれた中世王朝物語、語りの場を仮構した『大鏡』や『無名草子』等々、多くの作品を取り上げ、それらと『徒然草』との関係を考えることで、『徒然草』という厄介な存在に近づくことを目指す。[12]

もう一度だけ繰り返しておこう。随筆であるという先入観は、ために『徒然草』を兼好という一個人の思想が表出されたものであるという前提を、読み手の間に植えつけてしまった憾みがある。なまじ、兼好という執筆者の存在が明らかになっていることも加わって、まるで近現代の随筆のように、筆者が自由に筆を揮ってその思想・心情を開陳したものであるというのである。しかし、近代以降と異なり随筆というジャンル自体が未分化な時代において、なぜこのような執筆行為が可能であったか、改めて問い直されなければなるまい。

そもそも、筆の赴くままに書き記したとして、内容・文体ともにこのようなテクストになるであろうか。いや、それ以前に、筆の赴くままに書き記すとはいったいいかなる営みなのか。ジャンル論に限らず従来『徒然草』の研究は、兼好という歴史的実体としての執筆者の存在が明らかになっていただけに、常にそれと結びつける方向で進められてきた。だがそれらをいったん取り外し、『徒然草』の内容に文学史的な必然を認めることで、新たに議論すべきことが幾つも見出されるのではあるまいか。本書は如上の予感に導かれてなされた、同テクストに対する新たな読みの試みである。

（1）『岡山大学教育学部研究集録』平成八年一一月号、後に『徒然草論』（笠間書院、平成二〇年一一月）に収載。

（2）それに伴い『徒然草』を「随筆」（の祖）と見なす認識も定着していく。近世・近代にかけての如上の経緯に関しては、朝木敏子「徒然草の近代――文学史記述をめぐって――」（糸井通浩編『日本古典随筆の研究と資料』龍谷大学仏教文化研究叢書19、思文閣出版、平成一九年三月）等を参照のこと。

（3）『国文学　解釈と鑑賞』昭和四五年三月号

（4）稲田利徳「随筆文学研究の軌跡と展望――『方丈記』『徒然草』研究の争点を中心に――」（中世文学会編『中世文学研究の三十年』昭和六〇年一〇月）も、「むしろ、確固たるジャンル論のなりたつものから逸脱したものを、随筆文学という枠で括ろうとする傾向さえも窺える」と指摘する。

（5）　下西善三郎「『方丈記』論――『池亭記』取りを軸として――」（『国語国文』平成四年二月号、後に『西行 長明 受容と生成』〈勉誠出版、平成一七年一二月〉に収載）。この他、島津忠夫「和歌・連歌をめぐる随筆集」（『国文学 解釈と鑑賞』平成六年五月号）も、「漢語としての「随筆」とは筆にまかせて何となく書き留めておくものであって、本来構成などはない。『方丈記』は漢文の「記」の文体を仮名文で書いたもので、「方丈」の「記」である」と述べる。

（6）　むしろ菊地仁「随筆」（『枕草子大事典』勉誠出版、平成一三年四月）が述べるように「日本における《随筆》概念の成立とは、『枕草子』と『徒然草』とを同じ系譜に位置づける意識と表裏一体であった」と見るべきであろう。

（7）　津島知明「「随筆文学」以前」（『叢書 想像する平安文学』第一巻〈勉誠出版、平成一一年五月〉、後に『動態としての枕草子』〈おうふう、平成一七年九月〉に収載）など。鈴木日出男『連想の文体 王朝文学史序説』（岩波書店、平成二四年一一月）も、「『枕草子』は、今日では随筆文学の代表作とみられているが、当時においては随筆などという文学形態などなく、これの前にも後にも同様の作品などはない」と指摘する。

（8）　福田秀一「中世文学研究と中世文学会――中世文学会の三十年をふり返って――」（中世文学会編『中世文学研究の三十年』昭和六〇年一〇月）

（9）　西尾実「日本文芸史における中世」（『文学』昭和二三年八月号）

（10）『中世幻妖』（幻戯書房、平成二二年六月）。かかる傾向が学問的に見直された今、その「反動」とでもいうかの如く、これらの研究は「流行」していない。本文中にあげた両誌が、ともに既に休刊となっていることも、この流れと無縁ではないだろう。

（11）　「心に思うままを書く草子――徒然草への途――（上）」（『国語国文』平成元年一一月号、後に『徒然草への途 中世びとの心とことば』〈勉誠出版、平成二八年六月〉に収載）

（12）　「そもそも本作品の魅力と不幸は、『徒然草』という歴史的実存やジャンル的呼称さえ定位できない、という点にある」（荒木浩「稲田利徳著『徒然草論』」（『岡山大学 国語研究』平成二二年三月号）。

第一篇　『徒然草』「第一部」の始発——「消息」という方法

第一章　「消息」の時代
――中世文学史のなかの『徒然草』

はじめに

つれづれ草のおもふりは清少納言が枕草子の様也。（上・七四）

枕草子は何のさまともなく書きたる物也。三冊有る也。つれづれ草は枕草子をつぎて書きたる物也。（下・二二）

はたしてそれほど似ているであろうか。『枕草子』と『徒然草』のことである。右にあげた『正徹物語』の一節は、古典史上『徒然草』について触れられた最も早い例として、つとに知られた箇所である。正徹は『徒然草』というテクストの史的位置を、『枕草子』に連なるものとして把握した。「つぐ」という表現からは、両テクストを一本の文学史的連続の中でとらえようとする、正徹の意図が読み取れよう。正徹の把握が今なお支持を得ていることは、両テクストが「随筆」という文学ジャンルに属するものとして一括して論じられていることからも明らかだ。

しかしながら、この二つのテクストの間には、三百余年に及ぶ時間的懸隔が横たわっている。正徹以来の把握は、このことを余りに軽視し過ぎているのではあるまいか。確かに『徒然草』が、特に内容の雑多性という面において、

『枕草子』との近似性を有していることは疑いあるまい。加えて、その執筆において兼好自身が『枕草子』を念頭に置いていたことは、

言ひ続くれば、皆源氏の物語、枕草子などにこと古りにたれど、同じことは今さらに言はじとにもあらず。

という第一九段の一節からも疑いない。しかしこれらのことをもって、『徒然草』の文学史的な位置付けを『枕草子』の後継という一点のみに求めるのは、本当に妥当なことであろうか。この二つのテクストの間にはあまたの執筆行為が存在し、その過程で形成された文学史的な動態こそが、『徒然草』というテクストを生み出す背景となったのではなかったか。『枕草子』という一見近しいテクストの存在が、『徒然草』の史的背景を問うという学問的追求から、我々をかえって遠ざけてしまったように思われる。

結果序章でも述べた通り、『徒然草』は文学史的に孤立した存在となった。しかし、そもそも『徒然草』とはいかなるテクストなのか、院政期以降の文学史的な蓄積を考慮に入れ、その特質を追及する必要があろう。本書は以上の問題関心に基づいて、『徒然草』の文学史的性格の再検討を目指すものである。このことは同時に、「随筆」という極めて曖昧なジャンル定義から、『徒然草』を解放することでもあるに違いない。

兼好は誰にも似てゐない。よく引合ひに出される長明なぞには一番似てゐない。彼は、モンテエニュがやつた事をやつたのである。モンテエニュが生れる二百年も前に。モンテエニュより遥かに鋭敏に簡明に正確に。文章も比類のない名文であつて、よく言はれる枕草子との類似なぞもほんの見掛けだけの事で、あの正確な鋭利な文体は稀有のものだ。(1)

一

では、『徒然草』はいったい何に似ているのであろうか。様々な古典テクストをひもといてみても、これほど雑多な内容と多様な文体を持つものは見あたるまい。正徹以降、『枕草子』との近似性ばかりが語られてきた所以である。しかし、その内容と文体の多様性は、『徒然草』の全編を通じて等しく現れるものでは、実はない。序段から第三十数段辺りまでは、文体・内容ともに同質の部分が目につくのである。

まずその文体に着目すれば、つとに指摘されているように「ぞ」「こそ」などの係助詞が頻出し、「いみじ」「あはれ」などの形容詞・形容動詞を係結びで結ぶ形が、繰り返し用いられる。(2) しかもそれは、

いでや、この世に生れ出でば、願はしかるべきことこそ多かめれ。　(第一段)

世は定めなきこそいみじけれ。　(第七段)

いづくにもあれ、しばし旅立ちたるこそ、目覚むる心地すれ。　(第一五段)

神楽こそなまめかしく、おもしろけれ。　(第一六段)

おりふしの移り変るこそ、物ごとにあはれなれ。　(第一九段)

などの如く、各段の冒頭の一文に目立って現れるのである。この間、後の章段に散見するような硬質な漢文体や王朝物語的な文体などは、一切見られない。このことは、序段から三十数段までの一群が、『徒然草』全体とは異なった性格を有していることを物語っていよう。

この一群は、はやく西尾実氏が指摘した、いわゆる「徒然草第一部」にあたるものである。すなわち『徒然草』は、「第三十段あたりまで」と「第三十一段以後」とではその無常観に「推移、いわば詠嘆的無常観から自覚的無常観へとでもいうようなものがある」という認識であり(3)、成立論ともあいまって、『徒然草』研究における中心的な課題の一つであった(4)。

この「第一部」論の詳細やその後の展開については、本書のテーマからは外れるため、改めて取り上げることはしない。確かに、西尾氏の指摘は直観によるものではあるが、右に見た文体特性の偏りや、稲田利徳氏が指摘するように、「説話的章段や有職故実的章段を盛り込む意図はなかった(5)」と思われる点などから、「第一部」を『徒然草』において特殊な性格を有する一群として扱うことは、妥当であると稿者も考えている。

では、この「第一部」は、いかなる文学史的位置付けにあるのであろうか。これまで、この「第一部」を中世の文学史的な動態の中で論じようとした試みは、ほとんどなされていない。逐段執筆を前提とすれば、「第一部」はいわば「原徒然草(6)」とも呼ぶべき存在である。何とも「似てゐない」『徒然草』全体とは異なり、この部分のみであれば、共通する性格を有する他のテクストを指摘し得るのではあるまいか。

そこで「第一部」の内容面に目を転じよう。文体面と同様に内容・構成の面においても、この一群には際立った特徴が認められるのだ。ほとんどの章段において、まずテーマが掲げられ、続いてそれに対する兼好の意見・感想が述べられるというパターンが徹底されていることに気付かされる。例えば第一段は、

　人は、かたち有様のすぐれ、めでたからむこそ、あらまほしかるべけれ。

と見えるように、兼好の考える人としての理想が説かれている。第二段でも

　いにしへの聖の御世のまつりごとをも忘れ、民の愁へ、国の損なはるるも知らず、よろづにきよらを尽していみじと思ひ、所せきさましたる人こそ、うたて思ふ所なく見ゆれ。

とあり、好ましくない為政者像が語られている。さらに第三段の主題は「色好み」、第四段は「後世」、第五段「遁世」、第六段「子孫」と、語られる対象こそ様々だが、兼好の主観的見解が、ほぼ同じテンポで記されていく点は変わりないのである。

安良岡康作氏が「自己の感想・感動を素直に、または卒直に表現している[7]」と指摘した如く、自らが掲げた主題に対して、逐一意見を述べることに主眼が置かれていたことは間違いない。前述の係結びの多用も、如上の内容的特性と必然的に結びついていた文体であったと見なせるだろう。

このような「第一部」の特徴を、朝木敏子氏は「物定め」という用語で把握し、『無名草子』をはじめとする「言談の場」との共通性を指摘している[8]。いわく、このような議論・評論の展開は、『源氏物語』の雨夜の品定め以来のものであり、『宝物集』や『無名草子』などに代表される、一連の「場の物語[9]」とも共通するというのである。確かに、この一群は「語るように」書かれている。「第一部」の文学史的特性に言及した卓見であり、首肯されよう。

実際、女房日記や物語などをひもとくと、穏やかな日常を描いた場面に、第一段の如き発言を見出すことができる。

　しめやかなる夕暮に、宰相の君と二人、物語してゐたるに、殿の三位の君、簾のつま引きあけて、ゐたまふ。年のほどよりはいとおとなしく、心にくきさまして、「人はなほ、心ばへこそ難きものなめれ」など、世の物語

しめじめとしておはするけはひ、をさなしと人のあなづりきこゆるこそ悪しけれと、恥づかしげに見ゆ。

『紫式部日記』冒頭近くの一節である。式部は同僚の「宰相の君」と「しめやか」に「物語」をしていた。そこに加わった頼通による「人はなほ」の言は、『徒然草』第一段と明らかに近似していよう。(10)

あるいは朝木氏の指摘する、かの雨夜の品定めにおける左馬頭の語る女性論、

つれづれと降り暮らして、しめやかなる宵の雨に、殿上にもをさをさ人少なに、御宿直所も例よりはのどやかなる心地するに……ただひとへにものまめやかに静かなる心のおもむきならむよるべをぞ、つひの頼みどころには思ひおくべかりける。あまりのゆゑ、よし、心ばせうち添へたらむをばよろこびに思ひ、すこし後れたる方あらむをもあながちに求め加へじ。　（「帚木」55、65）

なども想起されてくる。

すなわち『徒然草』第一段の言説は、頼通や左馬頭らの語りと近しいのではないか。左馬頭たちのように、極めてくつろいだ状態でなされる日常のお喋り・友人との対話に近い性格を有していたと考えられるのである。

しかしながら、朝木氏自身が指摘しているように、『徒然草』は語りのための「具体的な場の描写＝額縁形式」(11)を持っていない。加えて、はやく序段において象徴的に示されていたように、兼好自身がこのテクストを「硯に向かひて」「書き付」けたものであると認識していた。語るように「書かれていた」点を、看過すべきでない。

そもそも、「こういう女性が理想だ」などの如き、あえていってしまえば「戯れ言」は、本来、書記行為とは最も遠い存在ではなかったか。わざわざ筆を執る必然性がどこにも見あたらないからである。確かに「語る」ことと「書く」ことの間には、言葉によってなされる表出行為という共通点が存在する。しかし、両者の表出行為に要する労力は、決して同値ではないであろう。一般論ではあるが、「書く」ことは「語る」ことに比べ、相応の覚悟と理由を必

要としよう。少なくとも、今俎上に載せているようなお喋りの類いが、わざわざ机に向かい筆を執るといった、書記行為の有するあらたまった感じとは遠い存在であることは、認められるのではないか。それらは頼通たちがそうであったように、気のおけない面々と「しめやか」に「語る」ものだったに違いない。

『源氏物語』も『紫式部日記』も、確かにどちらも書記テクストではある。しかし、そこに記された理想の人間像についての言葉は、あくまでテクスト上の登場人物同士が口頭で交わしたものに過ぎない。それによって「しめやか」な語りの雰囲気を描出することが重要なのであり、むしろ書記テクストであることは執拗に隠蔽されているのだ。[12]

では、朝木氏の言葉でいう「物定め」という特性を有する書記テクストを、他に求められないであろうか。稿者は『阿仏の文』をはじめとする、消息に類するテクスト(以下、本書では「消息的テクスト」と呼称する)の存在を指摘したい。消息は自説開陳の絶好の媒体として、あまたの評論を生み出したと考えられるからである。次節、『徒然草』「第一部」の消息的性格について検討する。

二

遥かなる世界にかき離れて、幾年あひ見ぬ人なれど、文といふものだに見つれば、ただ今さし向かひたる心地して、なかなか、うち向かひては思ふほども続けやらぬ心の色もあらはし、言はまほしきことをもこまごまと書き尽くしたるを見る心地は、めづらしく、うれしく、あひ向かひたるに劣りてやはある。

これは「文」の性格について言及した、『無名草子』の一節である。確かに「文」すなわち消息は、「言はまほしきこと」を「書き尽く」すことを可能にする。それはおそらく、限定された読み手(宛先)との間で形成される私的な表現空間という設定、「ただ今さし向かひたる」という設定が、個人的な意見の開陳を許すからであろう。

例えば『紫式部日記』「消息文」は、「女性たちを批評する評論文」[13]であった。よく知られる

宮木の侍従こそ、いとこまかにをかしげなりし人。

和泉式部といふ人こそ、おもしろう書きかはしける。

清少納言こそ、したり顔にいみじうはべりける人。

などといった、女房の名前をまずあげてからなされる女房評の存在が、「消息文」の性格を雄弁に物語っていよう。ここにも「こそ」という係助詞が頻出していることを、あわせて確認しておきたい[14]。

さらに「消息文」は、右の如き同僚女房についての言及をまとめた一節として、

かういひいひて、心ばせぞかたうはべるかし。それも、とりどりに、いとわろきもなし。また、すぐれてをかしう、心おもく、かどゆゑも、よしも、うしろやすさも、みな具することはかたし。さまざま、いづれをかとるべきとおぼゆるぞおほくはべる。さもけしからずもはべることどもかな。

様よう、すべて人はおいらかに、すこし心おきてのどかに、おちゐぬるをもととしてこそ、ゆゑもよしも、をかしく心やすけれ。

それを、われまさりていはむと、いみじき言の葉をいひつげ、向かひゐてけしきあしうまもりかはすと、さは

あらずもてかくし、うはべはなだらかなるとのけぢめぞ、心のほどは見えはべるかし。[15]

などと、繰り返して人（女房）の心の有り様についての批評が記されているのである。[16]「かういひいひて、心ばせぞかたうははべるかし」などの一節は、前掲、頼通の発言を想起させるに十分であり、「消息文」の内容・文体が、日常の対話のそれと近似していたことがうかがわれるだろう。[17]

「消息文」は、書き手が読み手に語りかけるように言葉を続ける、日常の対話と近しい性格を有していた。無論両者の近似性は、前掲の雨夜の品定めの言葉との近似性も含めて、紫式部という同じ書き手の関心によるところが大きいのは確かであろう。[18]紫式部自身の関心が強く働いたからこそ、幾つかあったであろう頼通の発言の中から前掲のもののみが選び取られて、テクストに書き残されたのではないか。むしろあの場面全体を、物語的な虚構と見る視点も求められよう。

さらに、これは『紫式部日記』にとどまらない。例えば『毎月抄』や阿仏尼の筆になる『夜の鶴』といった歌論書の多くが、消息という形式によることで、様々なテーマに対する書き手の意見披瀝を試みていた。『夜の鶴』は、本歌取りの方法→和歌における不易流行→虚実の問題→歴代勅撰集の特色[19]などといったように、テーマを移しつつ評論が展開されている。消息は「思ひいでられ候ふかたはしを申し候」（『夜の鶴』序文）とあるように、一つの題目に縛られることなく、思いつくままに筆を運ぶことのできる媒体だったのである。

そして、この消息という媒体の性格を、最も鮮やかに示しているのが、『夜の鶴』と同じく阿仏尼による『阿仏の文』であったと思しい。詳細は本篇第三章に譲るが、同テクストは娘のために、宮仕えをする女房が身につけておくべき様々な心構えについて、書道→絵画→和歌→伶楽→人付き合いというふうに順にあげては、それぞれ個別に論じる構造を有していた。

御手などかまへてかまへてうつくしくかかせ給ひ候へ。

又絵はわざとたてたる御能までこそ候はずとも、人のかたちなどうつくしくかきならひて、物語絵など詞めづらしく作り出でてもたせおはしまし候へ。

などと見える如くである。『徒然草』「第一部」が、人としての理想（第一段）→為政者（第二段）→色好み（第三段）→後世（第四段）→遁世（第五段）→子孫（第六段）→無常（第七段）→色欲（第八段）→女（第九段）→家（第一〇段）、また書物（第一三段）→和歌（第一四段）→旅（第一五段）→音楽（第一六段）→仏道（第一七段）→富（第一八段）→四季（第一九段）→遁世（第二〇段）→雪月花（第二一段）→古き世（第二二段）→宮中（第二三段）→斎宮（第二四段）などといった具合に[20]、個別の項目をあげてはそれを論評していくことと、『阿仏の文』は極めて近しい。

しかも『毎月抄』や『夜の鶴』などとは異なり、『阿仏の文』のテーマは特定の芸道のみに限定されていない。例えば『夜の鶴』は、阿仏尼がとある貴顕に「歌よむやう教へよ」と頼まれたために、詠歌に関する幾つかの覚書について、消息体で語ったものである。もっとも、このような設定自体にも虚構の可能性を検討すべきであり、消息設定仮構の文学史なるものを構想してみたい誘惑にかられるが、今はおこう。

対して『阿仏の文』は、少なくとも和歌という一つのジャンルのみに筆が限定されることがない点、『徒然草』と近似する。兼好が、当時著名な歌人であったにもかかわらず、『徒然草』において和歌に言及することが少ないことも、ゆえにさして不審なことではない。和歌は論ずべきテーマの一つに過ぎないのだ。女房としての理想を説く『阿仏の文』と、人としての理想を説く『徒然草』「第一部」は、どちらも特定の分野に収斂しない、より普遍的な評論文だったのである。

仮に『徒然草』の「第一部」に消息的性格を認めることができるならば、同テクストが「語るように」書かれていたことも、納得されるであろう。『無名草子』が述べていたように、消息とは特定の宛先と、「ただ今さし向かひたる」ようにして書き記されるものだからである。前掲の『紫式部日記』「消息文」は、その末尾を

されど、つれづれにおはしますらむ、またつれづれの心を御覧ぜよ。また、おぼさむことの、いとかうやくなしごとおほからずとも、書かせたまへ。見たまへむ。

という一節で結んでいた。この「つれづれ」または「やくなしごと」という表現は、『徒然草』のあの著名な序文を想起させよう。あるいは、

つれづれにはべるままに、よしなしごとども、書きつくるなり。

という跋文を有する、『堤中納言物語』「よしなしごと」との近似性も、もっと注目されてよいのではないか。同テクストは弟子にあたる娘への師僧の消息という枠組みを持ち、そこでは高級な品から粗悪なものまで、山籠りに必要な事物を列挙しては、それぞれに関する書き手の感想を加えることが、内容の中心に据えられていた。

加えて、「第一部」の中では異質と思われる章段も、消息という点から説明し得るであろう。

神無月の頃、栗栖野といふ所を過ぎて、ある山里に尋ね入る事侍りしに……。

という一節からはじまる第一一段は、兼好の実体験を描いた、『徒然草』全体から見ても稀な章段の一つといわれている。主題を掲げ、それに対する兼好の私見を記していくという「第一部」の性格からは、一見すると逸脱している印象を受ける。

しかしこの第一一段は、

家居のつきづきしくあらまほしきこそ、仮の宿りとは思へど、興ある物なれ。

という一節にはじまる、第一〇段に続く位置に記されたものである点、無視すべきでない。ここで兼好は、「大方、家居にこそ、事ざまはをしはからるれ」と、住居はそこに住む人の心ばえを反映するものだと意見している。

かくてもあられけるよと、あはれに見るほどに、かなたの庭に、大なる柑子の木の、枝もたははになりたるが、周りを厳しく囲ひたりしこそ、少し事さめて、この木なからましかばと覚えしか。

と見えるように、木の周囲を囲むという行為に庵の主人の器のほどを見た第一一段が、前段からの発想的連続の下に記されたものであることは明らかだろう(21)。

そして、如上、筆の滑りから書き手自身の体験に筆が及ぶこと(22)は、他の消息的テクストにも散見することである。一つ例をあげるならば、『阿仏の文』に見える

はるのにしきも秋のたつたひめも、わが子のためにたちかさねんことをおもひ、まだひとへなる袖のうたたね、こころぐるしくて、さむきよにもゆかをあたためて、かたはらにふせまゐらせ、雪の光をかべにそむけるひかりとたのみて、あかすよなよなおぼえ候ひしにも……。

などの如き、書き手阿仏尼の回想とも呼ぶべき記載の存在が指摘できよう。しかも単なる回想ではない。愛娘というテクストの受け手と自分との思い出にまつわる内容であることは、かかる逸脱を許したのが、宛先が限定された消息という、テクストの性格ゆえであることを物語っていよう。『徒然草』第一〇段・第一一段に、読み手への意識を反映した「侍り」という対者敬語(丁寧語)が使われていることは、ゆえに決して偶然ではあるまい。それは『徒然草』

「第一部」が、消息と近しい存在であったことの証なのである。

しかし、近似する両者の間にも、やはり明確な差異は存在する。確かに『阿仏の文』は書き手の私見が連想的に並べられており、厳密な構成に基づく歌論・評論といった趣は薄い。前述したように、一般的な教訓から個人的回想へ筆が滑ることも間々あり、それらは読み手が娘であるというテクストの閉鎖性、私的性格により違和感を与えない。しかし、だからといって『徒然草』のように、主となるテーマが見出し得ないということはない。書き手(差出人)と読み手(宛先)との間で語られるべき内容はおおよそ決まっているのであり、そこから完全に離脱することは許されない。

対して『徒然草』は、様々なテーマが断片的に並べられ論じられていく。「第一部」では人としての理想から世の無常、果ては色欲に至るまで、幅広いテーマについて書き手の私見が展開されるが、その多様さは『阿仏の文』とは比較にならない。

そもそも兼好にとっての読み手とは、いったい、いかなる存在であったのであろうか。次節、「ただひとりあるのみぞよき」(第七五段)とうそぶいた兼好にとっての宛先について考えてみたい。検討されるべきは、雄弁に自己体験を語った直後の、第一二段である。

三

同じ心ならむ人としめやかに物語して、をかしきことも、世のはかなきことも、うらなく言ひ慰まれむこそうれしかるべきに、さる人あるまじけれど、つゆ違はざらむと向かひたらむは、ただひとりある心ちやせむ。

たがひに言はむほどのことをば、げにと聞くかひあるものから、いささか違ふ所もあらむ人こそ、「我はさやは思ふ」など、争ひ憎み、さるから「さぞ」ともうち語らはば、つれづれ慰まめと思へど、げには少しかこつ方も我と等しからざらむ人は、大方のよしなしごと言はむほどこそあらめ、まめやかの心の友には、遥かに隔つるところのありぬべきぞ、わびしきや。

「求めて得られない「心の友」への飢餓感」[23]あるいは「結局人間は孤独なのだという、寂しい結論に終わる友人論」[24]が記されたこの段は、よくいわれるように「兼好の文章としては珍しく論理が明晰でな」[25]く、歯切れの悪いものである。婉曲表現が多用され、全体に朧化された印象を受ける同段には、どこか他の「第一部」の文章とは異なる質感が漂っていることに、まず注意しておこう。

前節まで述べてきたように、『徒然草』「第一部」は、様々なテーマに対する兼好自身の意見を披瀝することを旨としていた。それらはまさしく、「をかしきこと」「世のはかなきこと」を「言ひ慰」む営みであったろう。前述の「物定め」というのも、畢竟、「心の友」から「げに」と同意してもらうことではなかったか。

しかしそれは本来、彼自身がはっきりと認識していたように、「同じ心ならむ人としめやかに物語して」なされる類いのものであったに違いない。消息による自説の開陳は、やはり代替手段でしかないはずだ。

にもかかわらず、兼好は「つゆ違はざらむと向かひたらむは、ただひとりある心ちやせむ」と、言談の場を否定してしまう。この部分の解釈について、落合博志氏は「つゆ違はざらむ「人」と向かひたらむ」の意とした上で、「要するに、もし考え方も感じ方も全て自分と同じ人と対話していたら、ひとりでいるのと変わらないのではないか、ということである」と解釈している[26]。確かに兼好は、自分と完全に「同じ心」の対話者の存在を想定していたわけではあるまい。これも落合氏が指摘している通り、続く第二段落で示されているような、互いが忌憚なく発言し、「反発

したり同感したりしながら相手と語り合う状況」を求めていたのだろう。これは例えば「第一部」中の第二一段、
ある人の、「月ばかりおもしろき物はあらじ」と言ひしに、又ひとり、「露こそなほあはれなれ」と争ひしこそ、をかしけれ。

このような状況を想定すれば外れまい。かかる論争の面白さは、確かに「つれづれ」を慰めるものであったろう。しかしながら兼好にとって、それはあくまで近似する感性・価値観の持ち主、第一二段の言葉でいえば「同じ心ならむ」「まめやかの心の友」同士の対話の場合のみに限られるものであったと思しい。例えば第一七〇段には、
同じ心に向かはまほしく思はむ人の、つれづれにて、「今しばし、今日は心閑かに」など言はむは、この限りにはあらざるべし。阮籍が青き眼、誰もあるべきことなり。

そのこととなきに人の来て、のどかに物語して帰りぬる、いとよし。

などと見えた。

もちろん「同じ心」の人以外との対話は、全く無駄というわけではあるまい。実際、第一二段はその後半部分で「つれづれ慰まめと思へど」と、一応、無聊は解消されることを示唆している。しかし、この一文が「思へど」と逆接で続けられていることが端的に示すように、真に心から通じあった者以外との対話は、結局は「わびしき」ものに終わってしまう。「同じ心」の人との物語でなければ、そこには共感が生じず、代わりにどうしても「争ひ憎」む心が生まれ、そうすると「閑か」で「のどか」な語りが失われるからであろう。

逆にいえば、この条件が満たされない限り、「語り」は無聊の慰めという役割を果たし得なくなる。結果、他人と意見衝突するくらいなら、無理に話などしない方がよい。かの『伊勢物語』(第一二四段)の著名な詠歌よろしく、

思ふこと言はでぞただにやみぬべきわれとひとしき人しなければ

という事態に陥るだろう。同じ第一七〇段の前半には、

人と向かひたれば言の葉多く、身もくたびれ、心も閑かならず。よろづこと障りて、時を移す、互ひのため、いと益なし。

と述べられていた。

現実には、前掲の条件を満たす「まめやかの心の友」を得られなかったためであろうか、[29]否、あるいはそう述べることによって、『徒然草』執筆という営為を弁解しようとしたと見るべきかもしれない、いずれにしても「つれづれ慰まめと思」って、兼好は硯に向かった。第一二段に序段と表現上の対応が見られることは、看過されるべきでない。第一二段は『徒然草』「第一部」の執筆という自身の行いを対象化し、正当化しようとしているのであり、その点において、他の章段とは著しく位相を異にする段なのだ。「第一部」中に繰り返された係結びによる強い言い切りという文体上の特徴が、第一二段に限っては認められないことも、同段の特殊性を文体面から裏付けるものといえる。「第一部」は、現実には得難い「同じ心ならむ」「まめやかの心の友」との対話の、ある種の代替行為と定義できよう。続く第一三段には

ひとり灯の下にて文をひろげて、見ぬ世の人を友とする、こよなう慰むわざなり。

と見える。この「見ぬ世の人」が「心の友」の謂であったことは、もはや説明不要であろう。『徒然草』「第一部」は、いうなれば、見ぬ世の人を宛先とした消息だったのだ。第一九段において兼好は、

思ふこと言はぬは腹ふくるるわざ、筆に任せつつあぢきなきすさみにて、かつ破り棄つべき物なれば、人の見るべきにもあらず。

と、自らのテクストが「人の見るべき」ものではないと宣言する。無論、韜晦めいた口吻であるとはいえ、兼好が現実の人を読み手として想定していない点を確認しておく。

この第一三段に見える「文」とは書物のことであるが、書かれたものが時間と空間を越えた対話を可能にするという点において、消息と重なるものがあろう。そもそも同じ「文」という言葉で概念化されていることの意味は大きい。消息と書物の間に、古代の人々が何かしら共通点を見出していたことを物語るものだからである。

このような「文」の性格について『無名草子』は、前掲の箇所に続けて以下のように述べる。(30)

何事も、たださし向かひたるほどの情ばかりにてこそはべるに、これは、ただ昔ながら、つゆ変はることなきも、いとめでたきことなり。

いみじかりける延喜、天暦の御時の古事も、唐土、天竺の知らぬ世のことも、この文字といふもののなからましかば、今の世の我らが片端も、いかでか書き伝へましなど思ふにも、なほ、かばかりめでたきことはよもはべらじ。

かような理解が、ひとり『無名草子』のみのものでないことは、

すべて文はいつもけなるまじきなり。あやしく見苦しきことなども書きたる文の、思ひかけぬ反古の中より出でたるにも、見ぬ世の人の心際は見ゆるものぞかし。

という、『十訓抄』「巻七ノ十五」の一節からも明らかである。

もちろん、文字によって記されたものが時を越えて読まれ続けることへの自覚は、兼好にもあった。

人静まりて後、長き夜のすさみに、何となき具足取りしたため、残しおかじと思ふ反古など破り棄つる中に、なき人の手習、絵描きすさみたる、見出でたるこそ、ただそのをりの心ちすれ。この頃ある人の文だに、久しくなりて、いかなるをり、いつの年なりけむと思ふは、あはれなるぞかし。（第二九段）

ここで、「文」が「なき人」を思い出させる契機となっている点に注意したい。およそ消息というものは、話したい相手が眼前にはいないという事実を、書き手にも読み手にも突きつけずにはおかないであろう。まして兼好の宛先は現実の人ではない。宛先としての相手は、実はいない。読み手たる「見ぬ世の人」は、所詮、兼好自身がその役割を演じていたものに過ぎない。まさしく、「つゆ違はざらむ」と向かい合っていたのだ。

序段・第一二段、そして第一九段と、兼好は頻繁に自らの行為について言及を繰り返す。強い自覚を伴ってなされる「見ぬ世の人」への消息執筆という「第一部」の営みは、兼好をして、実生活における孤独を認識せしめたのではなかったか。(31)

右にあげた第二九段をはじめ、「第一部」の後半は、「全般的にさらに感傷的で悲哀に満ちた(32)」文言が目立つようになる。

諒闇の年ばかりあはれなることはあらじ。（第二八段）

静かに思へば、よろづに過ぎにし方の恋しさのみぞ、せんかたなき。（第二九段）

人のなき跡ばかり悲しきはなし。（第三〇段）

今はなき人なれば、かばかりのことも忘れがたし。（第三一段）

その人、ほどなく失せにけりとぞ聞き侍りし。（第三二段）

繰り返される、「なき人」にまつわる表現。とりわけ第三一段は、

雪の面白う降りたりし朝、人のがり言ふべきことありて、文をやるとて、雪のこと何とも言はざりし返り事に、「「この雪、いかが見る」と、一筆のせ給はぬほどのひがひがしからむ人の仰せらるること、聞き入るべきかは。返す返すくちをしきみ心なり」と言ひたりしこそ、をかしかりしか。

と、生前に兼好が親しかったと思しき人にまつわる回想だけに、一層の興味を惹かれよう。稿者は、このような親しき者との別れが『徒然草』執筆の因であったと主張したいわけではない。「なき人」を特定することは難しいであろうし、そもそも、全て同一人物とも限るまい。

ただ、宛先を持たない執筆行為が、現実の孤独、すなわち親しき人の死・不在を逆照射することは、必然の帰結ではなかったか。自然、「過ぎにし方」の回想へと筆は傾くこととなる。「第一部」はここに至って、「物定め」から「筆による偲び」(33)へと転じたといってよい。

そしてここでも、消息が「なき人」を偲ぶ契機となっているのだ。「返り事」とあるように、「この雪、いかが見る」以下は、兼好の手許に残っていた「なき人」の消息反古であろう。第三一段は、第二九段を自己物語化したものともいえよう。兼好にとっては、まさしく「文」こそが、「なき人」との対話であったのだ。「文」を読み返し（第三一段）、また自ら「文」を記す（「第一部」）。そして「文」について語る。「第一部」後半には、「文」にまつわる文言が非常に目につくことを確認しておきたい。

この頃ある人の文だに、久しくなりて、いかなるをり、いつの年なりけむと思ふは、あはれなるぞかし。（第二九段）

手のわろき人の、憚らず文書きちらすは、よし。（第三五段）

「久しく訪れぬ頃、いかばかり恨むらむと、わが怠り思ひ知られて、言の葉なき心ちするに、女の方より、「仕丁やある。ひとり」など言ひおこせたる、ありがたくうれし。さる心ざましたる人ぞよき」と人の申し侍りし、さもあるべきことなり。（第三六段）

「文」について語ることは、いわば、テクスト自体の自己言及に他なるまい。「第一部」は擱筆を迎えつつある。

四

名利に使はれて、閑かなる暇なく、一生を苦しむるこそ、愚かなれ。

右の一節ではじまる第三八段は、利益や名誉を求めようとする考えを、徹底的に否定した段である。係助詞「こそ」で「愚かなり」という形容動詞を結ぶ強い言い切りの文体は、「第一部」の特徴をこの段も有していることを示していよう(34)。

しかしながら、その内容はこれまでの諸章段とは、全く異なっている。いや、これまで述べてきたことを、兼好自らが覆していると言ってもよい。

埋もれぬ名を永き世に残さんこそあらまほしかるべきに、位も高く、やむごとなきをしも勝れたる人とやいふべき。愚かにつたなき人も、家に生れ、時に遇へば、高き位に至り、奢りを極むるもあり。いみじかりし賢人・聖人も、身づから賤しき位にをり、時に遇はずしてやみぬる、又多し。ひとへに高き官位を望むも、次に愚かなり。

例えば右のように、兼好は、「高き位」を求めることを否定する。しかし第一段で

この世に生れ出でば、願はしかるべきことこそ多かめれ。御門の御位はいともかしこし。竹の園生の末葉まで、人間の種ならぬこそやむごとなき。一の人の御有様はさらなり、ただ人も、舎人など給はるきはゆゆしと見ゆ。その子、孫までは、はふれにたれど、なほなまめかし。

と、望ましい地位について雄弁に語っていたこととの齟齬を、我々はどう解釈すればよいだろうか。また、続く箇所で説かれる、

智恵と心とこそ、世にすぐれたる誉れも残さまほしきを、つらつら思へば、誉れを愛するは、人の聞きを喜ぶなり。褒むる人、譏る人、ともに世にとどまらず、伝へ聞かむ人、又々すみやかに去るべし。誰をか恥ぢ、誰に知られんことをか願はむ。誉れは又譏りのもとなり。身の後の名、残りてさらに益なし。これを願ふも次に愚かなり。

精神的充実、およびそれに対して他者評価を求めることの否定は、例えば、これも同じく第一段の

ありたきことは、まことしき文の道、作文、和歌、管絃の道、又有職に公事の方、人の鏡ならむこそ、いみじかるべけれ。

をはじめ、「第一部」における「物定め」の中で自らが説いた諸テーマの否定であり、同時に「物定め」という行為

自体の否定に他なるまい。

このような第三八段の性格を、島内裕子氏は、「まるで兼好ともうひとりの兼好による「対話劇」のような強い緊張を孕んだ展開」(35)と表現した。首肯される意見であろう。右にあげた箇所に

伝へ聞かむ人、又々すみやかに去るべし。

とあり、また続く箇所には

ただし、しひて智を求め、賢を願ふ人のために言はば、智恵出でては偽りあり。才能は煩悩の増長せるなり。伝へて聞き、学びて知るは、まことの智にあらず……まことの人は智もなく、徳もなく、功もなく、名もなし。誰か知り、誰か伝へん。

と見える如く、兼好は「伝ふ」という表現に拘泥している。「伝へ」ることの無意味さは、「見ぬ世の人」へ宛てて私見を述べ伝えようとした「第一部」の無意味さと重なろう。ここに至って、兼好は自分の執筆したテクストを、執筆という営みを、完全に突き放してしまっていると思しい。結果的に、それは跋文の様相を呈することになるはずである。三木『全訳注』の解説は、「総じて、序段に予告されたような作品世界からすると、よかれあしかれ説示性の強すぎる段で、とくにとりつくしまのないような結末は一つの作品の閉じめを思わせる」とし、島内裕子氏も前掲書において、同段の最後の一文、

迷の心をもちて名利の要を求むるに、かくのごとし。万事皆非也。言ふに足らず、願ふに足らず。

に対して、「最後の部分には、生きることの価値や心の依り所を見失い、一歩も前に進むことができなくなっている

兼好の孤独な姿があらわれている。このようにすべてを否定する境地からすれば、もはや徒然草をこれ以上書き続けること自体不可能といってよいだろう」、「徒然草がここで擱筆されてもおかしくはないほど、兼好は断崖絶壁に立たされている」として、『方丈記』の最末尾

　ソノトキ、心、更ニ答フル事ナシ。只、カタハラニ舌根ヲヤトヒテ、不請阿弥陀仏両三遍申シテ已ミヌ。

との近似性を指摘している。あるいは、

　かく世の人ごとのうへを思ひ思ひ、はてにとぢめはべれば、身を思ひすてぬ心の、さても深うはべるべきかな。何せむとにかはべらむ。

という『紫式部日記』「消息文」の最末尾の一文なども、想起されてよい。いずれも自らのテクストを相対化し、執筆という営為を対象化したところに、跋文は生まれている。

　ただ『徒然草』の特殊性は、如上、擱筆時に立ち現れてくるべき相対的な視点を、最初から備えていたと思われる点にある。本来は跋文に位置されるべき、

　かつ破り棄つべき物なれば、人の見るべきにもあらず。（第一九段）

という前掲の文言(36)が、テクストの中途に出現する点は軽視できない。兼好は消息的テクストという媒体によりつつ、自らの意見を披瀝した。宛先となったのは「もうひとりの兼好」であり、その意味においては『徒然草』「第一部」自体がまさしく「対話劇(37)」なのである。テクストは、常に相対的な視線を内包していたはずである。

　そして二十数段以降、「なき人」について語り、また「文」について言及を重ねる中で、対象化がさらに強まった。

その結果としての、第三八段だったのではあるまいか。この段で兼好が語りかけたのは、「見ぬ世の人」ではなく、「しひて智を求め、賢を願ふ人」であった。それもあるいは、兼好自身であったろう。

五

ところが兼好は筆を擱かなかった。『徒然草』の「第二部」については、第二篇において改めて追求することになるが、本章の最後に、予告的に触れておくこととしよう。

前節で見た第三八段に続く第三九段は、法然にまつわる、ある小話を紹介した段である。

ある人、法然上人に、「念仏の時、眠にをかされて、行を怠り侍ること、いかがしてこの障りを除き侍らむ」と申しければ、「目の覚めたらむほど念仏したまへ」と答へられける、いと尊かりけり。

法然の答えが、その思想とどのように関わるものなのか、なども興味深いテーマではあるが、今はこの段が「ある人」と法然との「対話」を話の枠組みとし、(兼好もそれに賛意を示しているとはいえ)法然の物の考え方のみが示されている点に注目したい。「第一部」が「見ぬ世の人への消息」をその枠組みとし、兼好自身の意見を披瀝することを目的としていたのと、全く逆位相にあると思われるからである。

一つだけいえることは、「第一部」の最後において、兼好は消息の書き手としての立場をいったん放棄した、にもかかわらず執筆行為が継続されたということは、「書く」ということに新たな目的・魅力を発見したのではないか、ということである。この後に現われる第四三段・第四四段は、一般に王朝物語的章段と呼ばれている。稲田利徳氏が鋭く指摘したように(38)、これらの章段は、実体験に基づきつつ物語的な虚構化を施した、ある意味書記行為による遊びのような性格を有する。またこの後に頻出する、どこか諧謔の趣を漂わせた説話的章段の数々。世の中に伝わる話の面白さ、そしてそれを書き留める楽しさに兼好が興じているようにも思える。(39)

筆を取れば物書かれ、楽器を取れば音を立てむと思ふ。盃を取れば酒を思ひ、賽を取れば攤打たむことを思ふ。心はかならず事に触れて来る。仮にも不善の戯れをなすべからず。（第一五七段）

兼好にとって音楽や酒、博打にも匹敵するという書記行為の魅力とは、いったい何だったのか。如上、『徒然草』に起こった変化については、本書第二篇で詳しく取り上げたい。

対して本篇では、今少し「第一部」の問題にこだわりたい。『徒然草』「第一部」は見ぬ世の人への消息という体を装いながら、書き手兼好の私見を披瀝していく評論に近しいテクストであった。このようなテクストが、なぜ中世は鎌倉末期という時代に生み出され得たのか、その文学史的背景はいかなるものか、および所詮は読み手も兼好自身に過ぎない、見ぬ世の人への消息という不可思議な執筆行為を支えた文学的要因とは何だったのか、これらの諸問題に挑みたいからである。

次章では、まず前者の問題を回答すべく、迂遠ではあるがひとまず『徒然草』から離れ、私見の開陳を可能にした消息的テクストの濫觴を、とある楽人の執筆行為の中に見出したい。その楽人の名前は、藤原孝道という。

（1）　小林秀雄「徒然草」（『文学界』昭和一七年八月号）

（2）　松尾拾「助詞・助動詞を中心とした『徒然草』の文法　助詞」（『文法』昭和四五年八月号）、木村健「「徒然草」における係助詞――「こそ」・「ぞ」の偏在について――」（『中央大学国文』昭和四六年二月号）、有吉保「徒然草論――和歌文学の立場から――」（『言語と文芸』昭和四五年五月号）など。

（３）　日本古典文学大系『方丈記　徒然草』（岩波書店、昭和三二年六月）所収の解説。
（４）　三木紀人「徒然草の成立」（『国文学　解釈と鑑賞』昭和四五年三月号）、福田秀一「徒然草の成立」（『徒然草講座　第二巻』有精堂、昭和四九年七月）等を参照されたい。
（５）　「『徒然草』の説話的章段考――三十段ころ以前と以後との問題――」（『安田女子大学大学院博士課程完成記念論文集』平成一一年九月、後に『徒然草論』〈笠間書院、平成二〇年一一月〉に収載）
（６）　朝木敏子「『徒然草』方法と文体」（『文藝論叢』平成九年九月号、後に『徒然草というエクリチュール　随筆の生成と語り手たち』〈清文堂、平成一五年一一月〉に収載）
（７）　『徒然草全注釈　下巻』（角川書店、昭和四三年五月）所収の解説。
（８）　朝木前掲論文。
（９）　森正人「〈物語の場〉と〈場の物語〉・序説」（説話論集第一集『説話文学の方法』〈清文堂、平成三年五月〉、後に『場の物語論』〈若草書房、平成二四年九月〉に収載）
（10）　この『紫式部日記』の一節は、本章で後ほど取り上げる『徒然草』第一二段の同じ心ならむ人としめやかに物語して、をかしきことも、世のはかなきことも、うらなく言ひ慰まれむこそうれしかるべきに……。
とも響き合うだろう。
（11）　例えば『大鏡』は、序文で雲林院における菩提講の場を、翁たちの語りの場として設定していたことを想起されたい。なお、『大鏡』と『徒然草』の関係性については、本書第二篇で取り扱う。
（12）　神田龍身『偽装の言説――平安朝のエクリチュール』（森話社、平成一一年七月）
（13）　石坂妙子「時空を超える「文（ふみ）」――『紫式部日記』から『無名草子』へ――」（『新大国語』平成一三年三月号、後に『平安期日記の史的世界』〈新典社、平成二二年二月〉に収載）
（14）　なお、このような評論の文体は、例えば『源氏物語』「朝顔」において、雪の夜、紫の上に向かって藤壺以下四人の女

性について語る光源氏の、

君こそは、さいへど紫のゆゑこよなからずものしたまふめれど、すこしわづらはしき気添ひて、かどかどしさのすすみたまへるや苦しからむ。

それに応える紫の上の、

尚侍こそは、らうらうじくゆゑゆゑしき方は人にまさりたまへれ。

などといった評言にも近似する。

(15) これなどは、本書第二篇において取り上げる『徒然草』第五六段の、

をかしきことを言ひてもいたく興ぜぬと、興なきことを言ひてよく笑ふに、その人のほど測られぬべき。

と近似していよう。

(16) この点に関して、久保朝孝「『紫式部日記』所謂消息文試考――その主題と執筆意図をめぐって――」(『日本文学』昭和五六年二月号)は、「人の心」を中心とした「女房批評」を「消息文」の主題の一つと見る。

(17) ただし、「消息文」は、あくまで「消息「的」な文」ということであって、消息そのものではないだろう。通常消息とは、決して女房批評のためにあるのではなく、遠く離れた人への情報伝達を旨としたものと思われるからである。そのことは式部自身が「消息文」の末尾において、「御文にえ書きつづけはべらぬことを(このテクストに書き記したのだ)」と述べていることからも知られよう。この点で稿者の立場は、「消息文」を消息そのものの混入と見る田渕句美子「『紫式部日記』消息部分再考――『阿仏の文』から――」(『国語と国文学』平成二〇年一二月号)と意見を異にし、「消息体末尾に至って、書簡である旨を明示したのも、作者は自らが綴ってきた文体が書簡のそれに近いことをその時点で認識したためであり(中略)書簡の文体への接近ゆえに、作者がいささか諧謔をこめて書簡であるというポーズをとってみせたのではないか」と指摘する福家俊幸「『紫式部日記』消息体考」(『早稲田大学大学院文学研究科紀要別冊(文学・芸術学)』平成元年一月号)の立場に近い。

(18) 石坂妙子「『紫式部日記』の「語り」――「ものいひさがなき」紫式部――」(伊井春樹・高橋文二・廣川勝美編『源氏

物語と古代世界』新典社、平成九年一〇月)は、「消息文」に、世の出来事や自分の見たものを他者に伝えたいという、『源氏物語』の語り手に似た語りへの欲求の存在を認めており、本論も多くの学的示唆を得た。無論、『源氏』の語り手と紫式部本人とを安易に重ねることは慎まねばなるまいが、両者が緩やかに連続する存在であることも、また確かであろう。

(19)　前掲朝木論文の記載様式を参考にした。なお項目名は、森本元子『十六夜日記・夜の鶴 全訳注』(講談社学術文庫、昭和五四年三月)に基づく。

(20)　これも前掲朝木論文の記載様式を参考にしたが、後述する理由により、第一一段・第一二段、および第二五段以降は省略した。

(21)　したがって、『徒然草』「第一部」を過剰に章段分けすることは、本来の姿を見失わせる危険を孕んでいる。他のテクストと同様に、章段区分のない段階を考慮に入れる必要があるのではないか。

(22)　第一一段以外にも、例えば

甲香は、ほら貝の様なるが、小さくて、口のほどの細長にさし出でたる貝の蓋なり。武蔵国金沢といふ浦にありしを、所の物は、「へなたりと申し侍る」とぞ言ひし。

という、博物学的知識を記した第三四段も、つとに三木紀人「歳月と兼好」(秋山虔編『中世文学の研究』東京大学出版会、昭和四七年七月)が鋭く指摘したように、少女の頃の記憶を老いてもなお保持していた玄輝門院の記憶力と繊細さを称えた直前の第三三段、およびさらにその前に位置する、

今はなき人なれば、かばかりのことも忘れがたし。(第三一段)

その人、ほどなく失せにけりとぞ聞き侍りし。(第三二段)

などといった「記憶」を主題とした諸章段からの連想によって、自己の体験が導き出されたものに相違ない。兼好が実際に暮らしたことのある「武蔵国」での体験に基づく話であり、それを直接体験の叙述に用いる過去の助動詞「き」によってまとめるなど、単なる有職故実章段ではなく、連想によって実体験に筆が及ぶ消息的文章の典型と見るべきであろう。

(23)　三木紀人『徒然草 全訳注』(講談社学術文庫、昭和五四年九月)

(24) 久保田淳「徒然草評釈」(『国文学 解釈と教材の研究』昭和五七年三月号)

(25) 稲田利徳『日本の文学 古典編 徒然草』(ほるぷ出版、昭和六一年九月)

(26) 落合博志「『徒然草』本文再考——第十二・五十四・九十二・百八・百四十三段について——」(荒木浩編『中世文学と隣接諸学一〇 中世の随筆——成立・展開と文体——』竹林舎、平成二六年八月)。後述するように、かかる一人芝居の如き状況は「第一部」執筆の営みそのものであろう。

(27) この点について落合氏は前掲論文の中で、「さるからさぞ」を会話文として把握する従来の解釈を改め、「さるから」を地の文の逆接の接続詞とし、「さぞ」のみを、同意を表す会話文とする解釈を示した。本書もこの解釈にしたがう。

(28) つとに松永貞徳『なぐさみ草』が、「此段は、かの在原の中将のおもふことといはでただにやのうたの心にもしらぬことながらよくかなへりとおもひ侍る。次の段をかかむための筆法たるべし」と指摘している。

(29) 『兼好法師集』(一三一・一三二)に、

人にしられじと思ふころ、ふるさと人の横川までたづねきて世の中のことどもいふ、いとうるさし

年ふればとひこぬ人もなかりけり世のかくれがとおもふやまぢを、

されど、帰りぬるあといとさうざうし

山ざとはとはれぬよりもとふ人の帰りてのちぞさびしかりける

などと見えることも、あるいは参考になるか。

(30) 以下、『無名草子』等に見える「文」論については、佐藤恒雄「結題『披書知音』をめぐって」(『香川大学国文研究』昭和五一年九月号)、稲田利徳「「徒然草」と「無名草子」」(『文学・語学』昭和六〇年二月号、後に稲田前掲注(5)書に収載)、石坂前掲注(13)論文等を参照。

(31) 荒木浩「心に思うままを書く草子——徒然草への途——(下)」(『国語国文』平成元年一二月号、後に『徒然草への途 中世びとの心とことば』〈勉誠出版、平成二八年六月〉に収載)は、兼好が「対すべき相手としての友、子孫というものを、端から否定していた」「そんな友が今たまたま居ないのでは無く、ありえない、と達観する」立場にあったと説き、多大な学

的示唆を得た。ただ「第一部」においては、兼好は「達観」と「哀愁」との間をたゆたっているように、稿者には思える。

(32)　島内裕子『徒然草の内景——若さと成熟の精神形成——』(放送大学教育振興会、平成六年三月)

(33)　同種の性格を有するものとして、例えば『讃岐典侍日記』などが想起されよう。堀河天皇を追慕して書かれた同テクストは、「わがおなじ心にしのびまゐらせん人と、これをもろともに見ばや」などと結ばれていた。

(34)　「第一部」を何段までとするかは研究者によって異なり、未だ定説を得ない。この論に大きな影響を与えた安良岡前掲書は、第三二段までを「第一部」とし、それにしたがう論も多い。しかし稿者は、その後も「文」への言及と哀愁の趣が継続すること、および本節で言及したように、第三八段に跋文的性格がうかがえることから、同段までを「第一部」と見なしている。なお、第三八段までを区切りとするものには、本論中にあげたもの以外に、松本新八郎「徒然草 その無常について」(『文学』昭和三三年一月号)、唐木順三『無常』(筑摩書房、昭和四〇年四月)などがある。

(35)　島内前掲書。

(36)　つとに『土佐日記』末尾の一文、「忘れがたく、口惜しきこと多かれど、え尽くさず。とまれかうまれ、とく破りてむ」との類似性がいわれてきた表現である。

(37)　前節で俎上に載せた第一二段に、「つゆ違はざらむと向かひたらむは、ただひとりある心ちやせむ」とあったことを想起されたい。「第一部」は、常にかかる孤独の中で続けられた営みであった。

(38)　「『徒然草』の虚構性」(『国語と国文学』昭和五一年六月号、後に稲田前掲注(5)書に収載)

(39)　第四二段で、顔が腫れ上がってしまう奇病にかかった行雅僧都の逸話を記した兼好は、末尾に「かかる病もあることにこそありけれ」と、常識を越えた事象に対する率直な驚きを表出している。このような視点の登場こそ、「第二部」を特徴付けるものであろう。

第二章　楽書の批評性——藤原孝道と「消息」

はじめに

前章では、『徒然草』の「第一部」を取り上げ、私見の披瀝を主とした評論文という基本性格と、それを可能にした、限定された宛先との間で成立する消息的なテクストであったという二点を確認した。このような私的な評論に近いテクストが登場するには、十分な文学史的な蓄積が必要であったろう。本章では、如上の史的動態を確認すべく、伶楽の口伝書に注目する。そこには、『徒然草』「第一部」や、これも前章で取り上げた『阿仏の文』のような消息的テクストの始発とも呼び得る、興味深いテクスト群が散見するからである。

雅楽に関する著述(以下、楽書)は、その多くが院政期以降に、実際に演奏に携わった楽人たちによって書き残されたものである。それらは、楽の道が衰える中で自家の伝統を子孫に伝えようとした、彼ら伶人たちの熱意の所産に他ならない。まずはテクストとしての楽書の一般的な性格を明らかにした上で、その中に見える消息的な特徴について、考察を加えていくこととしたい。

一

楽書が具体的にどのような内容を有していたか、その実相を確認することからはじめよう。ここではまず『教訓抄』を取り上げることとする。天福元年(一二三三)、狛近真によって編まれた同書は「わが国最古の総合的楽書[1]」であり、楽書の基本的な性格を知る上で適当なものと思われる。

『教訓抄』は、他の多くの楽書がそうであるように、曲ごとに項を立て、順次その解説を施していくという形式を持つ。解説文の分量の多寡は楽曲ごとに異なるが、まずは一例をあげておこう。

A　輪台　有甲　中曲　新楽

序四返、拍子十六、謂『輪台』。破七返、拍子各々十二、謂『青海波』也。

B　大唐楽云々。作者酒醇作之云。ツマビラカナラズ。可尋。古老伝云、『輪台』〔ハ〕国名也。其国ノ人、蒼海波ノ衣ヲ着シテ、舞タリシユヘニ、ヤガテ付其国之名〔云々〕……。

此曲、昔シ者平調楽也。而承和天皇御時、此朝ニシテ、依勅被遷盤渉調曲。舞者、大納言良峯安世卿作。楽者、和爾部大田麿作。幷乙魚、清上等也……。

C　『輪台』『青海波』近代作法者、先笙篳篥吹調子。左右舞人、随身、滝口、トトノイテ後、笛吹穪取テ、『輪台』ヲユルユルト吹。是ヲ道行吹云々。于時、青海波舞下手作大輪。逆廻ル。左違肘ヨリ始也。次左右舞人交

立。序四人之外舞人皆返尾ヲ取。右膝突……。

D　抑、相撲ノ節ハ、殿上ヨリ賜下蔵人青色袍、為『青海波』之袍。殊有別習。大輪之後、舞台後ノ砌、左右各造二小輪。左方一輪、右方一輪。為此両輪之内、青海波着彼袍。但、上手ノ一者有右方輪内、下手二者有左方輪内。各着装束。已後、破両輪。以上為上。而向御前也。惣相撲ノ節外、不可作小輪也。雖然、便宜之時ハ、可依御定。就中造小輪様、為極秘事。有二説。能々可受口伝也……。

E　詠二人勤仕ノ例。正治二年三月三日、平等院一切経会日。近衛殿下也有御出。『輪台』詠ハ一者光重。『青海波』詠二者則房。垣代之役二人勤仕。雖為新儀、則房訴訟ツヨキニヨリテ、一者光重トドメラレテ、当座ノ面目ヲウシナイ、後代ノ家ノキズ、上下耳目ヲオドロカス……。

巻三に見える「輪台青海波」の項である。ここでは、あくまで記載内容の大略を確認することが目的であるため、細かい部分にはふみこまず、主だった箇所をあげるにとどめた。したがって、各項かなりの省略があることを付言しておく。

簡略にその内容をまとめるならば、順に、A・拍子等の音楽上の基本事項、B・曲名の由来やその来歴など、C・具体的な演奏作法、D・Cの内、秘伝に関する項目(ここでは、傍線部で示した、垣代の秘伝である「小輪」について)、E・具体的な演奏事例、といったところであろうか。AやBのように、純粋に音楽上の情報が記載されている点や、CやEに見える具体性に富んだ筆の運びからは、実際に雅楽の現場に携わる楽人のマニュアルという側面を読み取ることができるだろう。

これに対し、同じ楽書でありながら、少々性格を異にするテクストが存在する。例えば『雑秘別録』は、西流琵琶の棟梁であった藤原孝道(2)が、舞楽についての心得等を書き記したものである。嘉禄三年(一二二七)の執筆であり、『教訓抄』とはほぼ同時期ということになる。舞曲名をあげて個別に解説するという形式は『教訓抄』と同様のものだが、記された内容は、大きく異なっているのだ。比較のために、同じく「輪台青海波」の項をあげる。

輪台青海波

a　あながちの子細別にあらじ。舞のあひだこまかにあむめり。

b　小輪といふ事ぞ、すでに絶えぬべかりし。則房といふ舞人、二の者にてありしが、仁和寺舎利会の舞の師せし時、舎利会ことにひきつくろはれしに、みちみちの者多かりしかど、楽人には宗賢、舞人には則房を宗と召しつけられしに、別の風情もなし、左右の太鼓のまへに、垣代まろにたちて、その内にて輪台のかぶと青海波の装束をする。やすき事を、則房、今は絶えてさる事候はずと申せしかば、いかにかくは申すぞ。舞のてにても、説にてもあらばこそはあらめ、垣代たつるほどの事は、汝が先祖皆しきたることを、かくは申すぞと仰せありしかば、ちからさぶらはず、絶えにたりと申せしかば、その時の一の者光重、小輪と申ことは候ふものをと申して、すでに会のはじまらむとせし時、ふところより図を取り出したりしかば、則房、己が身は二の者にてあるに、一の者かく申すを見て、よく候ふめるは、とくわ殿たて給へと与奪せしかば、承りぬとて、ことなくこわだててき……。

c　垣代に琵琶のたつ事あり。又ひく事あり。後高倉院舞御覧ありしに、太鼓の稚児に、きくわかといふ稚児垣代にたてんとて、東大寺別当定範法師まげて教へよと申せしかば、琵琶をば楽屋にて少し高くうけてたびき。ひく事をば作り出して、平調にてひかせき。まことのやうをば教へざりき。ゆゆしき事知りたりとこそ思ふらめ。いとをしいとをし。

まず、冒頭a。「あながちの子細別にあらじ」とあるように、『教訓抄』で繰り返された雅楽上の知識は、ここではためらいもなく省略されている。逆に記載の中心になっているのがb。『教訓抄』Dの項に見えた「小輪」に関して、則房という舞人と時の一の者光重とのやりとりが、臨場感に富んだ筆致で記された箇所である。(3)

そしてc。「きくわか」という稚児に、琵琶を教えてくれるよう頼まれたので、嘘の演奏法を教えてやったという話。この、西流琵琶の棟梁にしては少々品のない逸話は、最後の「いとをしいとをし」という感想も含めて、当該楽曲とは全く関係のない地点に着地している。ここから何らかの教訓を強引に読み取ることも、おそらく無意味であろう。はたしてなぜ、このように舞楽と直接には無関係な話が記されているのだろうか。

実は『教訓抄』巻二「皇帝破陣楽」の項にも、仁和寺における舎利会のエピソードを扱った記載がある。

建久九年ノ冬比、仁和寺ノ舎利会ニ『皇帝』アリ。御室ノ御愛弟ニ金剛ト申ス童ニ、笛合テキコシメスベキユヘ也。序十六拍子。破六帖普通説。宗賢ガ弟子、舞人ハ一者光重ナリ。其時二者ニテ則房ガ侍シガ、楽屋ニテ、「誰人ノ今日『皇帝』ヲバ、舞モ吹モスベク候ゾ」ト。孝道比巴、利秋笙侍ケルニ向テ云ク、「殿原弾キモ、笙吹セ給ベシ。則房ガ流ノ輩ハ舞ベシ」ト、ノノシリ侍ケレドモ、一者光重、笛一者宗賢、一切ニ物モ申サデコソ侍リケレ。二条院ノ舞御覧ノ時、父元賢フカズシテヤミニシコトヲ、トガメハイハムト存タルナリ……。

光重・則房といった名前が確認できるだろう。無論、これだけでbと同じ舎利会の話と断言するものではない。ただ傍線部に「孝道比巴」とあるように、西流琵琶の宗匠であった藤原孝道が、たびたび舎利会に招かれていたであろうことは、許される想像であろう。先ほどのｂの逸話も、孝道自身が実際に参加した際の見聞譚に違いあるまい。さらに、波線部に「金剛ト申ス童ニ、笛合テキコシメスベキユヘ也」とあり、この曲が選ばれた背景が書き記されている。当時舎利会においては、「専門の舞人たちを師として童舞の習練がなされ(4)」ていた。おそらく孝道は、舎利会で稚児に教えることの連想から、続くｃの逸話へと筆を滑らせたのではないだろうか。

すなわち『雑秘別録』は、『教訓抄』のような雅楽マニュアルとしての性格は薄く、むしろ書き手孝道の見聞譚や個人的な感想が、かなり自由に書き記されたものだと考えられるのである。右にあげた舎利会のエピソードにしても、『教訓抄』の話は、あくまで「皇帝」という舞曲の演奏技法、およびその伝授の経緯と深く結びついたものであった。それに対して『雑秘別録』の逸話は、そこから連想によって逸脱し、もはや舞楽に収斂し得ない話に広がっていた。この違いは、いったい何によるものなのであろうか。

二

『教訓抄』と『雑秘別録』はともに楽書、しかもどちらも舞楽を中心テーマとした書でありながら、その性格は大きく異なっていた。この両者の違いを引き起こした要因として、まず書き手の専門に関する問題が考えられるだろう。『教訓抄』を記した近真は、南都方楽家狛氏野田流の嫡男であり、自身一の者をつとめた専門の楽人であった。中でも舞楽については、まさしく専門ということもあり、技法等の知識も豊富であったと思われる。一方孝道は確かに西流琵琶の棟梁であり、伶楽における当代の第一人者ではあったが、こと舞楽に関していえば、その道の専門家ではなかった。それゆえ、両書の内容、とりわけマニュアル的性格の度合において、如上の差が生じた面はあったろう。

そして、右に加えて稿者が注目したいのが、執筆対象の相違という点である。このことを、次にあげたそれぞれの序文から確認しよう。

予、竹馬ニムチヲ打、手車ニノリシ程ヨリ、母達ノ方ニハ因縁子細侍間、伶楽ノ家ニマジロヒ侍シカバ、常ニ霓裳ノ曲ハマナコニサイギリ、絃竹ノ響ハミミニミテリシカバ、ヲリフシニ付ツツ、心イザナハレ侍シ……神明ノ御ハカラヒヤ侍ケン、又先縁ノシカラシムル期ヤイタリケム、舞笛絹塵ノ秘曲一事モノコサズ、スミヤカニ相伝畢ヌ。

爰ニ委細ヲナシテ、自生年廿六歳、始テ加舞道一烈。朝庭ニ仕間、当座ノ名誉ハホドコストイヘドモ、面目ニアラズト云事ハナク、二道ヲカヘリミレバ、秘曲ミニアマリテ、傍輩ムネヲヤスメズ、官職ヲ思バ、同輩ノカウベヲフミテ、祖父ノアトヲヒタリ。

曾祖父ガ記録ヲ伝得テ、尤モ嫡家ノ流タリ。而齢既ニ六旬ニミチナムトス。口惜カナヤ、一両ノ息男アリトイヘドモ、道ニスカズシテ、徒ニアカシクラス事、宝山ニイリテ、手ヲムナシクテイデナムトス。甚愁歎無極者ナリ。仍子ヲ思フ道ニハマヨフナル事ナレバ、カタクナハシキ事ドモヲ少々シルシヲキ侍ベシ。後見ソシリヲナスベカラズ……。

まず『教訓抄』から。長文であるので、冒頭部より、私に省略と改行を施しつつあげた。自分が伶楽の家に生まれたこと。ゆえに幼少より、管絃歌舞に親しんできたこと。家の秘曲も全て相伝したこと等が記されている。「祖父ノアトヲヒタリ」というのは、近真が祖父にあたる狛光近同様、一の者をつとめたことを指すか。「嫡家」「道」という言葉が示す如く、狛氏野田流の相伝者であった近真には、楽の道、とりわけ自流への思いが強く存在したことが読み取れる。実際、狛家野田流は初代の一の者をつとめた光高をはじめとして、八代にわたって一の者を輩出した、南都舞楽の名門であった。近真に自負があったことは、想像に難くない。

しかし序文が示す通り、近真の二人の男子は伶楽への志が低く、三男は当時一歳に過ぎなかった。家流の危機に直面した近真が、筆を執って次代の相伝者たるべき三男に書き残したのが、この『教訓抄』であった。細かい技術や事例の伝承に力点を置いた内容となったのも、当然といえるだろう。老齢（「齢既ニ六旬」と見える）を迎え、直接の伝授が不可能となれば、網羅的・解説書的なテクストになることは避けられない。(5)

それに対し、『雑秘別録』の序文は極めて対照的である。

女房などは知らでもことかくまじけれども、をのづからさありしものの子なれば、心にくがりてとふ人あらばとて、少々つねならぬことを、思ひいづるにしたがひてしるし申す。本文かぎりあることは言ふに及ばず。

「女房」とある同書の享受対象は、播磨局という、後妻との間に生まれた娘のことを指すと思われる。後節でも指摘することになるが、『雑秘別録』をはじめ孝道の筆になる楽書の多くは、彼が老年に大病を患って後に、娘播磨や、これも後妻との間にもうけた愛息孝経、さらには播磨の息時経のために書き残したものなのである。晩年を中心に、孝道に関する簡略な年譜をあげておく。(6)

嘉禄二　十月　六日　「龍鳴抄」書写（播磨へ）　61（年齢）
安貞元　五月十九日　大病　62
　　　　　　　　「異道抄」（播磨へ）
　　　　六日　「雑秘別録」（播磨へ）
　　六月　五日　「龍鳴抄中不審儀」（播磨へ）
　　　　十六日　「三曲秘譜」書写（播磨、孝経へ）

二　九月　二日　再び大病　63
　　十月　九日　「新夜鶴抄」(播磨へ)
寛喜元　二月　八日　「知国秘抄」(孝経へ)　64
嘉禎二　四月十四日　「三五要録」書写(時経へ)　71
三　十月二十日　孝道没　72

琵琶西流は、すでに名手と謳われた長男孝時が、孝道からの秘伝灌頂を受けていた(7)。嫡家は安泰である。加えて先ほども述べた通り、孝道自身、舞楽はあくまで専門外に過ぎない。その彼が、琵琶以外の専門領域に言及したのは、死後に残される娘たちへの思いゆえであった。すなわち「道」や「家」などに必ずしも回収されない、ごく私的なテクストなのである。親から子、子から孫という、近真の嫡家相伝とは比すべくもなく、「知らでもことかくまじけれども」という表現が、この書のスタンスを端的に物語っていよう。

孝道は、娘にとって必要だと思われる内容を選別して、記載したのだと思われる。舞の具体的な作法ではなく、秘説に関する逸話が記載の中心になったのも、実際に舞うわけではない女房にとって、むしろその方が有益と判断したためでもあったろう。そして連想による逸脱や個人的感想がそのままテクストに書き残されたのも、『雑秘別録』が娘を直接の読み手(宛先)として記された、閉じられた表現空間、すなわち消息的テクストだったからではあるまいか。

三

そこで『雑秘別録』の特質について、さらに追及を重ねよう。『雑秘別録』を読み進めると、一つ大きな文体上の特徴があることに気付かされる。婉曲的な表現が頻繁に多用されるのである。以下、幾例かあげよう。

四反にたちかはりて、のちの四反を、もとの座席にたちなおるなり。りゃくする時にはたちかはる事なきにや。（玉樹）

この楽の急は、ちかうよりいできたり。いと人しらず。もちゐぬにや。（拾翠楽）

十拍子なるあり。院禅が様にて、孝博がすぢはなちては、人いとしらぬにや。（白柱）

帝王御元服にすといふ事あり。又大衆の発合するおりの楽にす。かしらをつつむといふ名によりてとかや。（裹頭楽）

見たるにただ同じていにて、いづくに秘事あるべしとも見えねども、をりをりふるまひて、出入りにつけて、秘蔵の事どもありとかや。（胡飲酒）

さをとるに、秘事どもあるとかや。天王寺には、つきかへしといふをひす。多氏にはこしまはす手をひするとかや。（狛桙）

「にや」や「とかや」の如き、断定を避ける末尾語が、繰り返し用いられている。上記はその一部をあげたに過ぎない。加えて推量の助動詞「む」や「めり」などの使用頻度も高く、テクスト全体が朧化されているような印象さえ受ける。

その所以は既に指摘した通り、『雑秘別録』の扱うテーマが孝道にとっては専門外であったため、明言を控えた結果であろう。それは例えば同書末尾近くで、

右楽に、いとさして覚ゆることなし。

と、彼自身が言及している通りである。舞楽は孝道にとって、「つねならぬ」ことであった。

しかし婉曲表現多用の理由は、これだけではあるまい。上記「胡飲酒」や「狛桙」に、「秘事」という言葉が散見する点に注目したい。孝道はこのテクストの中で、積極的に舞の秘事・秘伝に言及している。婉曲表現の繰り返しは、それゆえの必然ではなかったか。以下は、『雑秘別録』「賀殿」の項全文である。

さらゐつきといふ事はべちの事なし。一のものばかりまふとかや。ひざをつくをいふ。賀殿と太平楽急とにこのてあり。太平楽には、急にわをつくる。わといふは、たちをぬきて、左ざまへまはるをいふ。めぐる時御前をすぐるおり、一のものひざをつくなり。更居突、さらにゐつくとかきたるなり。

ここで孝道は「さらゐつき」という名の舞の手に言及している。右には見えないものの『教訓抄』の同曲の項などから[8]、この手が秘事であることは明らかだ。「更居突、さらにゐつくとかきたるなり」という用字への言及が、その秘事的性格を何より物語っていよう。この秘手は、孝道よりも一時代前の楽人である大神基政が『龍鳴抄』の中で、「たしかならぬことなり」と述べている[8]ことからもうかがえるように、早くからその具体的な様が知られぬ存在となっていたと思しい。『雑秘別録』が「一のものばかりまふとかや」と、婉曲的な表現を用いたのも、その不確かさに対応したものと考えられるだろう。

しかしその一方で、「べちの事なし」という書き出しに象徴的に表現されているように、孝道はこの舞の秘手に関して、雄弁に語る必要性をほとんど感じていない。一の者が膝をつくという、簡単な説明が施されるのみであり、由来も規範となる先例も、語られる気配さえないのである。

ここに、舞を家業としない孝道が、これまた実際に舞う機会のない娘に書き与えたテクストの意味が問われることになるだろう。これは「さらゐつき」に限らない。繰り返しになるが『雑秘別録』には、秘事への言及を多く見出すことができる。だがそれらの多くは、婉曲表現を用いながら秘事の存在を仄めかすのみであり、その具体的な詳細にまでは、立ち入ろうとしないのだ。

　これはたれもしりたんめり。詠ありとぞ。されど舞人こそ詠はしりたれ。妙音院、詠をならひておはしましをたまはりたり。このごろは、おそれあれど、さほど譜につくりてくわしくしりたる人はなくや。（万歳楽）

右にあげた「五常楽」の文言が、このことを端的に示していよう。この曲に「詠」があることは、『教訓抄』の同項に「詠詞。雖有詞多々説、依不用近来略之」と見えることからも明らかだが、孝道はその中身には関心を寄せようとしない。ただ、誰もが知っていることだからと事項をあげ、また詳しく知っている人は少ないからとその詳細は省略する。[9]すなわち、秘事を「知っているか、否か」のみが、重要視されているのだ。

いったい秘事とは、いつか公開される可能性を前提としたパラドキシカルな存在に他ならない。[10]誰もがその詳細を知ってしまっては、もはや秘事ではないが、かといって誰にも知られなければ、そもそも存在として成り立つまい。直接その秘事に携わることのない、舞人ならざる孝道たちにとって、どのくらい知られている技なのかということこそが、秘事への接点ではなかったか。

　みな人知りたることなれど、半帖ぐして廿拍子を一反といふべし。

このごろは只拍子を秘蔵するといへども、みな人知りたり。むかしは楽拍子をひしけるとかや。（泔州）

四拍子、八拍子、両説ありとは、誰も知りたんめり。（郎君子）

まことには、それがめでたき秘事にてありけるが、かかるさたいできてのち、あらはれてのちは、たれも知りにたり。（胡飲酒）

いまはたれも、かやうの事どもはしりたんめり。ことあたらしき事どもなれど、又すゑの世にはおぼつかなき事もいでく。又人あまたしりたらんにつけても、申しおとすべきやうなければ……。（蘇合）

「みな人知りたることとなれど」や「誰も知りたんめり」などの表現が、ここにあげたもの以外にも頻出することになる。「泔州」や「胡飲酒」の項に「秘蔵」「秘事」といった言葉が現れるのは、決して偶然ではあるまい。誰もが知っていること、ゆえに娘も知っておくべきことが、記載の条件になっていたのである。つまり、

ながほことはいかなる事ぞと人とはば、破七反舞をいふとこたへよ。（散手）

このような言談の場の想定こそが、『雑秘別録』というテクストの性格を、最も鮮やかに示しているといえよう。孝道は序文において「をのづからさありしものの子なれば、心にくがりてとふ人あらばとて」と執筆の動機を記していたが、まさしく序文に示す通り、「とふ人」の存在をテクストは前提としていたのである。

何よりは我道々の口伝こそ、よくよく秘すべしとおぼゆれ。又同物なれど、あまねく人のしりたる秘事よりは、さしもなき事のなかにも、人のいときキおよばぬ事能々秘すべし。又我道ならぬ事をも、その中の秘事をききおよびたらむ事秘すべし。人の事を浅くすれば、我道もかろくなる。

（第十　物を秘すべきやう）

右は同じく孝道が、愛娘のために書き残した楽書である『残夜抄』の一節である。専門外の秘事も尊重すべきだという、孝道の姿勢が読み取れるだろう。「さらゐつき」や「ながほこ」(11)が、まさにその代表例であったのだ。逆にいえば、孝道にとって特別伝えるべき内容を持たない舞楽曲は、それが舞人たちにとってどれほど重要な曲であったとしても、省かれることとなる。実際『雑秘別録』には、「安摩」や「団乱旋」等の大曲が、立項すらされていない。(12)

そしてこの『残夜抄』は、「娘へ」という孝道の楽書の執筆方針が、さらに徹底されたテクストであった。

女房などあながちにしらでもあるべけれど、おろおろは心えもすべし。

（第二　舞楽の項）

これは女房の身にいかでもありぬべけれども、かたはしづつかやうの事もききをかむために、おろおろ申しおく。

（右同項）

これらまでは、女房のこまかのさたにおよぶまじければ、くるしからず。(13)

（第七　調子のうつりかはりめ）

うち様までは、女房しるべからねば申さず。

（第十二　打物の事）

また女房の身にいといるべからず。さりながらせうせう申すべし。

（右同項）

娘である「女房」を意識した表現が、幾例も認められる。「娘へ」という記載基準のもとに、舞楽や打物といった専門以外の分野にまで筆が及んでいる点を、改めて確認しておきたい。さらに、以下のような記載も見える。同書の第一項目である「御遊」の一節をあげる。

清暑堂御神楽の御遊は、みかぐらをはりてのちにあり。これも楽、催馬楽、呂律これらにかはらず。但近来清暑堂御神楽に、或人めづらしき事せむとて、葛城といふ秘蔵のうたをうたひたりけるに、その歌はけしかるべきことあるを、あしくうたひたりけるとて、ときの人そしりけるやう、のがるる所なかりけり。めづらしき事は、かぎりある事にはせであるべきにこそ。

楽人である父が娘に書き残すという私的なテクストにおいては、このような逸話が、むしろ積極的に展開されることになろう。珍しいことをしようと、秘蔵の曲を歌って失敗した「或人」の話は、「清暑堂御神楽」という語からの連想で書き記されたものだ。もちろん、御遊のような「かぎりある」状況下においては、「めづらしき事は、かぎりある事にはせであるべきにこそ」[14]、珍しい演奏には慎重になるべきだという教訓が導かれるがために、孝道はあえて書き残したのであろう。

しかしこの記載は、「御遊」という項目自体の音楽的説明から逸脱していることは明らかであり、娘にとって有益であるという判断、そしてそれゆえに書き記したいという書記行為への欲求が、テクストの整合性への配慮を上回った結果と見ることができるだろう。

前にあげた『雑秘別録』「輪台青海波」の項で、稚児に嘘の演奏法を教えた逸話も連想による逸脱であり、もはや当該舞曲に還元し得ない、単なる回想でしかなかった。同テクストには、このような逸脱が他にも幾つか散見する。例えば「蘇芳菲」という楽曲の項。この曲が演奏されていた「小五月の行幸」をなつかしみ、孝道は以下のように言葉を続けている。

これも楽のしるし文にこまかにあれども、五月会に、武徳殿の小五月、くらべ馬の行幸に、御こしのさきに、左にししがしらをかづき、右にこまがたをつくりて、人のりたるやうにて、二行にたちて、左には蘇芳菲、右には高麗龍をふきて、まふよしするなり。今はその事絶えてひさしくなりぬ。武徳殿もぼろぼろ、小五月もたえだえ、かなしかなし。いつかおこしたてられむずらんな。

「武徳殿もぼろぼろ、小五月もたえだえ、かなしかなし」。これらは、単なる個人的な感慨に過ぎず、しかも楽曲のそれですらない。ここまで無関係な、しかもどこかユーモアさえ漂わせた表現へと着地したのは、確かに孝道の筆の個性という面もあったろう。しかし、娘への個人的なメッセージであるというテクストの私的性格こそが、その個性を発揮することを許容した点を看過してはなるまい。既にあげた通り、『雑秘別録』もまた序文で、「少々つねならぬことを、思ひいづるにしたがひてしるし」たものだと宣言していた。孝道はかかる筆の逸脱に対し、確信犯的であったのではないだろうか。

四

いったい、これほどまでに「娘へ」という方向性に徹底したテクストが生み出されたのは、いかなる理由によるものなのであろうか。少なくとも、まず女性が楽に通じることをよしとする時代思潮が不可欠であろう。実際この時代、女性は伶楽の家の重要な担い手として、登場してきたと考えられる。孝道の嫡男孝時の弟子、隆円の手になる『文机談』をひもとこう。

一、播磨局、孝道には三女也。十七にて灌頂をとげらる。これ当腹也。母、孝経にをなじ。後には資信三品にあいぐしたてまつる。数子の母儀とぞなり給ひぬる。比巴、これもめでたくひき給ふとぞ、孝道ほめ申されし。昔は土御門院にさぶらはれき。これは内侍尚侍殿の御師にぞめされ給ひし。（巻五）

右から、例の播磨が「十七にて灌頂をとげ」たこと、「比巴」を「めでたくひ」いたことなどが知られよう。『琵琶血脈』などを見れば、院政期以降、彼女の如く琵琶灌頂を受けた女性が、決して少なくないことに気付かされるだろう。[15]そして、播磨のような琵琶師範家の女性たちは、中でも重要な役割を担っていたのだ。

さて七条女院に、あねは讃岐、おととは尾張とて、二人ながら候ひしほどに、承久に御代かはりて持明院殿へ参りにしかば、後高倉院これらを御賞翫ありて、二人ながら申してめしとらせ給ふ。尾張をば、後堀川院御くらゐの時、内侍に参らせさせ給ひぬ。いみじくめづらしき比巴の上手にて、貴人の御子あまたうみたてまつり給ふ。昔も今もためしすくなき比巴の上手とぞ申すめる。（巻三）

前掲『文机談』巻五でも、播磨が「内侍尚侍殿の御師」として宮仕えしていた点に注目したい。同じく右にあげた巻三においても、讃岐・尾張といった播磨の異母姉にあたる女性たちが、「いみじくめづらしき比巴の上手」として「貴人」に仕えていたこと、その結果、「貴人の御子」を「あまた」産んだことなどが語られている。

琵琶の家に生まれた彼女たちにとって、伶楽が生きていくための大いなるよすがであったことは、許される想像であろう。もちろん、このような貴顕との結びつきは、琵琶の家自体にとっても、流派の勢力拡大という面において、メリットの大きいものであったに違いない。[16]そのことは「非重代」[17]の身でありながら、琵琶西流を隆盛に導いた孝道自身が、最もよくわかっていたのではあるまいか。

思うに、先ほど指摘した言談の場や「とふ人」の想定も、貴顕とのやりとりを念頭に置いたものではなかったか。

社交の場に身を置くであろう、娘への実践的なテクストとして『雑秘別録』はあったのである。そこで求められたものは、音楽技術の詳細ではなく、実際に口頭で語り得る秘事や逸話の類いであったろう。孝道はそれを伝えようとした。同書跋文は、このことを明確に物語っている。

すべてはかやうの事、ただものがたりをしたちぬれば、しぜむのことどもいでくれども、書かばやなど思ひたちぬれば、よろづわすれておもひいでられず。なをもおもひいでむにしたがひて申すべし。

荒木浩氏が指摘している通り[18]、このテクストは「ものがたり」、すなわち本来音声言語でなされるべきものを書記化したものなのだ。「おもひいでむにしたがひて」書かれたという設定によって、テクストは口頭言説的な当座性を帯びる。いわば、書記化された「孝道口伝」なのである。

『雑秘別録』のようなテクストがいずれも平仮名によって書き記されていたのも、それが口写しの言葉、すなわち口伝を書記化するのに最も適した表記法だったという側面があったからに違いない。もちろん、理由の第一は、それが女性である「娘へ」のテクストであったがゆえであろう。しかし、例えば『知国秘抄』(前掲の略年譜参照)のように、末男孝経に書き与えられたテクストも、同様に平仮名で記されているのだ。

そこで、次にあげる『木師抄』の内容に注目したい。このテクストも孝道の手になるものだが、後代の楽書『體源鈔』[19]は、この書を「孝道口伝」と呼んで引用していることを、まず指摘しておく。

をとこの比巴をいだくには、ひたたれ、水干などは沙汰の限りにあらず。足をもかさねぬれば、右のももの上にもたせてひく也。下袴をも着、束帯・直衣などには、膝をもひろげ足の裏をむかへてゐる時にももの上におけば、ゐやうもねぢむき、見ぐるしくも、弾きにくくもあれば、もものあはひにをく也。

「束帯・直衣など」のときに「膝をもひろげ」琵琶を「ももの上におけば」「見ぐるしくも、弾きにくくもあ」るなどといった指摘自体も興味深いが、今は、この一節がどうやら男子への口伝でありながら[20]、平仮名によって記されている点を確認するにとどめよう。実践の場に即して語りかけるように言葉を続ける、右のような口伝を書き記すには、漢文よりも平仮名の方が適していたに違いない。先ほど言及した通り、専門から外れた秘事・口伝を「何々にや」と婉曲表現を交えて語り得たのも、表記が平仮名であったからこそではあるまいか。あるいは口から出るままに言葉を綴った結果が、婉曲的な物言いとして結実したと見るべきなのかもしれない。

五

しかしながら、本来書記テクストとは対極に位置するはずの口伝が、このように娘へのテクストとして書き記されたのは、いったいなぜだろうか。いうまでもなく、口伝とはあくまで口頭でなされるものである。ゆえに娘へのテクストの存在は、実際には口頭での伝授が不可能であった事実を、暗示しているはずだ。

わづかにその器に付きたるほどの事だにもすたれゆく世のするゑ、心うくかなし。このゆゑにわづかに小さき竹のつつにて見とほしたる程だにもなき口伝のほか、ごにのぞみておぼつかなかりぬべきことを、夜を残したる老のねぶりのうちに、思ひいでらるることどもをしるして、子を思ふみちのあまり、かたはらいたながら、わななくわななくつふしつつ。

先ほども取り上げた『残夜抄』の、序文の一節である。このテクストが、やはり基本的には口伝であることと、「ごにのぞみておぼつかなかりぬべきことを」と見えるように、娘と貴顕などとの交わりを想定して書かれたものであることを、まずは確認しておこう。

この中で、「夜を残したる老のねぶりのうちに」という表現に注目したい。『残夜抄』執筆の直接的な理由は、執筆者の高齢にあった。第二節でも触れた通り、孝道の筆になる楽書はそのほとんど全てが、彼が六二歳の時に大病を患って後に記されたものであることを思い出さねばなるまい。年若き頃の物は、『琵琶灌頂次第』や譜面の書写など、本論で俎上に載せているロ伝を書記化したテクストとは、基本的に質の異なるものに限られているのだ。彼の病状を、次にあげた、これも孝道から播磨への楽書『新夜鶴抄』の跋文から確認しておこう。

安貞二年九月二日より、世間人々しあひたる病を大事にして、同五日より持病のあえぎおこりあふ。同六日より腹のうち痛く、同八日より胸へ上がりて後、息絶ゆるに及びて、十一日、栂尾の聖の御房へ申して、おはしまして、戒を受け参らす。その後ややまさりて、十八九日、息たびたび絶えしほどに、三宝の御助けによりて、不思議の命いきて、同廿六日より、大事どもは助かりて、不食と脚病となほずちなくて、こしゐて立ち上がらぬ間、そそめきならひて、つれづれなぐさみに、そばなる反古をつがせて、かき集めて、二三度はしざまより見れば、あしからぬ物也。大略灌頂の巻とも言ひつべけれども、をこがましければ、おとなくて、播磨殿に奉りつ。

孝道は同書を「つれづれなぐさみ」と記しているが、老いと病からくる自分の寿命への不安[21]が、彼に筆を執らせたことは明らかであろう。娘へのテクストは、口頭でのやりとりをなし得ないがゆえの、やむを得ない代替手段だったのだ。

そもそも伝承者の「老」および「病」は、楽の家にとって重大事であったに違いない。以下にあげた二つの説話は、このことを考える上で極めて示唆的である。

基綱卿年たけてのち、帥になりて下されける時、白河院「年高くなりてはるかにおもむく、心細くおぼしめす。琵琶の秘事など、たれにか伝へおける。聞こしめしおくべきことなり」と仰せられければ「時俊、重通などにかたのごとく伝へおき侍れども、その器に足らず侍れば、孫にて候ふ小女に、秘事の底をはらひて、教へおきて侍り。もし聞こしめすべきことあらば、かれを召すべし」と申し、下りにけり。

（『十訓抄』巻十ノ六十）

大神元政、多近方がもとへ早朝に来たれる事あり……元政云はく「八幡へはまかり侍らず。けふは元賢に狛笛ふかせん料に参れるなり。百千の秘事を教へたりといふとも、舞人の御心にかなはざらん笛吹、何にてもあるまじ。元政年たけて、命けふあすとも知らず。然れば、これを聞かせ申さんと思ひて、けふは具して参れり……元政云はく「右の楽は今日したたまりぬ。秘曲をばみな伝へ教へ候ひ了んぬ。このうへはおのづから不審ならん事をば、いもうとの女房にいひあはすべし」とぞいひける。件の妹は女房ながら、元政に劣らぬものなり。安井の尼とぞいひける。夕霧がことか。

（『古今著聞集』巻六　管絃歌舞　二七二）

まず『十訓抄』は、琵琶桂流第二代の源基綱が、亡くなる前に孫である「小女」[22]に、「秘事の底をはらひて、教へ」ておいた話である。「時俊、重通」といった芸を継ぐべき男子はいるものの、「その器に足らず」と切り捨てられている。

一方『著聞集』は、大神基（原文・元）政が、嫡男である基（原文・元）賢に狛笛を伝授するために「多近方がもと」を訪れた話。ここで基政は、何か不審があればお前の妹に尋ねよと、娘に秘事を伝授していたことをうかがわせている。末尾の一文において『著聞集』編者は「夕霧がことか」と推測しているが、後でも触れる通り、基政はこの夕霧という娘のために『龍鳴抄』[23]という楽書を書き残していることを思えば、頷ける話である。

どちらの説話も、秘事・秘曲の伝承者として、若い女性が登場している点に注目したい。その際、師である基政たちが「年たけて、命けふあすとも知らず」と嘆息をもらしていたことを、看過すべきではないだろう。そして伝えるべき男子が、その資質を疑われていることも。秘事や秘曲は本来であれば、一子相伝の嫡男に対して徹底した伝授がなされるべきものである。しかしそのためには、伝授する側と伝授される側とが、どちらも健在・堪能であることが不可欠だ。師たる父親の老いや病に加え、嫡男の不在あるいは不堪などによって、両説話の如く、伝える側に伝授が未だ成らざることへの危機感が示される場合、いわば「中継ぎ」[24]として、「娘」の存在が求められたのである。

源基綱や大神基政が、嫡男不在の代替として「娘」を要請したように、大病に倒れて老いを自覚する中で、孝道もまた口伝の代替としての書記テクストを要請したのである。口頭でなされるものの代替行為(口伝の書記化)であったと思しい娘へのテクストは、同じく嫡男の代替(中継ぎ)として存在した楽家の娘たちと、その機能を同じくしていたというわけだ。この他、

くないのふこれゆきといひしもの、てかくべきありさまをさうしにかきて、それをばよるのつるとなづけて、むすめなるものにとらせおきてみまかりにきと、大宮のかががかたりしかば、たづねとりてみて、ほどのへしを、こふとて、これもはるのことなり。（『実家集』第三七九番歌詞書）

右にあげた詞書の中には、能筆の世尊寺伊行が娘のために書き残した『夜鶴庭訓抄』(よるのつる)という入木道の伝書についての言及が見える。「むすめなるものにとらせおきてみまかりにき」とあるように、娘へテクストを書き残すことと、その父親が亡くなることとが、一連の事象として把握されている点は看過できまい。

加えてかかる時間的危機感は、伝授される側が極端に幼い場合にも、同様に示されるであろう。播磨は、後妻との間に生まれた末の子であったし、『龍鳴抄』を書き与えられた夕霧も、相馬万里子氏の推定によれば[25]、当時一五歳程度に過ぎなかった。『実家集』の表現を借りるなら、幼い娘たちのために、彼らはテクストを「とらせお」く必要があったのである。書記化しておけば、未だ幼い初心の者たちが、成長して芸に熟達する過程で、改めて参照すること

も可能であったろう。書き残されたテクストには、没後自分の愛する子どもたちが、他に遅れをとらないようにとの親心が染み込んでいたはずだ。娘へのテクストは、まさしく遺訓に他ならないのである。

六

そして、この「残し」「保存」することが可能であるという点、およびその伝えるべき対象が限られた特定の相手、もちろんこの場合は娘にのみ伝わることを前提としていたという点において、これらのテクストはまさに「娘への消息」と機能の上でほとんど重なってくるだろう。個人的な感想を許容する私的性格、および口頭言語的な性格も含め、娘へのテクストは消息的テクストそのものなのである。

ここで『夜鶴庭訓抄』の序文を見たい。『夜鶴庭訓抄』という名を冠するテクストは、管絃に関するものと入木道に関するもの、少なくとも二つ知られている。次にあげるのは、先ほどのものとは異なり、管絃の方の『夜鶴庭訓抄』序文である。こちらは書き手が定かでなく、相馬氏は入木道のそれと同じ、世尊寺伊行の可能性を指摘している。[26]ちなみに、伊行は夕霧の夫にあたり、ゆえに大神基政は、彼の舅という関係になる。

此道に於ては、我身にもこのみてすきて候ふ事なれば、うけ給はりおよび、またいやしき心にもおぼえん事をば申すべし。みなひが事にもなり、をこのけも候へども、このなかにさもとおぼえさせ給はんこともやとて、書き置き候ふぞ。

「候」を繰り返し多用する、消息の文体が用いられていることに気付かされる。[27]「書き置く」という言辞も、テクストの消息的な性格を如実に物語っていよう。そして次にあげた、舅基政の手になる『龍鳴抄』の跋文は、かかる消息的テクストの基本性格に、基政自身が自覚的であったことを匂わせるものになっているのだ。

つれづれなるままに、(28)てならひの時々、させる日記もひかず。そのしるしともなきことを、心にうちおぼゆるままに、かきつけたり。おのづからすゑのよに見む人は、さもありけることかなと思はむずらむ。又これはひが事よといふ人もあらむずらむ。あはれなる事かなと思ふ人もありなむ。にくかりける事かなといふ人もありぬべし。よにかくれたらむをりは、人にみすべからず。もしいとほしみあらむ人は、みむをりをりかならず念仏を申すべし。しそんなりとも、このまざらむ人にとらすべからず。さらむをりは、法華経の料紙にやりてくはふべし。もしはやりがたくは、やきすつべし。

ゆく方も知らずなるとも水茎の跡はとまらぬことぞ悲しき

特に末尾部分。「法華経の料紙に」云々の表現からは、自らのテクストを意図的に消息、しかも消息の反古になぞらえようとする、基政の意図がうかがえるだろう。ここで、同書の識語をあげておこう。なお、この識語を記したのは他ならぬ孝道であり、彼は書写した『龍鳴抄』を娘播磨に与えている。

于時嘉禄二年十月六日書写了。伝聞、此抄有二本云々。大神基政女子二人之料抄之。聊有異歟。但不知何本。可尋之。此本度々披見之。不審等少々別紙勘付。即付属播磨局畢。

于時嘉禄三年六月六日　　散位

右に見える「女子」の内の一人が、先ほどあげた『著聞集』にその名が見えた夕霧という娘であったと思しい。夕霧は父基政に劣らない才能の持ち主であった。前掲の説話の中で、嫡男基賢に対して父基政は、「このうへはおのづから不審ならん事をば、いもうとの女房にいひあはすべし」という訓示を残していた。基政は夕霧に書き送った『龍鳴抄』を、基賢が披見することを望んでいた、と考えるのは行き過ぎであろうか。特定の相手に宛てた消息は、送り手が亡くなった後も筆の跡として残り、その後は送り手の意志を越えて伝達されていく。跋文に記された和歌は、このことを詠んだものであった。(29)

このまむ人にはかくすべからず。そのうつは物かなひたらむ人にはをしむべからず。

（『龍鳴抄』跋文、前掲箇所に続く一節）

こう言葉を続けた基政も、荒木浩氏が兼好を指して言うところの、「書かれたものが自ずからに持つ存外の伝達性とその妙ということ」(30)について、よくわかっていた一人だったに違いない。

そして『龍鳴抄』の書写者であった孝道もまた、このような消息的テクストの有する保存性・伝達性を、十分理解していた一人だったと想像されるのである。孝道が『龍鳴抄』の熱心な読者であったことは、既に述べた。愛読の余り、不審な点をまとめて『龍鳴抄中不審儀』なる二次テクストまで書き残している。以下に、その跋文をあげる。

基政は上古はぢぬほどのもの也。子を思ふゆゑに龍鳴抄をつくりて、するの世の明鏡にもちゐる。思はずに伝へ得て、いとまのひまにこれを見るに、たのしんにたえず。竹のよより見るせばき身のほどをしらず、つちのあの思ひをなして、しのびしのびに記しおく。いかにもいかにも我が家放ちて、ほかへいだすべからず。ただ播磨殿一人の料なり。

孝道がいかなる経緯で、この『龍鳴抄』を手に入れたかまではわからないが、ただ「思はずに伝へ得て」というところに、まさしく「存外の伝達性」は表れていよう。他家への流出を固く禁じたのも、自らが記したテクストの特質を、孝道がよく認識していたがゆえであったろう。

孝道が『龍鳴抄』を書写した嘉禄二年（一二二六）は、彼が六一歳の時にあたり、翌年最初の大病に襲われる。それ以降『残夜抄』等、娘へのテクストを書き残しはじめたのは、既に指摘した通りである。彼が「たのしんにたえ」なかった『龍鳴抄』を模して、自らも筆を執ったことは明白であろう。「子を思ふゆゑ」、すなわち娘のためのテクストであるという点も含めて、孝道は先輩である基政に共感していたのではなかったか。

ところで孝道は『龍鳴抄』について、『知国秘抄』の中で以下のように述べている。

> 先にいふが如く、行道参り音声などにする時、古楽にすとは基政も申したるは譜にはなし、龍鳴抄とて、かなにかきたる物に申たりげなんめり。これらもいまはさすがなる物なり、本とすべし。

前述の通りこのテクストは、後妻との間に生まれた末子孝経に書き与えたものだ。内容は琵琶を中心として、伶楽全般にわたっている。『龍鳴抄』が「譜」と二項対立的に把握されていることは、また後ほど触れるとして、今は『龍鳴抄』が仮名書きのテクストである点に言及されていることに着目したい。

いったい消息的テクストが、その建前を越えて「存外の伝達性」を示し得たのは、女性宛てのこれらのテクストが、平仮名で記されていたからに他なるまい。口頭言語の代替テクストは、口頭言語同様、即座に誰でも理解可能なものであることが求められよう。(31) 例えば楽譜に代表されるような、漢文言説の書記テクストにはない伝達性こそが、娘へのテクストの特質なのである。

先ほど第四節で、口伝を書記化するために平仮名が選び取られたと論じたが、その口伝を伝えていくためにも、平仮名は必須の存在だったのである。口伝が漢文体に書き換えられ灌頂伝授の場に現れるのは、もう少し時代が下ってからのことだ。(32) そこで優先されたのは権威や規範性であって、決して伝達性ではあるまい。

七

だが同時に、平仮名で記された如上のテクストは、いったん流出してしまえば、その道以外の人々にも容易に読み得るものであり、秘事や口伝といった道の大事が、あえなく漏れ出してしまう危険性を含有していた。漢字と専門的な記号によって書き記され、加えて伝授の儀式に組み込まれることによって、基本的にはその時以外に家から流出する恐れの少ない譜面・系図の類いとは異なり、このような仮名書きのテクストは、消息的テクスト特有の私的な性格ゆえに、流出自体の可能性も大きかったに違いない。とりわけ、これらのテクストが「娘へ」のものであったことが、その危険性を増大させたと考えられる。

又すぐれたるとくなきもの、女人にひ事ををしへさづく。女はかならず其の男のためになかだちせらる。もはらようい あるべきなり。（『胡琴教録』「教学琵琶」）

『胡琴教録』は、琵琶に関する中原有安の説をまとめたものだが、ここで興味深いのは、女性は男性のために秘事を漏洩してしまうものだ、という指摘が見られる点である。同様の指摘は、孝道『残夜抄』の跋文にも見える。

これよりのち人々あひかまへて、ふるきにかへして、わがせむみちの事をしなやかにていろふまじからむ事にくちをつぐみあひ給ふべし。なかにも女房は、ならひたらむ事と、男にあひてふるまふべからむ事を、能々心に入れ給ふべし。それは申さずともうしろめたからず候ふぞよ。

既述したように楽家にとって女性は、貴顕との結びつきを強める貴重な存在であった。しかしそれは同時に、岩佐美代子氏の指摘の如く(33)、「相伝の技能や家譜をたやすく貴顕に吸い上げられ、専門家職の存在意義を薄める危険性を」孕んでいたのである。もちろん、娘へのテクストを記し続けた孝道は、自らのテクストが持つかかる危険性について、十分自覚していたであろう。前掲『龍鳴抄中不審儀』がいかにもいかにも我が家放ちて、ほかへいだすべからず。ただ播磨殿一人の料なり。

と、家からの流出を固く戒めていたことが思い出される。

それでは、この戒めは守られたのであろうか。安易に結論を下すわけにはいくまいが、現存する孝道のテクストが、多く伏見宮家に伝えられたものであることを思えば、やはり最終的には「貴顕に吸い上げられた」と考えるべきであろう(34)。

少なくともいえることは、本来は娘に読まれることのみを前提としていた、極めて私的な存在であったこれらのテクストが、やがて漢文言説と同様、「家」のものとしての扱いを受けるに至ったという事実である。

文永四年二月十九日、とらごぜんにまゐらせんとてかきうつす。ほんは御家の御物なれば、大夫殿ゆづり給ふらんず。おほかたは、いづれもいづれも、たがひに見たからん譜も、かやうの物も、へだてなく、とりちがへて御らんずべし。心せばき事あるべからず。又いかにいかに、大事にうとからず思ふとも、ほかの人には、あなかしこあなかしこ、おぼろげならでは、見すまじき物どもにて候ふ也。よくよく心えさせ給ふべし。

（『新夜鶴抄』時経奥書）

娘へのテクストが、「へだてなく」、譜面と同じ位置に据えられているのが確認できる。漢文言説と仮名テクストとの差異を鋭く指摘した前掲の『知国秘抄』が、まさにそれに続ける形で、『龍鳴抄』のことを「いまはさすがなる物なり、本とすべし」と評価していたのは、その濫觴と呼ぶべきことなのかもしれない。

家や流派といった中世芸道を覆う諸概念が、娘へのテクストという私的な存在すら飲み込んでいった結果と把握すればよいのではあるまいか。時代がさらに下ると、先にも触れた『體源鈔』のような百科事典的な楽書が編まれ、これらの消息的テクストも依拠すべき本説として、取り込まれていったと想像される。

管絃の器をしたためしやうこんするやう、まづ我みちにつきたれば、琵琶を申べし。
（『木師抄』）

管絃ノウツハモノヲシタタメシヤウコンスル事先我道ニツキタレバ琵琶ヲ申ベシ。
（『體源鈔』巻十二ノ上　孝道口伝ノ事）

右にあげた『體源鈔』の一節が、『木師抄』からそのまま引用されたものであることは、明らかであろう。片仮名書きされたこれらのテクストからは、「娘へ」という本来の意味はもはや失われてしまっている。これは何より、口伝の硬直化を意味しよう。伶楽が衰退の道を歩んでいたことを、テクスト自身が雄弁に物語っているのだ。

実はこの『木師抄』自体からして、既に「娘へ」という本来のアイデンティティを喪失したテクストではないかとも推測される。というのも、同じく孝道の手になる、こちらは明らかに「娘へのテクスト」である(35)『管絃したたむる事』というテクストと、この『木師抄』とは、全く同文の関係にあるのだ。

管絃のうつは物をしたためしやうこんする事、女房などは、我せんわざのほかの事、いかでもありぬべけれども、また人にあつらふべからん事、又おのづから人のたづねなどせんに、むげにしらざらんもあれば、おろおろしるしおく。まづわが道につきたれば、比巴をまうすべし。
（『管絃したたむる事』）

『木師抄』は、『管絃したたむる事』から、「女房などは」から「おろおろしるしおく」までの一文を抜き取ったものに他ならない。抜き取られた箇所は、まるで『雑秘別録』の序文のようだ。もう一例あげておこう。

絃のあまりもかみ三はしもへむき、四絃はかみへむくと申しけるとかや。あなたには皆しもへむけてかへる也。人とはば、かやうの事いさといふべし。いたくさかしがらでありなむ。
（『木師抄』）

おのあまりもかみ三はしもへむき、四のおはかみへむくと申しけるとかや。こなたには皆しもへむけてかくる也。人とはば、かやうの事はいさといふべし。女房はいたくさかしがらでありなむ。（『管絃したたむる事』）

琵琶の絃の余りについて記載された箇所である。『木師抄』では、最後の一文から「女房は」という表現だけが抜き取られているのが確認できるだろう。『伏見宮旧蔵楽書集成』の解説は、「孝道は、同趣旨の口伝書を男子、女子と書き分けて与えたのであろう」と推測している。しかし、これは「同趣旨」ではなく、全くの同文なのだ。「女房は」という文言以外、記述を全て揃えるというのは、やはり不自然といわねばならない。結果、「いたくさかしがらでありなむ」という一文が意味をなし得ていない点からも、これは『管絃したたむる事』から、後代の人が意図的に書き消したものと考えるべきだ。「女房」という言葉を抜き取ることは、まさしく文字通り、テクストが「娘へ」のものでなくなることを意味しよう。「宛先」を失ったテクストには、西流琵琶の宗匠孝道という「差出人」の意味だけが残り、道の秘伝と化していったのではあるまいか。

おわりに

以上、『雑秘別録』をはじめ『新夜鶴抄』『残夜抄』など藤原孝道の手になる楽書を取り上げ、これらのテクストが共通して有する「娘へ宛てて書き残した」という特質の持つ意味について、検討を重ねてきた。娘へのテクストは、老いを迎えた師匠たる父親たちが、自らの亡き後にも言葉を伝え残そうとする営為、まさしく「娘への消息」に他ならなかった。それらは娘を直接の読み手として想定した私的で密室的なテクストであり、ゆえに楽曲からの連想による逸話や個人的な感想までもが、許容されたのである。

問題は、いかに私的なものであろうとも、あくまで書き手である孝道たちは伶楽の師であり、その言葉にはそれだけの重みがあったという点であろう。実際、後代には道の秘伝と化していることからも明らかなように、書き手と読み手がともに楽の家の者であるこれら娘へのテクストは、その内容がいかに連想による脱線や些末な感想を含むものであっても、後代の読み手にとっては貴重なものであったに違いない。いや、むしろそういう知られざるエピソードなどを多く含み持つからこそ、かえって、テクストとしての価値は高まったのではなかったか。

もし楽書に『徒然草』への史的な流れを認めるならば、このようなテクストの書き手・内容の専門性が、どのように捨象されるかが問われなければなるまい。次章では、阿仏尼の筆になるテクストをひもとき、この問題を追及することとしよう。

その前に、最後にもう一点付け加えたい。『雑秘別録』には「させる事なき申ごとなれど」(安楽鹽)や「ついでに申すなり」(秦王)といった、自分の文章に対してもう一人の自分が説明を施しているかのような表現を、多数指摘することができる[36]。このテクストがどう読まれるかということに対する、書き手の敏感な自覚がうかがえまいか。本論中で触れた、専門外の秘事に対する婉曲表現の多様などに見える、慎重に過ぎるともいうべき執筆態度も、この自覚ゆえにもたらされたものであろう。

消息とは本質的に、極めて限定された想定読者たる一個人に、語りかける行為である。実際には眼前に存在しない読み手に代わって、書き手の頭の中に、語りかける対象は明確に据え置かれるであろう。それはもう一人の自分の言葉への意識、すなわち自らのテクストを対象化する意識へと、必然的につながっていくのではあるまいか。

右の如き自己言及は、そういったテクストの対象化がされてはじめて可能になるものと思われる。前章で確認したように、それが中心とすらいえるほどに、「消息文」には批評的言説が溢れていたが、対話こそが批評を生むのだとしたら、消息的テクストの有する批評性は、かかる対象化によって可能になったものであろう。そして想像をたくましくすれば、対象化されたテクストは書き手に対して、『雑秘別録』の如くテクストの内容への自己批判のみならず、やがては「書く」という営み自体の意味すらも問い返すに至るのではないか。消息的テクストに潜在するこれらの問題についても、この後、論じていきたい。

(1)　日本思想大系『古代中世藝術論』(岩波書店、昭和四八年一〇月)所収の植木行宣氏による解題。
(2)　藤原孝道に関しては、石田百合子「藤原孝道略伝」(『上智大学国文学論集』昭和五七年一月号)に詳しい。
(3)　吉川英史監修『邦楽百科辞典　雅楽から民謡まで』(音楽之友社、昭和五九年一一月)の同項解説によれば、「雅楽の用語。舞楽の舞人の上首にあり、舞楽全般についての指導的な立場にある者を指す」。
(4)　土谷恵「法会と童舞――後白河院政期を中心に――」(五味文彦編『芸能の中世』吉川弘文館、平成一二年三月)。同論文には、当該箇所の指摘も見える。
(5)　このような書記行為は、晩年の大江匡房が、自家に伝わる有職・口伝の失われることを恐れて藤原実兼に筆録させたという『江談抄』などと、近い性格を有するものであろう。
(6)　略年譜は、石田前掲論文所収のものを適宜参考にした。
(7)　嫡男孝時は、『文机談』に「孝時は、父まかりにける後は天下こぞりて師範とす」と見えるように、この道の名手であったと思しい。もっとも後節で触れている通り、『文机談』が孝時を師とする隆円の筆になることは留意されねばなるまい。同書からは、孝時と継母との確執の様も知られる。
(8)　「さらゐつきといふ事あり。入る時あることにや。たしかならぬことなり」(『龍鳴抄』「賀殿」)。「第四帖ヲバ名更居突。

タヤスク舞連事ナシ。残シテ入綾ノ時一者舞之。秘事故也」(『教訓抄』「賀殿」)。「この舞にひざうの事とてさらゐつきといふ事あり」(『雑秘別録』「太平楽」)等。なお、磯水絵「楽書と説話」(説話の講座第三巻『説話の場――唱導・注釈――』〈勉誠社、平成五年二月〉、後に『説話と音楽伝承』〈和泉書院、平成一二年一二月〉に収載)、深沢徹「芸能史上の大江匡房――舞楽「賀殿」におけるサラキツキの所作をめぐって――」(『国文学　解釈と鑑賞』平成七年一〇月号)の両論は、この秘事と匡房を巡る当時の芸能史的背景を詳論している。

(9)　『教訓抄』が、実際に用いられるか否かといった、実践的な掲載基準を示しているのとは極めて対照的である。

(10)　山田洋嗣「古寺の情景――「秘」が伝えられる時――」(『日本文学』平成七年七月号)

(11)　『教訓抄』「散手破陣楽」の項に「破七帖、拍子各二十。一・二・三、如常、四・五・六帖ニ執桙。謂之散手長桙。殊ニ為秘説ナリ」と見える。

(12)　一方で、秘事以外に伝えたいことがあれば、そちらが優先されることにもなる。「万秋楽」では、「これこそ世に事かまびすしきものなれ」として、豊原氏と大神氏との論争を俎上に載せる。そこでは「秘事どもはさておきて」と叙述されており、かえってテクストの方針を浮き彫りにしていよう。

(13)　同じ近衛家基奥書本を翻刻した『群書類従』は、同箇所を「くはしからず」としている。

(14)　この一節などは、『徒然草』筆者の物言いを彷彿とさせよう。

(15)　例えば『源氏物語』「少女」の、内大臣と大宮とのやりとりに見られるように、女性が琵琶の技の伝授に無縁であったわけではない。問題は、その意味の変質にある。

(16)　岩佐美代子「音楽史の中の京極派歌人達――琵琶・箏伝授系譜による考察――」(『和歌文学研究』昭和五二年九月号、後に『京極派和歌の研究　改訂増補新装版』〈笠間書院、平成一九年一二月〉に収載)は、持明院統あるいは西園寺家と、孝道の眷属との琵琶を介した結びつきを詳述し、拙論もこれによるところが多い。

(17)　岩佐前掲論文より。多氏等の重代楽人との相克については、これも非重代の楽人であった中原有安を中心に、森下要治「中原有安と大原琵琶――琵琶桂流をめぐる情念――」(『国語と国文学』平成七年四月号)が論じている。

(18) 「心に思うままを書く草子――徒然草への途――(上)」(『国語国文』平成元年一一月号、後に『徒然草への途 中世びとの心とことば』〈勉誠出版、平成二八年六月〉に収載)は、「親から子孫へ、師から弟子へ、そして、「他見」を許さない、その書の対象、伝達の範囲をそう指定、もしくは装ってなされる、一種の密室の設定に於て、就中特徴的な、そうした著述行為に於ては、一転、思い出づるままにというスタイルが、積極的な意義を以て機能する」と論じる。

(19) 豊原統秋が永正九年(一五一二)に、応仁の乱以降、楽の道が衰退しつつあることへの危機感から筆を執ったという。

(20) なお本章の後半で指摘するように、この『木師抄』というテクストは、本来は女子に書き与えられたものであったと思しい。男子の奏法への言及は、女子からさらにその所縁の男子へ、テクストが伝わることを期待したためと考えられる。

(21) 芸道の師匠とは異なる存在だが、老いへの不安が筆を執らせた例として、『大槐秘抄』をあげることもできる。藤原伊通が政治のあるべき姿を記して、二条天皇に献上したこの書は、跋文に

此の仕うまつりたる学問のさりともさりともと思ひ給へ候ひつる間に、これを少しも君に知られ参らせ候はで、すでに七十に成り候ひなむず。旦暮、今日明日にまかりなりて候ひにたり。執とまりて覚え候ひて、御興の候ふと承り、喜びて、少しのことの端々を、きと覚え候ふほどをやはらげ書き出でられて候ふなり……すなはちやがて火に焼き給ふべし。

と見える通り、長年学問に打ち込んできた伊通がそれを披露する機会に恵まれず老齢に達し、披瀝への断ちがたい執着から筆を執ったものと思われる。伊通の没年は長寛三年(一一六五)、時に七二歳であり、『大槐秘抄』はまさしく、死を目前にした書き手によるテクストであった。なお、「きと覚え候ふほどを」云々といった表現の存在から、これが消息的な性格を有していたことも予測されよう。実際、その内容は多岐にわたるが、その中には

殿上の小庭には、夏はじの木といふ木をなむ植ゑて候ひける。小さくてたけ高くならぬ木の枝ざし、いみじくをかしげなるにてなむ候ひける。

などと、筆の逸脱と思しき回顧や感想が散見する。

(22) 森下前掲論文、および森下要治「琵琶桂流の流派形成期について――源基綱の琵琶――」(『国文学攷』平成六年九月号)は、この「小女」が音楽史上に占める位置について検討している。

(23)『龍鳴抄』は、長承二年(一一三三)の成立。京都方大神家の楽人で、無双の笛の名手と謳われた大神基政によって記された、彼の専門であった笛に関する楽書である。時期的には、これまであげた孝道らのものより百年ほど早く、楽書の嚆矢的存在といえる。
(24)五味文彦「女性所領と家」(『日本女性史』第二巻、東京大学出版会、昭和五七年二月)、松薗斉「中世の女性と日記――「日記の家」の視点から――」(『金澤文庫研究』平成二年九月号)、小川剛生「藤原長方の子女たちをめぐって」(『明月記研究』平成一〇年一一月号)等が指摘する。
(25)相馬万里子「竜鳴抄と夜鶴庭訓抄――建礼門院右京大夫の周辺――」(上村悦子編『論叢王朝文学』笠間書院、昭和五三年一二月)
(26)相馬前掲論文。
(27)同様の傾向を持つものに、楽譜の伝授奥書があげられる。例えば孝道の嫡男孝時が娘博子に与えた『三曲秘譜』という譜面の奥書は文末に「候」を用いた仮名書きの長文であり、博子七歳の折の思い出等、書き手孝時の筆の滑りが認められる内容になっている。譜面そのものではなく、奥書という空間の有する付属的性格が、娘へのテクストと近似した私的言説の存在を許容したか。なお、この奥書に関しては相馬万里子「『三曲秘譜』奥書と藤原博子」(『リポート笠間』平成四年一〇月号)に詳しい。
(28)諸氏が指摘する通り、『徒然草』の序文との類似に注意したい。孝道『新夜鶴抄』跋文にも「つれづれなぐさみに」とあった。
(29)かかる内容を有する和歌は、指摘するに枚挙にいとまない。一例として「我ならで誰かあはれと水茎の跡もし末の世に残るとも」(『建礼門院右京大夫集』序)など。
(30)荒木前掲(18)論文。
(31)網野善彦「日本の文字社会の特質」(『日本論の視座　列島の社会と国家』小学館ライブラリー53、平成五年一二月)は、「男性の書く平仮名交じりの文書」が、「鎌倉期に入ると」「広く用いられるようになっ」たことを指摘した上で、「しかし、なぜこのように平仮名で譲状や置文が書かれたのか。被譲与者が多くは童であったこともおそらく多少は関係しているであろうが、なによりも、譲与の行為が、被譲与者たち、妻や多くの子供たち、およびその周囲の人々に、明確に確認される必要があったことに、その最大の理由を求め得るのではないか」と論じている。

(32)　例えば

以上口伝等、貞治六年仲呂廿二日、於妙音大天尊像前、受僧良空説了、播磨局余流也、世更無此説知者、法深之流更不知之云々、三曲別譜等追可書進之由申之、其外楽曲口伝等少々随思出可注之

同廿四日記之(崇光天皇花押)(『一人口決』伝授奥書)

など。貞治六年は一三六七年。伝授された口伝が「播磨局余流」とされている点が興味深い。「其外楽曲口伝等少々随思出可注之」という表現からは、本論中で触れた「当座性」の残滓がうかがえる。

(33)　岩佐前掲論文。女子への文字テクストの伝授が憚られたことについては、『山槐記』永暦元年九月一〇日条にも「不披露幷不伝女子」と見え、注(24)にあげた諸論もこぞって指摘している。

(34)　これも岩佐前掲論文が指摘している。

(35)　奥書にも「是は故入道自筆に書きて、故女房にまゐらせられたるを、あや御前のかたへ譲りたるを、書きうつして少将殿にたてまつる。ゆめゆめ人に見すべからず。ゆゆしき秘事どものあるゆゑなり」と見える。「故入道」は孝道、「故女房」は播磨を指す。

(36)　「みな人知りたることなれど」(万歳楽)「楽のしるし文にこまかにあれども」(蘇芳菲)等。基本的に、どれも自分の文章に対する弁解に相当する文言である。

第三章　「文」の特質――阿仏尼と「消息」

一　『阿仏の文』

はじめに

　前章では『雑秘別録』や『残夜抄』など藤原孝道の楽書を中心に、娘へ宛てて書き記されたことの持つ意味について検討した。これらは「文」の特質である、書き手の死後も「残る」ことを期待して書かれたものであり、娘を直接の読み手として想定した、私的で密室的なテクストであった。それゆえに、覚書的な逸話や個人的な感想が入り込む余地を持っていたのである。

　前章の最後で予告した通り、問題は楽書に『徒然草』への史的な流れを認めるならば、このようなテクストの書き手・内容の専門性が、いったいどのように捨象されたのかということであろう。これから後も本書中でたびたび言及することになるが、和歌を除きこれといった芸道あるいは有職の専門家でもなかった兼好と、孝道たちとの間には、まだ幾つかのミッシングリンクが残されていると思われる。[1] そこで本章では、鎌倉時代中期の歌人阿仏尼を俎上に載せ、彼女を右の如き文学史の流れを考える上で鍵を握る存在ととらえて、そのテクストの性格を検討することとしたい。まず考察の対象に据えるべきは、やはり「文」、すなわち消息そのものを表題に冠している『阿仏の文』であろう。

阿仏尼が娘紀内侍に宛てて、宮仕えの心得を説いたものとされる『阿仏の文』。そもそもこのテクストは、いかなる性格を有するものなのであろうか。(2) 確かに『阿仏の文』には、娘を思いやる母親の愛情が溢れている。しかしながら、それゆえに同書を「母性愛」というキーワードのみで把握しようとすることは、避けられねばなるまい。『十六夜日記』によって決定された阿仏尼のイメージがそこに重ねられているわけだが、テクストの解釈を書き手の人的個性にのみ還元してしまっては(それは全く同様に、『徒然草』研究にも当てはまることであるが)、その背後にある文学史的動態を見失うことになるだろう。彼女のみが特別強い「母性愛」(3) を有していたわけではあるまいし、また仮にそうであったとしても、そのことのみをもって、出仕する娘への教訓書という前例のないテクストが生み出された因とするのも、拙速に過ぎよう。

これまで『阿仏の文』は、『身のかたみ』や『乳母の草紙』等、南北朝期以降、特に近世期に量産された女訓書の先駆けとして位置付けられ、論じられてきた。(4) 実際『阿仏の文』が、それらの女訓書に与えた影響は小さくないと考えられる。しかし、後世の享受の有り様と同時代における位置付けとは、必ずしも一致するものではない。女訓書の嚆矢として享受された『阿仏の文』は、それが記された時代においては、いかなるジャンルのテクストとして認識されていたのであろうか。

以下、テクストの表現に寄り添いながら、『阿仏の文』の有する性格を明らかにしていきたい。なお同書には、別系統の異本とも呼ぶべき『庭のをしへ』の存在が知られている。一般に『阿仏の文』を広本、それに対し分量の少ない『庭のをしへ』を略本と呼んで区別することが多い。両者の関係について、稿者は岩佐美代子氏の指摘同様、(5)『庭のをしへ』は後人の抄出・改作と考えている。この点についても、後で触れることになろう。

一

『阿仏の文』の表現上の特徴としてまず指摘されるべきは、同テクストが「候文」を基調とした、いわゆる消息の文体で記されている点であろう。

なにはのことのよしあしをもおぼしめしわき候はんまでは、うきをもしのびすぐして、御身をさらぬまもりにとこそおもひまゐらせ候ひつるに、おのが世々にもなりぬべく候ふ事のさやは契りしとおきふしなげかれ候ふに、御文見候へば、いさめしものと見え候ふこそあはれにおぼえ候へ。

という書き出しにはじまり、最後は

わが心のままにふるまひ候はんにはいたづらごとにて候ふ。かかることわりとはしりて人ごとにまよふことにて候ふ。よくよく御心得候ひて、御料簡候ふべく候ふ。あなかしこ。

と閉じられており、テクスト全体が消息の形式に寄りかかって記されていることがわかる。「寄りかかる」という表現すら適切ではないかもしれない。

かきもらしたることもおほくをかしき事も候ふらん。それにつけても御覧ぜんたびごとにあはれとおぼしめし候へ。いたづらごととおぼえ候へども、いさごの中にも玉はひとつかならずゆられてあるものにて候ふ。此の文の中にもおのづから御目とまることも候はば、かならず御用にたち候はんずるぞ。

右の一節から明らかなように、阿仏尼自身がこのテクストを「此の文」、すなわち「娘への消息」として認識していたのである。その意味で『阿仏の文』という呼称は、テクストの性格を的確にとらえたものと認められるだろう。対して前述の『庭のをしへ』というタイトルは、娘への教訓というテクストの内容面に即した命名であり、消息という形式を無視した理解によっている。後世女訓書の嚆矢として位置付けられた同テクストの享受の様を、象徴的に示しているといえようか。確かに『阿仏の文』は、出仕した娘への教訓を意図して記されたものである。しかしその内容は、単なる教訓の羅列にはおさまっていない。例えば、琵琶等をたしなむべきことを説いた箇所では、

五の御年よりならはしそめまゐらせて候ひしに、ふしぎなるまで御器量さとく、いみじき人々にもおとるまじくなどほめられさせおはしまし候ひしに、七つにて御今参りの夜、ゐんの御前にてひかせおはしまし、又八の御年とおぼえ候ふに春宮の御琵琶にひきあはせまゐらせなどなをあげさせ給ひ候ひし御事にて候へば、いかにもはげませたまひて上手のなをもえんとおぼしめし候へ。

と見える如く、娘紀内侍の幼少の頃の思い出に筆を滑らせている。回想の助動詞「き」を基調としたその文体は、同テクストが普遍的・一般的な教訓書ではなく、まず娘ひとりに宛てて記されたものであることを示していよう。ある意味、女訓はそのメインテーマであったに過ぎない。

その御身いまだうまれさせ給はず候ひしほどに、あやしうたのもしき夢を見て候ひしにも、かならず女にて、かたじけなきくらゐに世をてらすさまにさやかにみえさせ給ひ候ひし。

おもひのほかなることにて、中比よにふるたづきもすたれ、したしきにもそむけられ、うときにもましてことゝふかたなう成りたる事候ひしを、はぐくみまゐらせし心苦しさはおほふばかりの袖もひきたらず。

はるのにしきも秋のたつたひめも、わが子のためにたちかさねんことをおもひ、まだひとへなる袖のうたたね、こころぐるしくて、さむきよにもゆかをあたためて、かたはらにふせまゐらせ、雪の光をかべにそむけるひかりとたのみて、あかすよなよなおぼえ候ひしにも……。

等に見られる、教訓からは逸脱した母子二人に関する過去の回想場面の存在が、このことを如実に物語っていよう。なおこれらの回想場面の多くが、略本では削除されている点も付記しておく。

如上、女訓にとどまらない内容の広がりは、テクストが消息という形式によっていることとの必然的な帰結であったろう。第一章で見た、「文」について論じた『無名草子』の一節に、

遥かなる世界にかき離れて、幾年あひ見ぬ人なれど、文といふものだに見つれば、ただ今さし向かひたる心地して、なかなか、うち向かひては思ふほども続けやらぬ心の色もあらはし、言はまほしきことをもこまごまと書き尽くしたるを見る心地は、めづらしく、うれしく、あひ向かひたるに劣りてやはある。

と見えた如く、消息は「言はまほしきこと」を残らず書くことを可能にする。それはあらかじめ読者(宛先)が明確に定められることによって、まるで「ただ今さし向かひたる心地」で執筆されるがゆえであろう(6)。前章で取り上げた、孝道から娘へ書き与えられたテクストに、筆の滑りと思われる箇所が多く見られたことを思い出したい。

再び『阿仏の文』から、

何よりも心短く、ひききりなるが、あなづらはしく、わろき事にて候ふ。ながながと何事もあるやうあらんずらんとおもひのどめたるが、なだらかによく候ふ。されぱとて、公私につけて、いそぐべからんことを、いふかひなくて、月日をおくり時をうつされ候はんはわろく候ふ。

この「されぱとて」という表現に注目したい。何事も心穏やかに、ゆっくりと行うのがよいとの教えを説いた後で、

「だからといって」急ぐべきことを急がず、無駄に日数をかけるのもよくないことだと、まるで前の教えとのバランスをとるかのような一節が書き加えられている。テクストを読んだ娘が極端な思想に陥らないようにとの配慮であろうが、読み手の「読む」行為を、書き手が先んじて行っている点は興味深い。まさしく「ただ今さし向かひたる心地」で筆が進められていると知られよう。如上の表現は、一箇所にとどまらない。

されぱとて、我こそはとにくいげして、ひとのことをもどくやうになどは候はで、うらうらとなにのすぢあるさまには見えぬものから、こころの中にはうつくしく、なにごともゆゑある色をそへてしがなとおぼしめし候へ。

されぱとて、えんあるすがたにのみひきとられて、たましひの候はぬもわろく候へば、さやうのことはなほなほふるきを御覧じ候へば、いかにも歌をばこのみて、しふにいらせ給ひ候へ。

かく申し候へばとて、よろづに染み返り、物めでするさまにもて出で、えんある気色あるさま人にみえんなどは、おぼしめし候ふまじく候ふ。

書き手と読み手、双方の立場を演じながらテクストは進められる。それはまさに、消息の執筆行為そのものであった。

二

それでは、このように教訓を含んだ長文の消息が、阿仏尼によって執筆された所以はどこに求められるのであろうか。ただしここで、娘に教訓を与えることになった必然性と、娘に教訓の消息を「書き」与えることになった必然性とを、混同すべきではない。前者は、個人的な事情に帰せられる阿仏尼自身の問題だが、後者は、テクストの有する文学史的意義の問題でもあるからだ。

まずは前者から確認する。前節であげた序文からもわかるように、消息執筆の直接的な契機は、娘紀内侍との別居にあった。別の箇所からもあげておく。

かやうの事申し候へば、返す返すをこがましく、おちちりたらんためもかたはらいたく候へども、せめての御心ざしのあまりにたちはなれまゐらせ候はん世のおぼつかなさに、これをやがて、わかれのはじめにてもや候ふらん。しらぬ世にて候へばその詞ともおぼしめし出で候ふばかりとおろかなる筆にまかせ候ふも……。

同書が執筆されたのは、文永元年(一二六四)前後、阿仏尼が為家との実質的な同棲を始めた頃かと推測されている。(7) その結果、娘との日常的な接触が難しくなったために『阿仏の文』を書き残したと考えるのが、確かに最も自然であろう。阿仏尼自身、安嘉門院に仕えていた経験を有しており、伝えておくべき処世術・知見の類いは少なくなかったはずだ。

もちろん、このような宮仕えにおける心構えの教授は、阿仏尼独自の発想ではなく「当時の女房勤めをする女性達、阿仏周辺の御子左家の女性達の女房としての意識とも、当然共通するもの(8)」であったと思われる。親から子へ、古参の女房から新参の女房へ、『阿仏の文』に見られるような教訓の伝授が、頻繁に行われていたと想像することは許されるだろう。

娘との別居は、日常的になされていたと思しい如上の教授を、改めて行う重要な契機であったに違いない。例えば同趣旨のものに、同じく鎌倉期に記された『とはずがたり』に見える、宮中に仕える娘に対する父雅忠の遺戒を指摘することができる。『阿仏の文』の説く出家の勧め、身のほどもよのありさまも、おもふやうにならぬ事にて候ふとも、五年六年のほどはしのびて、色かはらぬやうに候はせたまひ候へ。なほ憂き身のすくせども思ひ知りぬべくならせ給ひ候はんときは、一筋におもひさだめて、さるべきついでして、さまうちかへて、しづかにおぼしめし候へ。

と、雅忠遺戒の

君に仕へ、世に恨みなくは、慎みて怠ることなかるべし。思ふによらぬ世のならひ、もし君にも世にも恨みもあり、世に住む力なくは、急ぎて真の道に入りて、わが後生をも助かり、二つの親の恩をも送り、一蓮の縁と祈るべし。

院の寵愛を失った後の身の処し方についての言との間には、つとにその類似性が指摘されている(9)。時代思潮とでも呼ぶべき、内容の共通性だけではない。どちらも対象を娘に限定し、それとの直接対峙(消息の場合は身体的には直接ではないが)の場において、言葉が紡ぎ出されているのだ。愛娘との別居を余儀なくされていた阿仏尼にとって、『阿仏の文』は確かに、遺戒にも似た意味合いを有していたであろう。

しかしながら、『阿仏の文』以前には、かかる内容を持つテクストが記された形跡が見えないことに注意したい。雅忠のように口頭でなされた教訓の類いと、それを書記化する営みとは、次元を異にするものだ。これほど詳細に、女房としてのあり方について「書き残し」たのはなぜか。娘に教訓を伝える書記テクストが生まれた史的必然性が、問われなければなるまい。

ここで注目したいのが、次の一文である。

真名は女のこのむまじき事にて候ふなれども、文子様歌の題につけて、さるさまをしらぬほどならんは、をこがましく候ふ……墨付き筆のながれ、夜の鶴にこまかに申しげに候ふ。御覧候へ。

書をたしなむべきことを説いた箇所に見える一節である。阿仏尼は真名について、女性が好むべきことではないとしながらも、だからといって、全く知らないことはおこがましいとして、詳細は『夜の鶴』に記されているようだから参照するようにとの教えを書き記している。

ここに見える『夜の鶴』とは、既に指摘されているように(10)能筆世尊寺伊行が、娘に書き与えた入木道の伝書『夜鶴庭訓抄』のことと考えられる。以下にその序文をあげる。

入木とは手かく事を申す。この道をこそはなに事よりもつたふべけれ。されど額、御願の扉、また異国の返牒、御表、色紙形、願文など人かかすまじ。それがしの子とて、内院よりかけとも仰せあるまじ。されど仮名はかくべき也。世に手書きにつかはれむ定、御さうしなどぞ給はりてかかむずる。さはいへども仮名は道せばくやすき事なれば、このまむになどかかかざるべき。

能書の家に生まれた娘のために、伊行が亡くなる前に書き残したテクストと言われる(前章第五節参照)。娘は女性であり道を継ぐべき存在ではないわけだが、「それがしの子とて」以下に見える通り、自らの死後あり得べき事態を想定し、鍾愛の娘が恥をかかないようにとの思いから記されたものだ。

女のためよしなけれど、家の風なれば、人よりもつまづまを、すこしづつ、知る可き事也。

又たれが御願ともしらぬ事は、むげなれば少々しるしたり。

などとあるように、読み手である娘の立場が執筆内容を左右している。文末に「候」を用いた消息文体で記されているわけではないが、前節で見た消息としての性格を、このテクストも有しているのだ。そして既述の通り、同種の性格を持ったテクストは、『夜鶴庭訓抄』一つにとどまらない。

前章の繰り返しになるが、中世前期における伶楽等にまつわるテクストの中には、『龍鳴抄』や『雑秘別録』の如く、伶人であり楽の家の当主でもある父親から、その娘へ書き残した遺訓・遺戒に近い性格を有するテクスト群の存在が認められた。それらの内容は道の秘伝に関するものを中心とし、与えるべき娘の必要に応じて、書き記す中身が選別されていた。芸道のジャンルこそ違うが、『夜鶴庭訓抄』もその一つに数えられよう。

そこでも論じたように、それら消息的な性格を有した諸テクストが生み出された背景には、家芸の伝承に対する危機感があったと思しい。家の技芸を保持しようとする意識が、「遺訓の書記化」の盛行をもたらした。自らの死後も確実に伝え残すことができる、「文」＝書記テクストの力が求められたのである。既に『夜鶴庭訓抄』に接していた阿仏尼が、この点に鈍感であったとは思えない。娘へ書き残すという時代の持つ書記行為の傾向が、『阿仏の文』にも影響を与えていると見るべきではあるまいか。

ただし、別段家を背負う存在でもない阿仏尼のテクスト(11)と、これら娘へのテクストを単純に同一視するのも、問題無しとしない。女房としての心構えは、芸道でもなければ家芸でもない。そして後者は当然ながら、伊行あるいは孝道の如く、全て男性の手によって書き記されているのだ。後に阿仏尼が御子左家を背負う立場に身を置いたことを前提に、『阿仏の文』を読んではなるまい。

孝道たちのテクストと異なり、記された中身にも記した書き手にも、『阿仏の文』は存在の根拠を持たないのだ。代わりにテクストを成り立たせていたのは、「言はまほしきこと」を記し得る、消息という表現手段そのものではなかったか。同書が消息として執筆されていたのは、娘へ書き残す立場にはなかった阿仏尼にとって、必然的に要請されたものだったと想像されるのである。消息の有するテクストとしての機能、中でも女性であった阿仏尼にとっての意味が、問われなければならないだろう。

三

前節で『阿仏の文』が、世尊寺伊行の『夜鶴庭訓抄』に言及していた点に触れたが、この部分は略本の『庭のをしへ』との間に、重大な異同が見られる箇所でもある。以下、『庭のをしへ』の当該部分を引用する。

女の歌はあまりにことごとしくてみがきくたせるかたなどは候ふまじく候ふ。さればとて、えんあるかたにひきとられて、たましひの候はぬもわるく候ふぞ。歌のすがた、おもむきは、夜の鶴にこまかに申して候ふ。御覧候へ。

『阿仏の文』では、書をたしなむべきことを説いた一節に引用されていた『夜の鶴』が、『庭のをしへ』では、女房は歌をどのように詠むべきかについて言及した箇所で用いられているのだ。

これは、同じ阿仏尼の手になる歌論書『夜の鶴』の存在にひかれた『庭のをしへ』の編者が、その引用を恣意的に動かしたためと考えることができる(12)。

第一章でも触れた通り、阿仏尼『夜の鶴』は序文に

さりがたき人の、「歌詠むやう教へよ」と、たびたび仰せられ候へども、わがよく知りたることをこそ人にも教へ候ふなれ、いかでかは、といなみ申し候ふを、あながちに恨み仰せられ候ふもわりなくて、そぞろなることを書きつけ候ひぬるぞ。ゆめゆめ人に見せられ候ふまじ。

とあり、また続けて

これはただ、年ごろ、歌よみときこゆる人のあたりにて、わづかに耳にとまり候ひしことの、老いほれたる心

地に、いささか思ひいでられ候ふかたはしを申し候へども、さながらひがおぼえぞ候ふらむ。

と見えるように、ある貴人から歌の詠み方を教えるよう依頼を受けた阿仏尼が、亡夫為家の言を引きながら、題詠の心得や本歌取りの方法などについて記したものである。文中の「さりがたき人」が誰を指すかについては不明という他ないが、(13)『夜の鶴』という表題から考えて、貴顕への消息として書かれた原本(「候」を用いた消息文体である点に注目されたい)を、後にわが子のための指導書として転用したのであろう。右にあげた序文は、かかる経緯を説明したものと思われる。

為家死後の執筆であることは明らかで、ゆえに『阿仏の文』の中で同テクストが触れられることはあり得ない。『庭のをしへ』の編者が『夜の鶴』と「阿仏尼」の名にミスリードされて、伊行『夜鶴庭訓抄』と混同したものであり、この点からも『庭のをしへ』の異本性が知られよう。

ただ、今問題にすべきは、阿仏尼が消息の中で歌論を展開したこと、すなわち批評を可能ならしめる手段としての消息の特性についてである。同種の例をあげよう。

毎月の御百首能々拝見せしめ候ひぬ。凡そこのたびの御歌、まことにありがたう見申し候へば、年来愚かなる心にかたじけなき仰せを辞みがたさばかりをかへりみ候ふとて、わづかに先人申しおき候ひし庭訓のかたはしを申し候ひき。定めて後の世の笑はれ草もしげうぞ候ふらんなれども、さすがにそのあとやらんと、御歌も事の外によみつのらせおはしまして候へば、返々本意におぼえさせ給へて候ふ。

別に『定家卿消息』とも呼ばれる『毎月抄』は、ある貴顕が毎月送ってくる百首詠に対する添削に添える形で記された、定家の手になるという歌論書である。本文も完全な消息体となっている。まず偽書であろうと推測されるテクストではあるが、定家が消息の中でかかる歌論を展開した、その可能性を疑わなかった時代思潮が存在したことは確か

であろう。少なくとも、

この御百首に多分古風のみえ侍るから、か様に申せば、又御退屈や候はんずらめなれども、しばしはかまへてあそばすまじきにて候ふ。今一両年ばかりも、せめてもとの体をはたらかさで、御詠作あるべく候ふ。

今にはかに勘へ申し候ふ。さだめて髣髴きはまりなうぞ候ふらんとあさましきまで思ひ給へ候ひながら、ひとへに愚訓をのみまぼる、そのおほせかたじけなく候ふままに、左道の事共しるし付け候ふ。相構々々不可及外見候。

などに見られるような、対象が限定されているがゆえの、その対象人物のみにあてはまる発言の存在は無視できない。真作・偽作の議論の際に必ず取り上げられる、いわゆる「明月記」の記載も、

かやうのそぞろごとまで申し侍る事、いとどかたはらいたうぞ覚え侍る。

私的な消息というテクストの設定・性格が、脱線とも呼ぶべき記載の存在を可能にしたのではなかったか。

前述の如く、『毎月抄』というテクストは、添削を主目的とした返信の追伸として記されたものであった。かの『紫式部日記』「消息文」も、「このついでに」という文言から書き始められていたことを思い起こしたい。それらは、テクストの私的性格を宣言するものであり[14]、同時に、書き手に執筆の妥当性を保証するものであったろう。

いったい、院政期の歌学書・歌論書の類いは、その多くが「貴顕への著作提出」[15]を目論んで記されたものであった。しかしながら、誰しもが貴顕へ自著を献上できる立場にあったわけではなく、またその機会に恵まれていたわけでもない。対して、私的な消息の執筆は、自説開陳の絶好の機会ではなかったか。今あげた『紫式部日記』「消息文」が、

「女性たちを批評する評論文でもあった」[16]ことは偶然ではあるまい。中でも、家を継ぎ、道を背負う立場にはない女性たちにとって、消息こそは自説を披瀝し得る数少ない手段であったと思われるのだ。俊成卿女による『越部禅尼消息』からあげる。

ただありのままに、おそれをはばからで詞をまぜかざる事候はず申し候はば、めにおよび候ふにとりては第一とこそおぼえ候へ。

かやうにそぞろ事いくらもいくらも申したく候ふ。

同書の個性とも呼ぶべき忌憚のない勅撰集評を可能にしたのは、為家への消息という、密室的な空間設定であったろう。このテクストが、現存する歌論書としては女性初のものであった点を看過すべきでない。いや、歌論書と呼ぶのも適切ではないかもしれない。同書はあくまで消息であり、それゆえに私的な見解が披露され得たのである。

俊成卿女同様、女性であった阿仏尼が貴顕からの要請に

かやうのことども書きつらね候はば、浜のまさご数かぎるべくも候はねど、ただいまきとおぼえ候ことばかりを、御使をとどめながら、書きつけ候ふなり。

と、消息という手段で応じたのも、むべなることであったろう(『夜の鶴』)。散逸したテクストの可能性も想定されなくはないが、歌道家の中枢に生きた阿仏尼とはいえ、やはり消息こそが、歌論を記し得る方途だったのではあるまいか。阿仏尼は為家の秘書役として、早くから御子左家の諸資料と関わっていたと知られている。如上、消息の中で開陳される歌論の類いをはじめ、様々な文書に触れる機会も多かったに違いない。[17]阿仏尼の手によって書写された『越部禅尼消息』の存在も、あわせて指摘しておく。[18]

そしてその消息が、「ほとんどそのまま、わが子(為相たち)への指導に転用[19]」される。それはまさしく、
侍従為相の君のもとより、五十首の歌、当座に詠みたりけるとて、清書もしあへず、便宜過ごさじとて下されたり。

又この五十首の奥に、言葉を書き添ふ。大方の歌ざまなどを、ほめも、又詠むべきやうなど記しつけて……。

『十六夜日記』鎌倉滞在記の中に見える、右らの一節と同質の営為であったろう。阿仏尼は消息(『毎月抄』同様、定数歌の添削)の奥に、愛息為相への和歌教訓を付記していた。同じく『十六夜日記』の冒頭に
「道を助けよ、子をはぐくめ、後の世をとへ」とて、深き契りを結びおかれし……。

と見えるように、為相らの教育は亡夫との約束であり、彼女にとって最優先事項であったと思しい。

そしてここでもその最優先事項の手段として、消息が用いられている点に注目したい。そもそも阿仏尼にとって、子息の指導とは何を教え伝えることを意味していたのか。

さらでは歌よむ故実とて、つねにうけたまはり候ひしは、下の七七の句をよく思ひしたためて後、第二句より案じて後に、はじめの五文字をば、本末にかなふやうに、よくよく思ひさだむべし、とて候ひき。

万葉集・三代集などに、ふるき人々よみたればとて、むかしのことのはどもを、口なれぬ歌どもに、このみよむこともあるべからずとぞうけたまはりし。

また、「うれしかりけり」「かなしかりけり」といふ文字を、未練の歌よみは、つねにこのみよむなり。げにうれしきこと、げにかなしきことならでは、つねによむまじきこととぞ申され候ひし。

『夜の鶴』の中で繰り返される為家の言葉。教えるべき「歌詠むやう」とは、前掲の序文でも宣言されていたように、「年ごろ、歌よみと聞こゆる人のあたりにて、わづかに耳にとまり候ひしこと」、すなわち口頭の営みの再現であった。その手段として、消息は何よりふさわしかったはずである。

いったい、「さし向かひ」直接に対峙してなされるという点において、初心の子息への教訓と消息とは近似する。例えば『極楽寺殿御消息』等、中世武家家訓の多くも消息という媒体によっていることを想起すべきであろう。[20] 前章で扱った娘へのテクストも父からの遺戒であったように、消息と教訓は分かち難く結びついていたのである。

四

本章で俎上に載せている『阿仏の文』は、消息の持つ以上の性格をふまえ、論じられるべきではあるまいか。女訓書の嚆矢としてのみではなく、消息によって教訓を含む私見を披瀝したテクスト、すなわち『毎月抄』や『夜の鶴』、そして娘へのテクストに連なるものとしてとらえ直すことが必要なのである。

ただ、そこで示された教訓の内容の、他との差異を無視することはできない。『阿仏の文』は消息の形式によりながら、女房としての理想的なあり方を説いたテクストである。同じ阿仏尼の手になる『夜の鶴』と比べれば明らかなように、扱う範囲は漠然として広く、和歌もここでは項目の一つに過ぎない。書き手は同じでも、歌人としての顔と親(あるいは先輩女房)としての顔という、書き手の立ち位置の相違が反映されているのだ。その意味では、むしろ『紫式部日記』「消息文」の方により近いと見るべきであろう。歌人や伶人の如き特定の道の専門家ではない立場から、教訓が書き記されたことの有する意味について、もう少し検討を加えたい。

具体的な内容から確認しよう。本章第二節であげた、書のたしなみについて触れた箇所などからもうかがえるように、『阿仏の文』は専門の内容に関して、細かな説明を施そうとしない。必読のテクストを紹介し、詳細はそちらに委ねてしまうのだ。

> 歌のすがたありさまは、みなふるきに見えて口伝にしるして候へば、よく御覧じ候へ。
>
> さるべき物語ども、源氏おぼえさせ給はざらんはむげなることにて候ふ。かきあつめてまゐらせて候へば、ことさらかたみともおぼしめし、よくよく御覧じて……おぼめかしからぬ程に御覧じあきらめ候へば、難儀目録おなじくこからびつにいれてまゐらせ候へ。

自ら詳しい内容を書き記すのではなく、細かい解説を記した他人の手になるテクストの名前のみを提示する。その姿勢は、重代の教えや道の秘伝を伝えようとしていた従来の歌書・芸道書の類いとは、至って対照的といえるだろう。専門歌人などの立場ではかえって記し得ない、専門性の薄い評論が生まれたのである。そして特別に伝え残すべき技芸を持たない阿仏尼の言葉は、自然、女房としての心構えといった普遍的なテーマへと、重点を移していく。

一例をあげておこう。『阿仏の文』は前掲の序を述べ、続けて宮中での人間関係の心得について言及した後は、基本的に薫物→和歌→書道→絵画→伶楽→物語というふうに女房にとって必須の教養をあげては、それを個別に論じていくく構成を有している。しかしながら、テクストの後半は人付き合いにおける心構えについてのみに筆が偏る傾向にあり、分量としては、諸教養について触れた部分を大きく上回る。

そして、件の教養の箇所においても、例えば薫物の項で、

御薫物などあはせられ候はんにもかきまぜのつらにはあらず、しみふかくめづらしきにほひをそへて、人の御程おしはからるるやうにおぼしめし候へ。ことごとしく、けばやきかほりなどもて出でて、このましくするていには候はで、ただいつもうちとけず、御衣のにほひも、なつかしきやうにしめてわたらせたまひ候へ。

などと丁寧な解説を施しながらも、続く前掲の

さればとて、我こそはとにくいげして、ひとのことをもどくやうになどは候はで、うらうらとなにのすぢあるさまには見えぬものから、こころの中にはうつくしく、なにごともゆゑある色をそへてしがなとおぼしめし候へ。

という、薫物をする際の心構えについて触れたことからの連想で筆を滑らせ、

大方の御もてなし気配もいとほしきすぢをそへて、さぶらふ人々にもあさあさしくみだれたるふりなく、ようゐあるやうに御教へ候へ。

の如く、より一般的な振舞い方へと、話を広げていくのだ。

女房としての教訓である以上、特定の分野、例えば薫物のみに当てはまる教えを説き続けても十全ではあるまい。日常の何気ない、しかしそれゆえに普遍的な事象に筆が向かいがちなのは、当然のことであったと思われる。それは阿仏尼自身、

思ひ出で候ふにしたがひて、よろづのことを申し続け候へば、おなじこともおほく、御覧じにくくも候はん。

と弁解している通りである。とりわけ会話の際の心構えに関しては、数度にわたって具体的な場面を示しつつ、似たような教訓を繰り返しているのだ。

またうれしう御心にあふ事候ふとも、言葉に「うれしや、ありがたや」などおほせごとあるまじく候ふ。たとへば人のうへをそしり、にくみなどしても、しのぶ事をいひあらはし、うちささめきなど、かたへの人の候はんに露ばかり言葉まぜさせおはしまし候ふまじく候ふ。

すべてひとのとしのほどよりもおとなしく、およすげたるがよく候ふ。人には異名付けなどしてわらひ、心しれるどち目見あはせて、人のあまねくしらぬほどの事うちわらひ、「そそや」などささやきて、おのづから「なぞや」など問ふ人あれば、「ただささる事の」などとて、気色ばみたる事、かへすがへすくちをしき事にて候ふなり。

あやまりて「ほいなきことかな」など申し候はん人候ふとも、なにかは人々しくその数におぼしめさるべきにもあらず。しひて「こころのみこそ」など詞少なにてわたらせ給ひ候へ。

思うに、これらの言説は「女房としていかにあるべきか」というテーマを越え、「人としていかにあるべきか」という、より普遍的なものへとつながっていくのではあるまいか。右にあげた最後の教訓など、後の『徒然草』第七八段、

今さらの人などのある時に、ここもとに言ひ付けたる言種、物の名など、心得たるどち、片端言ひ交し、目見あはせ、笑ひなどして、心知らぬ人に心得ず思はすること、世馴れず、よからぬ人の、かならずあることなり。

と近似していよう。これは会話の教えにとどまらない。いずれ第二篇第三章でも触れることになるが、

又、人のすがたもてなしなどは生まれつきたることにては候へども、それもさすがに心向けにより候へば、ほのかならん後手をも、こはごはしからぬやうにみさをにもてなさば、よろしくはなどか見えざらんと覚え候ふ。

は、『徒然草』第一段の

人は、かたち有様のすぐれ、めでたからむこそ、あらまほしかるべけれ……。

品、かたちこそ生れつきたらめ、心はなどか賢きより賢きにも移さば移らざらむ。

を、あるいは

月も秋のさやかなるかげよりも、冬霜夜にさえわたりて、氷にまがふ色は心にしめられ、春の花、秋のもみぢのはえばえしき色よりも、霜枯のせんざいのそこはかとなく枯れ行きて、たれにとはまし秋の名残をと、さながら雪の下にうづもれて、心苦しげなる枯野などのわきてあはれに覚え候……。

も、『徒然草』の

冬枯のけしきこそ、秋にはをさをさ劣るまじけれ。（第一九段）

花はさかりに、月はくまなきをのみ、見るものかは。（第一三七段）

を想起させるだろう。兼好が『阿仏の文』に目を通していたか否かは、定かではない。ただ、両者の共通性は明らかであろう。二人の、時代思潮とも呼ぶべき考え方の一致も注目されるが、今はとりわけこれらの言説が特定の分野に収斂しない、より普遍的な評論であった点が重要である。阿仏尼・兼好ともに歌人であるが、歌道を論じたものではない。歌人というベールを剝がしたところに現れたのは、女房、侍、あるいは一人の人間というより日常的な、より普遍的な顔ではなかったか。

おわりに

最後に改めて『阿仏の文』を定義し直しておこう。異本『庭のをしへ』や、後に続く女訓書群の存在に引きずられて、『阿仏の文』はそれらの嚆矢としてのみ位置付けられてきた。しかし、同書はまず何より母親(先輩女房)の手になる消息であり、また同時に、専門性の捨象された評論であった。同類のテクストを遡れば『紫式部日記』「消息文」に至り、同じく下れば『徒然草』に至る。以上、非常に乱暴な粗描ではあるが、消息的テクストの史的な見取り図を示し得たかと思う。

前章で見たように、消息的テクストは芸道の口伝書の中に、書記行為としての蓄積を重ねていた。娘という明確な受け手を措定し、語りかけるように書き記すことで、師たる書き手は筆の自由を確保したのである。『阿仏の文』は如上の枠組みを利用することで、特定の専門に収斂しない、評論的な文章が記され得る可能性を証明した。いわば、消息的テクストの可能性を押し広げたのである。

しかしながら、なぜ阿仏尼には、このような書記行為が可能であったのだろうか。晩年のことではあるが、阿仏尼が御子左家の保有する様々な文書を管理していたであろうことは、第三節で述べた。彼女が、『源氏物語』をはじめ多くの古典に通じていたことも、既に先学の指摘するところである(21)。阿仏尼は、書記テクストの持つ力を知っていたと見なければなるまい。『徒然草』の分析に戻る前に、本章の続編という形で、『阿仏の文』以外の彼女のテクストをひもといておこう。

（1）　和歌に関する言及が『徒然草』に極めて少ないこと、当初は見られなかった有職故実に関する言及が、テクストの後半になるにつれて増加することなどともあわせて論じられなければならないだろう。

（2）　『阿仏の文』というテクストの呼称に関しては、田渕句美子「『紫式部日記』消息部分再考――『阿仏の文』から――」（『国語と国文学』平成二〇年一二月号）。

（3）　そもそも「母性愛」なるものが実在するのかという点から議論されなければならないが、本書ではこれ以上立ち入らないことを許されたい。

（4）　主なものに、伊藤敬「『仮名教訓』考――室町時代女流文学にからめて――」（『中世文学』昭和四六年五月号）、今井源衛「女子教訓書および艶書文学と源氏物語」（阿部秋生編『源氏物語の研究』東京大学出版会、昭和四九年九月）、向井たか枝「『庭の訓』（めのとの文）と『源氏物語』」（『平安文学研究』昭和五九年六月号）、田中貴子『日本ファザコン文学史』（紀伊国屋書店、平成一〇年四月）、斉藤昭子「ふるまう身体のポリティクス――女訓書における『源氏物語』というカノンの方法」（高木信・安藤徹編『テクストへの性愛術――物語分析の理論と実践』森話社、平成一二年四月）など。

（5）　「『乳母のふみ』考」（『国文鶴見』平成三年一二月号、後に『宮廷女流文学読解考　中世編』〈笠間書院、平成一一年三月〉に収載）。岩佐氏は同書に関する従来の研究を整理・検証し、「『乳母のふみ』を阿仏当代における、その真作と認め」、「これに比して、『庭のをしへ』は行文に宮仕えの心向けを中心とした流れの一貫性がなく」「叙述が不自然である」ことなどから、「おそらくは『乳母のふみ』の混乱脱落した本文を用いた、後人の改作であろう」とした。

（6）　『無名草子』の「文」論については、石坂妙子「時空を超える「文（ふみ）」――『紫式部日記』から『無名草子』へ――」（『新大国語』平成一三年三月号、後に『平安期日記の史的世界』〈新典社、平成二二年二月〉に収載）。

（7）　岩佐前掲書、および井上宗雄『鎌倉時代歌人伝の研究』（風間書房、平成九年三月）、田渕句美子『阿仏尼とその時代――『うたたね』が語る中世』（臨川書店、平成一二年八月）を参照。なお、阿仏尼の伝記についても、上記三冊に負うところが大きい。

（8）　田渕前掲書。

(９)　松本寧至『中世女流日記文学の研究』(明治書院、昭和五八年二月)、向井前掲論文等。
(10)　既に松本前掲書、岩佐前掲書等の指摘がある。なお『夜鶴庭訓抄』については、小松茂美『展望　日本書道史』(中央公論社、昭和六一年四月)に詳しい。
(11)　谷山茂「十六夜日記と家」(『国文学　解釈と教材の研究』昭和四〇年一二月号)をはじめ、阿仏尼を御子左・冷泉家と結びつけて論じたものは少なくない。しかしながら、『阿仏の文』の内容は歌道に拘泥したものではなく、執筆の段階で過剰に関係性を認めようとすることには疑問なしとしない。
(12)　岩佐前掲書。
(13)　細谷直樹「夜の鶴再吟味――惟康親王の北の方への伝書か――」(『国語と国文学』昭和三三年一月号)は、時の将軍惟康親王の北の方のために記されたかとする。
(14)　室伏信助「紫式部日記の消息体文――その不思議な表現世界」(久保朝孝編『王朝女流日記を学ぶ人のために』〈世界思想社、平成八年八月〉、後に『王朝日記物語論叢』〈笠間書院、平成二六年一〇月〉に収載)。なお童形への想いを綴った恋文ともいうべき、正徹『なぐさみ草』も、彼に依頼された『源氏物語』の和歌抜書に添える形で記されていた。そこにも「筆を取り侍るついでに」と見える。消息は正式な依頼テクストに附随する空間であり、それゆえに告白・吐露が記されたのである。同様のことは、前章注(27)で見た譜面の奥書にも当てはまるだろう。
(15)　浅田徹「歌学と歌学書の生成」(院政期文化論集第二巻『言説とテキスト学』森話社、平成一四年一二月)
(16)　石坂前掲論文。
(17)　例えば、文永一〇年七月二四日付の「藤原為家譲状」(冷泉家時雨亭文庫編『冷泉家時雨亭叢書』五一巻、朝日新聞社、平成五年六月)の中に「まことまこと、故中納言入道殿日記(白治承、至于仁治)、人はなにとも思ひ候はねども一身のたからと思ひ候ふ也、子も孫もさる物見んと申すも候はず、うちすてて候へば、侍従為相にたび候ふ也、かまへて見おぼえて、公事をもつとめ、人の世にある様をも見しれと、をしへさせ給へ……阿仏御房へ、たしかにたしかにまゐらせ候」と見えるように、阿仏尼は御子左家相伝の文書を、おそらくは為相への中継ぎ役として、継承・管理していたと思しい。

(18)　田渕前掲書の指摘による。なお、これも既に先行研究の指摘するところだが、『十六夜日記』の奥書には、
　皇太后宮大夫俊成の卿の御女、父の譲りとて、播磨国越部庄といふ所を伝へ領られけるを、さまたげ多くて、武蔵の前司へ、ことなる訴訟にはあらで参らせられける歌、新勅撰にも入りてやらん、「心のままの蓬のみして」といふ御歌をかこちて申されける歌、
　　君ひとりあとなき麻の数知らば残る蓬が数をことわれ
と詠まれければ、評定にも及ばず、廿一箇条の地頭の非法を皆とどめられて候ひけり。
と見え、また『夜の鶴』にも、
また、本歌を取るやうこそ、上手と下手とのけぢめことに見え候へ……俊成卿女とて候ふ歌よみの歌、続後撰に入りて候ふやらむ、
　　さけば散る花のうき世とおもふにもなほうとまれぬ山ざくらかな
源氏の歌に、
　　袖ぬるる露のゆかりとおもへどもなほうとまれぬやまとなでしこ
句ごとにかはりめなく候へども、上手の仕事は、難なく、わざともおもしろくきこえ候ふを、まねぶとても、なほ及びがたくこそおぼえ候へ。
と見えるなど、両者の関係は浅くないと思われる。
(19)　森本元子『十六夜日記・夜の鶴　全訳注』(講談社学術文庫、昭和五四年三月)
(20)　なお、同じく重時の手になる『六波羅殿御家訓』には『夜鶴聴訓抄』と題された写本の存在も知られている。前掲伊行の『夜鶴庭訓抄』をはじめ、同名で管絃について論じた『夜鶴庭訓抄』、阿仏尼『夜の鶴』、孝道『残夜抄』等々、近似した表題のテクストが多数見受けられる。親から子へとテクストを記すという行為が、扱われた専門の差異を越え、テクストを認識するパラダイムとして機能していたことを物語っていよう。この他、武家家訓と『徒然草』との関係については、島内裕子「中世武家家訓と徒然草」(『国語と国文学』昭和六一年一月号、後に『徒然草の変貌』〈ぺりかん社、平成四年一月〉に収

載)。

(21) 田渕前掲書等。

二　『十六夜日記』

はじめに

第三章―一では、『阿仏の文』についてその性格を考察し、「文」(消息)という私的で閉鎖的な空間設定によってなされる、特定の専門性が捨象された評論として定義されるべき可能性を提示した。これに続く本稿は、第三章―二として、阿仏尼のテクストとして最も名高い『十六夜日記』を取り上げ、さらに「文」の有する特質に迫りたい。

まずは、その内容を確認しておこう。同テクストは、訴訟への決意を記した序、京都から鎌倉への旅程を書き記した紀行文、そして鎌倉における滞在記、これら三部を中心に構成されている。諸本間の相違によって、流布本系統では滞在記に続けて長歌を有し、九条家本ではその長歌を欠き、紀行文と滞在記の間に「為家置文和歌」を置くなど(1)、構成に幾分の違いを見せるが、序文・紀行文・滞在記、以上の三部が諸本の違いを越えて共通する『十六夜日記』の核であることは動くまい。

これら三部の内、従来、研究者の関心の多くは紀行文に注がれてきた。散見する、文学的な興趣に欠けるという『十六夜日記』に対する批判も、基本的にはこの紀行文を評してなされたものといえよう。これに対して、滞在記の評価は総じて低くない(2)。例えば森本元子氏は、「ここにいる阿仏は、故郷の都を恋い、子どもを思い、親しい人人と真率な文をとり交し、亡夫を偲びつつ和歌にあけくれる、すなおな女性としての阿仏(3)」であると、滞在記に等身大の阿仏尼とも呼ぶべき、素直な感情の発露を看取している。また岩佐美代子氏も、「九条家本に見る女性達のやりとりはいかにも、心やさしくしかも機知に富み、女房消息の文体とはかかるものかと、中世宮廷文化の一端をかいまみる感を与える」(4)と、消息に表出された阿仏尼の優しさに言及している。

ここで岩佐氏が、鎌倉滞在記に「女房消息」としての特徴を見出していることは、本論にとって重要であること、いうまでもない。鎌倉滞在記は、訴訟の経緯を記録したものではなく、また、鎌倉での生活の描写もほとんどなされず、ひたすら阿仏尼と都人との往復書簡を再構成することによって成り立っている。無論、彼女の都への思いの強さゆえであろう。しかし、望郷の念を訴えるためだけであれば、消息にのみ拘泥する必要はないのではないか。例えば次にあげた『うたたね』の一節に注目したい。若き阿仏尼が義父の誘いに応じて、遠江に下向したことを述べた部分である。そこでは都の恋しさが、

日数経るままに都の方のみ恋しく、昼はひめもすに眺め、夜は夜すがら物をのみ思ひ続くる。荒磯の波の音も、枕の下に落ち来る響きには、心ならずも夢の通路絶え果てぬべし。

と見えるように、「夢の通路絶え果てぬべし」、すなわちむしろ都との交信が果たされない嘆きとして表現されているのだ。

確かに滞在記においても、

夏の程は、あやしきまでおとづれ絶えて、おぼつかなきも一方ならず。都の方は志賀の浦波立ち越えて、山・三井寺の騒ぎなど聞こゆるにも、いとどおぼつかなし。辛うじて、八月二日ぞ、たしかなる使待ち得て、日頃取りおきける人々の御文ども、取りあつめて見つる。

などの如く、都からの消息が滞っていることで望郷の嘆きを表現したものは存在する。しかし、滞在記冒頭の「都の

おとづれはいつしかおぼつかなき」という一節が象徴的に示すように、早くも鎌倉到着直後より、阿仏尼は消息への強いこだわりを見せており、実際後節でも取り上げる通り、基本的には消息のやりとりの中に故郷への思いがしたためられていくのである。他に記すべき内容があったにもかかわらず(5)、彼女はなぜかくも消息にこだわったのか。この点から滞在記、ひいては『十六夜日記』全体の性格についても検討したい。

一

まずいったん『十六夜日記』を離れて、消息そのものが有する諸性格について、もう一度整理しておこう。これまでも何度か言及してきたことではあるが、消息とは他者を排除して特定の読み手との間でなされる、極めて私的なコミュニケーション手段である。したがって消息の中では、他者の目をはばかることなく物を言うことが可能になるとされる。この点を『無名草子』は、

遥かなる世界にかき離れて、幾年あひ見ぬ人なれど、文といふものだに見つれば、ただ今さし向かひたる心地して、なかなか、うち向かひては思ふほども続けやらぬ心の色もあらはし、言はまほしきことをもこまごまと書き尽くしたるを見る心地は、めづらしく、うれしく、あひ向かひたるに劣りてやはある。

と端的に指摘している(6)。そして、これも既に確認したように、阿仏尼はこのような「文」の有する特性を、よく理解していた一人だと思われる。

繰り返しになるが、一例だけあげておこう。『十六夜日記』以前(7)、阿仏尼は娘紀内侍に宛てて『阿仏の文』を書き記しているが、その中には

おもひのほかなることにて、中比よにふるたづきもすたれ、したしきにもそむけられ、うときにもましてことふかたなう成りたる事候ひしを、はぐくみまゐらせし心苦しさはおほふばかりの袖もひきたらず。

のように、教訓からは逸脱した追懐が記されていた。

すなわち、消息とは単なる対話の代替ではない。対話の相手が運悪く遠く離れた場所にいるために、口の代わりに仕方なしに筆で対話をするといった、消極的な表現手段では決してない。むしろ『無名草子』が「なかなか」という副詞で鮮やかに指摘してみせたように、(こちらが指定した)特定の受け手に対し、しかも顔を見合わせずになされるがゆえに「かえって」表現の可能性を確保する機能を有していたと思われる。

それでは『十六夜日記』鎌倉滞在記においてもかかる消息の性格が不変であることを、テクストをひもといて順に確認していこう。

つつましくする事どもを、思ひかねて引き連ねたるも、いとあはれにをかし。

そのついでに、故入道大納言の、草の枕にも常に立ちそひて夢に見え給ふ由など、この人ばかりやあはれとも思さむとて、書きつけて奉る……。

又あながちにたよりたづねて返事し給へり。さしも忍び給ふ事も、折からなりけり。

又この五十首の奥に、言葉を書きそふ。大方の歌ざまなどを、ほめも、又詠むべきやうなど記しつけて、奥に、昔人の事を、

これを見ばいかばかりとか思ひ出づる人にかはりて音こそ泣かるれ

と書きつく。

最初の例は、妹からの返信に対する阿仏尼の感想を記したもの。阿仏尼の記した文ではないものの、消息の中だからこそ「つつましくする事ども」も記されたのだという認識がうかがえる。

次にあげた部分は、滞在記に頻繁に登場する、和徳門院新中納言とのやりとり(8)、ここで阿仏尼は、「この人ばかりやあはれとも思さむ」と、亡き夫への思いを吐露している。この部分「草の枕にも常に立ちそひて」とあるように、彼女が亡夫為家を夢に見たのは、決して一回的なことではない。しかしながら、亡夫への絶えざる思いを訴えるには、それにふさわしい相手と機会が必要であった。和徳門院新中納言へ宛てた消息は、まさにそのきっかけとなったのだと思われる。「そのついでに」という表現が、このことを如実に物語っていよう。

その次にあげた一節は、この亡夫の夢を記した消息に対する、和徳門院新中納言からの返信を記したもの。和徳門院新中納言は定家の娘という立場を慮り

「さる人の子とて、あやしき歌、詠みて人には聞かれじ」と、あながちにつつみ給ひしかど、遥かなる旅の空のおぼつかなさに、あはれなる事どもを書き続けて……。

と、普段は他人に自詠を披露しない、慎み深い女性だったという。そんな彼女も「忍び給ふ事も、折から」、すなわち時と場合によっては歌を詠んで下さるのだという感慨が述べられている。この一連のやりとりの中では、消息を契機として阿仏尼は亡夫の夢、和徳門院新中納言は詠歌という、普段であれば表に出さない、出そうとも思わなかったものが図らずも表現されている。まさに消息という手段が、テクストの内容を規定している様が看取されよう。

最後にあげた箇所は、愛息為相から届いた五十首の歌に、添削・加点を施した消息について述べたもの。ここで阿

仏尼は五十首の奥書に、為相の成長を亡夫が見たならどれほど喜んだろうかという旨の和歌を書きつけている。(9)

ところで、この箇所と極めてよく似た一節が、『十六夜日記』序文の中に見出せる。鎌倉へ出立する前、阿仏尼は御子左家に伝わる歌に関する書物群の中から伝来の確かなものを選び、自詠を添えて為相に送り届けた。これに対し為相から返歌が届くのだが、それを見た阿仏尼は

この返事、いとおとなしければ、心安くあはれなるにも、昔の人に聞かせ奉りたくて、又うちしほたれぬ。

と、先にあげた歌に通じる気持ちを、ここで訴えている。しかし序文においては、愛息の成長を亡夫に知らせたいという嘆きが詠われることはなかった。表現として形にする、適当な機会を持ち得なかったからであろうか。為相への添削は、この思いを歌に詠み、書き残す契機となった。滞在記はもちろん、『十六夜日記』全体においても、消息の果たす役割が非常に大きなものであったことが知られるのである。

二

前節では滞在記において消息が、普段であればなされない真情の吐露を可能にする、有効な媒体として機能していることを確認した。かかる機能は、『阿仏の文』を記した経験を持つ阿仏尼にとって、周知のことであったと想像される。

しかし滞在記が『阿仏の文』と決定的に異なるのは、後者が母から娘への消息そのものをテクストの枠組みとしているのに対して、前者は多数に及ぶ往復書簡の再構成から成り立っているという点にある。滞在記において阿仏尼は、

消息の書き手の立場に拘泥していない。テクストの半分近くは、都に残った友人・家族からの消息で構成されており、そこでは彼女は受け手の立場なのだ。

しかも、そこに記された内容は、「只今あるままの事を書きつけつる」「そこはかとなき事どもを聞こえたりし」「この程手習にしおきたる歌どもも書きあつめて奉る」「ただ筆にまかせて、打ち思ふままに」などと見えるように、何となく心に思い浮かんだことを、思いつくまま書き記したものとして認識されているのだ。[10] 消息によって胸中を披瀝したというよりは、思いのままに筆を滑らせた結果、本音が無意識に表出されたという印象が強い。

滞在記の消息へのこだわりは、真情の吐露だけでは説明がつかないであろう。ではなぜ阿仏尼は、消息を再構成することで滞在記としたのか。ここで注目すべきは、消息の執筆ではなく、その贈答にこだわっているという点である。つまり阿仏尼は、一方的に物語ることではなく、むしろ互いに語り合うことを重視していたと思われるのだ。前節で引用した『無名草子』は、「文」のことを、「遥かなる世界にかき離れて、幾年あひ見ぬ人なれど、文といふものだに見つれば、ただ今さし向かひたる心地して」と説明していたが、単身京都を離れ、ひとり「遥かなる」鎌倉まで下向した阿仏尼にとって、消息は失われた対話を回復せしめる、重要な手段だったのではないか。

前述の通り、滞在記において訴訟のことは、下向最大の目的であったにもかかわらず、何一つ記されていない。訴訟の進展を報告するという、都にいた頃と異なる質の言説は、テクストから排除される。加えて滞在記には、本当は数多く詠まれたであろう、阿仏尼の独詠歌[11]もまた、ほとんど記されない。孤独の内に詠まれた歌も、消息として都人に送られることで、結果的に贈答歌として機能している。すなわち阿仏尼は自分ひとりで表現世界が完結することを執拗に拒み、下向前と変わることなく、都の人々との対話を継続させようとしているのである。

象徴的な例をあげたい。本節冒頭で列挙したものの中に「この程手習にしおきたる歌どもも書きあつめて奉る」とあった如く、阿仏尼は日頃書き溜めた「手習」を、消息として京都に送っている。本来手習とは、第二章でも取り上げた『龍鳴抄』の跋文に、

つれづれなるままに、てならひの時々、させる日記もひかず。そのしるしともなきことを、心にうちおぼゆるままに、かきつけたり。おのづからすゑのよに見む人は、さもありけることかなと思はむずらむ。又これはひが事よといふ人もあらむずらむ。あはれなる事かなと思ふ人もありなむ。にくかりける事かなといふ人もありぬべし。

と見えたように、まずもって日常的な無聊の慰みであり、また

手習などするにも、おのづから、古言も、もの思はしき筋のみ書かるるを、さらばわが身には思ふことありけりとみづからぞ思し知らるる。（「若菜上」88）

という『源氏物語』の如く、紫の上本人すら気付かなかった無意識の葛藤を掘り起こす、極めて自照性の強い営為に他ならない。(12) もちろん『源氏物語』等において、かかる手習が多くは偶然に、すなわち『龍鳴抄』の言葉でいうところの「おのづから」に他者の目に触れる場面は、枚挙にいとまがない。(13) しかし、手習が本来孤独な営みであったことは、これは次の第四章でも扱うことになるが、

つれづれなるままに、いろいろの紙を継ぎつつ手習をしたまひ、めづらしきさまなる唐の綾などにさまざまの絵どもを書きすさびたまへる……。（「須磨」200）

と、須磨の地でひとり無聊をかこつ光源氏、(14) あるいはこれも阿仏尼の手になる『うたたね』において、彼女が物思いを晴らすために手習をする場面、

猶思ひ慣れにし夕暮の眺めにうち添ひて、一方ならぬ恨みも嘆きも、せきやる方なき胸の中を、はかなき水茎

の、おのづから心の行くたよりもやとて、人知れず書き流せど、いとどしき涙の催しになん。

に見える「人知れず」という表現からもうかがえよう。

ところが滞在記において、阿仏尼は孤独な営みであったはずの手習を、積極的に消息に転用してしまう。おそらく実際の京都への消息には、訴訟の展開も含めて、記されるべき内容が記されていたではあろう。しかし、少なくとも滞在記という形で再構成する際には、その辺りは全て省略され、手習的に発せられた言葉を都へ届けることに終始しているのだ。

手習を消息に転ずる。これは換言すれば、独り言を対話に転ずることに他なるまい。従来『十六夜日記』は、テクスト上に現れる自照性の希薄さを、その文学的限界として批判されてきたが[15]、阿仏尼はむしろ意図的に手習的な自照性を抑え、消息的な対話性を求めようとしていたと想像される。

いったい、滞在記に記された内容が、本来記されるべきそれと乖離したものであるという認識は、阿仏尼自身がはっきりと示している。

「かかる事こそ」など故郷へも告げやるついでに……。

御返事は、

それゆゑに飛びわかれても葦鶴の子を思ふかたはなほぞ恋しき

と聞こゆ。そのついでに……。

などと見える如く、肩肘の張らない「ついでに」語るレベルの言葉を集めて書き残す。先ほども引用した「そこはかとなき事どもを」あるいは「打ち思ふままに」などといった表現からは、阿仏尼が鎌倉にあって、「つれづれ」な憂鬱を対話により慰めようとしている姿[16]が、思い浮かべられるだろう。如上、都に残した他者とのつながりの希求こそ、滞在記の本質だったのではないか。

思えば、この作品の表題である[17]「十六夜」、すなわち「月」もまた[18]、『無名草子』に

同じ心なる友なくて、ただ独り眺むるは、いみじき月の光もいとすさまじく、見るにつけても、恋しきこと多かるこそ、いとわびしけれ。

とあるように、古来、別れた友人・恋人を想起させるよすがであった。滞在記においても、娘との贈答を記した以下の一節、

ゆくりなくあくがれ出でし十六夜の月やおくれぬ形見なるべき

都を出でし事は神無月の十六日なりしかば、いさよふ月を思し忘れざりけるにや、いと優しくあはれにて、ただこの御返事ばかりをぞ、又聞こゆる。

めぐりあふ末をぞ頼むゆくりなく空にうかれし十六夜の月

あるいは、テクスト最末尾の為子からの詠歌

又、権中納言の君、いとこまやかに文書きて、下り給ひにし後は歌詠む友なくて、秋になりてはいと思ひ出で聞こゆるままに、一人月をのみ眺め明かして。

東路の空なつかしきかたみだにしのぶ涙に曇る月影

など書きて、

などに、親しき人の不在を喚起する月の描写を見つけることができる。そして、森正人氏が指摘するように[19]、『無名

草子』に、月では慰めきれない不在の嘆きを補うものとして紹介されるものこそ、他ならぬ「文」であった。

この為子からの歌に対し、阿仏尼は

この御返り、これよりも「故郷の恋しさ」など書きて、

通ふらし都のほかの月見ても空なつかしき同じ眺めは

と返歌を送っている。「同じ心」[20]に為子と共感し得たことへの感慨を述べた詠であり、その感慨は、初句の「通ふらし」という表現に凝縮されていよう。為子は月を眺めて阿仏尼のことを思いやったが、阿仏尼は為子から届けられる「文」によって、遠く離れた友の気持ちを知り、絶えることのないつながりを確認した。滞在記の消息へのこだわりとは、都の人とのつながりを、「文」という筆による対話に頼ることによって回復することへのこだわりだったのである。[21]

三

右のような、「文」の有する対話性への強い関心は、鎌倉滞在記のみに認められるものではないに違いない。以下にあげたのは『十六夜日記』序文、出立直前における、阿仏尼と子どもたちとの和歌のやりとりを記した箇所である。ここで贈答の契機となったのが、為守による手習であった。

大夫の、傍ら去らず馴れ来つるを、ふり捨てられなむ名残、あながちに思ひ知りて、手習したるを見れば、

はるばると行く先遠く慕はれていかに其方の空をながめむ

と書きつけたる、物よりことにあはれにて、同じ紙に書きそへつ。

つくづくと空ながめそ恋しくは道遠くともはや帰りこむ

とぞなぐさむる。

山より、侍従の兄の、折しも出立ち見むとておはしたり。それも、いと物心細しと思ひたるを、この手習どもを見て又書きそへたり。

あだにただ涙はかけじ旅衣心の行きて立ち帰る程

とは事忌しながら、涙のこぼるるを、荒らかに物言ひまぎらはすも、さまざまあはれなるを、阿闍梨の君は山伏にて、この人々よりは兄なる、この度の道のしるべに送らむとて出でたるめるを、「この手習にまじはらざらむやは」とて書きつく。

立ちそふぞ嬉しかりける旅衣かたみに頼む親の守りは

為守の手習は、阿仏尼に発見されて贈答となり、さらに侍従の兄、そして阿闍梨の君が次々に自詠を重ねていく。手習が独白ではなく、阿闍梨の「この手習にまじはらざらむやは」という言に端的にうかがえるように、他者とつながる手段、ここでは「寄書き」にも似たものとして機能している。しかも、この手習の場面の前は、前々節であげた為相との贈答。この直後には娘紀内侍との贈答が記され、結果五人の子どもとのやりとりが順に並ぶこととなる。阿仏尼を軸として、複数の他者との対話がテクスト上に成立する、滞在記の雛形の如きものが既に序文の中に見出せるのだ。

もっとも、この序文における手習のやりとりは、阿仏尼が為守の手習を偶然に目にしたことからはじまっている。それに対して滞在記では、手習を意図的に都に送り届け、最初から読まれることを前提とした消息としている点に、方法の深化とでも呼ぶべきものが認められるだろう。(22)

いずれにしても序の部分には、出立の前でありながら、阿仏尼と子どもたちとの直接の対話が記されていない。それどころか『十六夜日記』全体をひもといてみても、紀行文の幾つかを除き、口頭での対話は見出せない。あくまで書き記された言葉＝「文」こそが、このテクストにおいて、彼女と都とをつなぐ紐帯だったのである。

如上、「文」によってつながることへの鋭敏な感覚は、当然、表現としてテクストに立ち現れる。以下にあげたものは、いずれも序文からの引用である。

この返事、いとおとなしければ、心安くあはれなるにも……。

……と書きつけたる、物よりことにあはれにて……。

事忌しながら、涙のこぼるるを、荒らかに物言ひまぎらはすも、さまざまあはれなるを……。

御返りもこまやかに、いとあはれに書きて……。

五つの子供の歌、残るなく書き続けぬるも、かつはいとをこがましけれど、親の心にはあはれに覚ゆるままに、書きあつめたり。

このように、子どもたちからの「文」を、阿仏尼は全て「あはれ」という言葉で受け止めている。そして、この「あはれ」は、滞在記においても

いさよふ月を思し忘れざりけるにや、いと優しくあはれにて……。

程経て、この姉妹二人の返事あり。いとあはれにて……。

つつましくする事どもを、思ひかねて引き連ねたるも、いとあはれにをかし。

遥かなる旅の空のおぼつかなさに、あはれなる事どもを書き続けて……。

この人ばかりやあはれとも思さむとて、書きつけて奉る……。

この旅の空を思ひおこせて詠まれたるにこそはと、心をやりてあはれなれば……。

などと、都から消息が届いた際の感想として、繰り返し現れるのである。幾度も重ねられる「あはれ」は、子どもたちとのつながり、あるいは都とのつながりを「文」によって確認し得た喜び・安堵の表出に他なるまい(23)。まさしく、『十六夜日記』を象徴する言葉といえよう(24)。

そしてさらに想像をたくましくすれば、このような書かれた言葉＝「文」によるつながりへのこだわりこそ、消息をただ受け取るだけでなく、滞在記のように再構成したテクストを生み出す因だったのではないだろうか。都からの消息、すなわち「文」は、滞在記という新たな書物＝「文」として再構成され(25)、改めて都に送り届けられる。実際、滞在記中に下りし程の日次の日記を、この人々のもとへつかはしたりしを見て、詠まれたりけるなめり。

とあり、紀行文は都へ送られていることが知られるが、滞在記もまた同様に都に届けられたと見て間違いあるまい。よくいわれる通り(26)、消息のやりとりをする相手のことを、眷属のことすら初めて紹介するかのように説明しているのは、このテクストが不特定多数の人に読まれることを、最初から十分意識してのことであろう。

無論、消息とは、特定の宛先に向けて発せられるものに他ならない。しかし阿仏尼は、それを再構成することによって、当初の宛先以外の読み手にも届けようとしたのである。これは、第二章で取り上げた藤原孝道らの楽書において、娘へ宛てて書き記された一連の消息的テクストが、さらにその子孫などに披見されることを望まれていたことと、極めて近似したものと見なせよう。

滞在記は消息を表現手段としながら、一部の者にしか理解できない内輪話に走るような、受け手を限定する内容が何一つ記されていない。都の親友と語り合うが如くに想いを吐露したものでありながら、テクストを多くの人に開こうとする、自制の跡が認められるのである。滞在記とは、単身京都を離れることになった阿仏尼が、「文」を媒介に遠く離れた人々とつながり「続ける」ことを企図したテクストと定義できよう(27)。旅先での孤独は、愛息や親友をはじめ、これを手に取るあまたの読み手に受け止められるという喜びによって、慰められたのではあるまいか。

四

「文」によってつながる様を「文」に書き残すことによって、さらにつながっていく。『十六夜日記』鎌倉滞在記は、いわば「文」による入れ子構造の体をなしていたのである。一対一のやりとりが集められ再構成されることによって、一対多のやりとりへと変換される。書記テクストの、場所を越えて保存が可能となる性格を、阿仏尼は確かによく承知していたと見なければなるまい。滞在記は、単なる対話の代替にとどまらない、消息的テクストの発展形と呼べるのではないだろうか。

そして「文」は、距離だけではなく時をも越える。『十六夜日記』が記されてから五十余年の後、『徒然草』の中で兼好は、

この頃ある人の文だに、久しくなりて、いかなるをり、いつの年なりけむと思ふは、あはれなるぞかし。（第二九段）

と記している。書き手を失ってもなお、残ったテクストがその書き手を思い出させるきっかけとなることを、兼好は指摘していた。

今、これに阿仏尼『うたたね』の巻末歌、

われよりは久しかるべき跡なれど偲ばぬ人はあはれとも見じ

という『続後撰和歌集』（雑・一一四〇）の中務詠を並べてみたい。こちらには「人の草子をかかせ侍りけるおくにかきつけける」との詞書がある。書き残したこの草子は、自らの死後も他人の目に留まるであろうが、自分に共感しない者は、興趣も催さないだろうというのである。

中務詠自体は、草子書写における謙譲の歌であり、発想・表現ともに決して珍しいものではない。しかし『うたたね』の巻末に置かれたことで、この詠歌には、単なる謙辞にとどまらない意味が付与された。すなわち、失恋と出奔

を繰り返した、極めて個人的な体験を書き綴った同テクストの締めとして、至ってふさわしいものとなっていよう。この点において同歌は、『建礼門院右京大夫集』の巻頭に置かれた、

　　我ならで誰かあはれと水茎の跡もし末の世に残るとも

という詠に近似すること、先学の指摘する通りである。[28]もちろん、阿仏尼の体験は、恋人を合戦で失うというほどに未曾有のものではないだろう。しかし彼女もまた、右京大夫と同様、[29]自らの憂いを共感されないという点において孤独であった。

しかしながら、この巻末歌を額面通り諦念の宣言とのみ見ることも、やはり適切であるまい。阿仏尼は自己の体験を書き記すことにより、自らに共感してくれる読み手が現れることを期待していたのではなかったか。前章でも確認した、書記テクストの有する保存性・伝達性が、想起されねばならない。

そもそもこの巻末歌の「偲ばぬ人」という表現には、限定を意味する係助詞「は」が付されていた。これは、本当は「偲」ぶであろう多くの読み手を、阿仏尼が意識していたことを示唆するものに他なるまい。書記テクストは、それが後世まで伝わるという点において、一回的な「語る」行為とは決定的にその性格を異にする。そういえば、兼好は以下のようにも述べていた。

　　思ひ出でてしのぶ人あらむ程こそあらめ、そも又ほどなく失せて、聞き伝ふばかりの末々は、あはれとや思ふ。

（第三〇段）

この一節には、人はなぜ「書く」のかという問題に対する一つの答えが潜んでいるのではないか。「書く」という行為は、時や場所を越え、今はまだ「たまたま」眼前にいない、共感してくれる読み手を想定することができる。い

つかは共感されることを信じて、筆を執ることができるのである。この点において『うたたね』や『十六夜日記』は、確かに孝道らの手になる娘へのテクストと近似しよう。そして『徒然草』もまた、これらと同じではなかったか。

最後に一点だけ、付言したい。本節であげた『徒然草』第二九・三〇段、および『うたたね』の巻末歌には、全て「あはれ」という言葉が用いられていた。前節で、『十六夜日記』の本質を象徴する言葉として、この「あはれ」を取り上げたことを思い出されたい。この言葉を他のテクストに求めれば、第二節にあげた『龍鳴抄』にも

　おのづからするゑのよに見む人は、さもありけることかなと思はむずらむ。又これはひが事よといふ人もあらむずらむ。あはれなる事かなと思ふ人もありなむ。にくかりける事かなといふ人もありぬべし。

と見えた。いったい、老いを迎えた人は、自らの死後も共感されることを望んで「文」を書き残す。阿仏尼が滞在記を記したのは五十代後半、その死の二年前のことである。彼女は自らの死後も、書き残した言葉が読まれ続けることを望んでいたろう。(30) これも第二節であげた為子の詠歌、

　東路の空なつかしきかたみだにしのぶ涙に曇る月影

彼女にとって月が阿仏尼の「かたみ」であったように、書き記されたテクストもまた、阿仏尼の「かたみ」として、後の世の人に読み継がれたのではあるまいか。

おわりに

以上本章では、『阿仏の文』と『十六夜日記』鎌倉滞在記の両テクストを俎上に載せ、阿仏尼が中世における消息

的テクストの流れを考える上で重要な位置にあったことを概観した。消息的テクストは、まず一対一の空間を設定することによって成立した、私的で閉鎖的な書記行為である。そしてそれにとどまらず、一対多という読み手の広がりを得、後世への「かたみ」として機能することが期待されたテクストでもあった。書記テクストの有する、保存性・伝達性への認識・信頼が、書記行為の可能性を広げたと見るべきであろう。

しかしながら、この「多」とは、あくまで当初の宛先である「一」の後に控えているものであることも明らかであろう。消息的テクストが成り立つには、阿仏尼や、これは前章で取り上げた孝道たちの如く、例えば彼ら・彼女らの子どもたちのように明確な受け手の存在が不可欠である。

既述した通り『十六夜日記』滞在記には、無聊を書記行為によって慰めようとする、阿仏尼の姿を見出すことができた。その姿が、兼好のそれと重なるものであることはいうまでもない。ところが、これは本篇第一章で論じた如く、『徒然草』は受け手の不在を宣言することからテクストを書きはじめていた。このことは、同書を論ずる上で避けて通れない問題に違いない。

兼好は、消息的テクストの筆を執りながら、なぜかくも「ひとり」であることを強調したのか。改めて、『徒然草』を論じるときがきたようである。

(1) 久保貴子「『十六夜日記』古本系と流布本系との距離――置文和歌と長歌を手がかりに――」(『日記文学新論』勉誠出版、平成一六年三月)は、「為家置文和歌」の性格を『十六夜日記』の諸本論とからめて分析している。

(2) 滞在記を中心に据えた先行論文としては、三角洋一「『十六夜日記』の「鎌倉滞在の記」について」(木村正中編『論集日記文学』笠間書院、平成三年四月)、安田徳子「『十六夜日記』鎌倉滞在の記について――大宮院権中納言と和徳門院新中納言をめぐって――」(『岐阜聖徳学園大学国語国文学』平成一一年三月号)、久保貴子『十六夜日記』「鎌倉滞在記」考――安嘉門院女房としての視座――」(『日記文学研究誌』平成一七年三月号)、高木周「『十六夜日記』の鎌倉滞在記について――贈答歌を中心に――」(『国語と国文学』平成二五年八月号)等。

(3) 『十六夜日記・夜の鶴 全訳注』(講談社学術文庫、昭和五四年三月)解説。

(4) 「九条家本十六夜日記(阿仏記)について」(『鶴見大学紀要』〈国語・国文学〉平成四年三月号、後に『宮廷女流文学読解考中世編』〈笠間書院、平成一一年三月〉に収載)

(5) 訴訟の進展についてはもちろん、注(11)でも触れる百首歌奉納や『夜の鶴』からうかがわれるような詠歌指導等、言及すべき事柄は少なくなかったはずである。

(6) 『無名草子』に見える「文」については、石坂妙子「時空を超える「文(ふみ)」――『紫式部日記』から『無名草子』へ――」(『新大国語』平成一三年三月号、後に『平安期日記の史的世界』〈新典社、平成二二年二月〉に収載)。

(7) 『阿仏の文』の成立年代については、岩佐前掲書を参照のこと。以前は『十六夜日記』同様、鎌倉下向以降との見方もあったが、為家と暮らしていた阿仏尼四十代の頃の成立とする岩佐氏の見解にしたがうべきであろう。

(8) 和徳門院新中納言の人物措定については、佐藤恒雄「和徳門院新中納言について」(『香川大学国文研究』平成一七年九月号、後に『藤原為家研究』〈笠間書院、平成二〇年九月号〉に収載)に詳しい。

(9) 如上、真情の吐露と思しい場面に亡夫のことが多く記されるのは、阿仏尼の下向における為家の存在の大きさを物語るものでもあろう。この点について、岩佐美代子「『十六夜日記』はなぜ書かれたのか」(『国文学 解釈と教材の研究』平成五年二月号)は、「十六夜日記はなぜ書かれたのか(中略)その根底深く、亡夫為家のためにこそ、という、愛と責任感に満ちた作者の決意があったことを、見のがしてはなるまい」と説く。

(10) これらの表現は、『徒然草』序段を容易に想起させよう。

(11) 鎌倉では時鳥の声を聞けないことを嘆いた一節に、

忍び音はひきの谷なり時鳥雲居に高くいつか名のらむ

などひとりごちつれど、そのかひもなし。

とあるのが、滞在記に見える唯一の独詠歌であるが、これとても、為子とのやりとりを記した流れの中で筆が及んだものであり、その点を考慮するならば滞在記には独詠歌が一首もないということになる。

しかし実際は、阿仏尼は下向以降も積極的に歌を詠んでおり、中でも、勝訴を祈願して関東の複数の神社に百首歌を奉納していたことが、『安嘉門院四条五百首』の存在から知られる。『十六夜日記』は、かかる類いの詠歌をテクストから恣意的に排除しているのである。なお『安嘉門院四条五百首』の性格については、田辺麻友美「『安嘉門院四条五百首』攷――『十六夜日記』との関わりを中心に――」(『和歌文学研究』平成九年一二月号)。

(12) 『源氏物語』における手習の性格については、山田利博「源氏物語における手習歌――その方法的深化について――」(『中古文学』昭和六一年六月号)、同「手習巻の浮舟の手習歌――歌と散文との距離――」(早稲田大学大学院中古文学研究会編『源氏物語と平安文学』第一集〈早稲田大学出版部、昭和六三年一二月〉、後に両論とも『源氏物語の構造研究』〈新典社、平成一六年二月〉に収載)より多くの学的示唆を得た。『源氏物語』の手習歌は、他者に伝達され共感されることで、詠者との間に一つの世界を回復する機能を有するという。

(13) 例えば「葵」において、葵上を失った悲しみを詠んだ光源氏の手習を、偶然左大臣が発見する場面など。

(14) 高木前掲論文は、往復書簡を構成の核とするという滞在記の形式自体、須磨巻に学んだ可能性を指摘する。

(15) 日記文学研究における「自照性」という概念の孕む問題については、今関敏子『中世女流日記文学論考』(和泉書院、昭和六二年三月)。

(16) これに対し紀行文は無聊を感じさせず、むしろ「新奇な体験に興を抱」(岩佐前掲注(9)論文)くなど、旅を楽しむ余裕すら垣間見せている。

(17) もちろん、阿仏尼本人によって命名された題である保証はどこにもないが、「十六夜」あるいは「月」がこのテクストのキーワードであることは、つとに先学の指摘するところでもあり、認められよう。なお森正人「無名草子の構造」(『国語と国文学』昭和五三年一〇月号、後に『場の物語論』〈若草書房、平成二四年九月〉に収載)は、この部分に「恋しさは同じ心にあらずとも今宵の月を君見ざらめや」(『拾遺和歌集』恋三・七八七・源信明)や「よそにてもおなじ心に有明の月を見るとやたれにとはまし」(『和泉式部日記』)等の影響を見る。

(18) 滞在記中の詠歌における「月」の意味については、高木前掲論文を参照のこと。

(19) 森前掲論文。

(20) 秋澤亙「帥宮の美質――『和泉式部日記』〝折を過ぐさず〟から〝おなじ心〟へ」(『国学院雑誌』平成二年一月号)は、『和泉式部日記』について、「つれづれ」な空虚感を「おなじ心」に慰めあえたところに、帥宮と女との恋の進展を看取している。また、既に本書第一篇第一章で見た如く、『徒然草』も「同じ心ならむ人としめやかに物語して、をかしきことも、世のはかなきことも、うらなく言ひ慰まれむこそうれしかるべきに……」(第一二段)と、「つれづれ」の孤独を慰めるものとして「同じ心」の存在をあげていた。

(21) 田渕句美子『物語の舞台を歩く 十六夜日記』(山川出版社、平成一七年四月)も、『十六夜日記』の紀行文に対して、「根底には、家族や友人に街道の風景や経験を伝えたい、旅の体験を共有したいという素朴な思いがあるのではないか」と指摘する。

(22) 手習を意図的に他者へのメッセージに転用した例は、時代を遡ると、服喪により逢えない不安を、手習を装うことで村上天皇へ訴えた『斎宮女御集』手習歌の一群や、突然来訪した帥宮に対して、無聊の手習をそのまま渡すことで巧みな返答となした『和泉式部日記』「手習文」の存在などが指摘できる。これらの手習の性格については、近藤みゆき『古代後期和歌文学の研究』(風間書房、平成一七年二月)、石坂妙子「『和泉式部日記』の世界構造――対話の構図をめぐって――」(『平安期日記文芸の研究』新典社、平成九年一〇月)、山下太郎「和泉日記の有明章段――手習文の定位」(『古代文学研究』平成一一年一〇月号)等。

(23) 高田祐彦「「あはれ」の相関関係をめぐって――『古今』『竹取』から『源氏』へ――」(『国語と国文学』平成八年一一月号、後に『源氏物語の文学史』〈東京大学出版会、平成一五年九月〉に収載)は、小町詠「あはれてふことこそうたて世の中を思ひはなれぬほだしなりけれ」(『古今和歌集』雑下・九三九)等を引きつつ、「あはれ」が人と人との強い結びつきを根底に有する言葉であった点を闡明する。
(24) 「あはれ」は『十六夜日記』中、最頻出の心情語であることも付記しておく。
(25) 周知の通り古語の「文(ふみ)」は、「消息」「書物」という二つの意味を合わせ持つ。同じ言葉のもと、両者は根底に核となる、共通する性格を認められていたであろう点、看過すべきでない。
(26) 例えば、簗瀬一雄「『十六夜日記』第二部の成立と評論」(『芸文東海』昭和五九年六月号)は、「直接には紀内侍に送り届けたものであっても、やがて、他の子たち、更に読み手の範囲が拡がることの予想の上に立っての処置と考えられ、そこに書簡のメモから一歩ふみ出した作品化の意図を見るべきである」とする。
(27) 滞在記の末尾が「また、書き継ぐべし」という言葉で締めくくられているのは、ゆえに象徴的といえようか。なお、この部分は「書き付く」と見るべきとの意見もあるが、「また」という副詞の存在もあり、いずれにしても本論と矛盾するものではない。
(28) 今関敏子「『うたゝね』に於ける和歌」(『日記文学研究』第二集〈新典社、平成九年一二月〉)や、田渕前掲書に詳しい。
(29) 『建礼門院右京大夫集』(二二三・二二四)にも、かかる憂いを詠んだ

なべて世のはかなきことをかなしとはかかる夢見ぬ人やいひけむ

ほど経て人のもとより、「さてもこのあはれ、いかばかりか」と言ひたれば、なべてのことのやうに覚えて、

かなしともまたあはれとも世の常にいふべきことにあらばこそあらめ

などといった詠歌が見られる。
(30) 外村南都子「十六夜日記の周辺」(『国文学　解釈と鑑賞』昭和五六年一月号)も、『十六夜日記』の中に「死後に残すことば」という性質を看取している。

第四章　「つれづれ」と光源氏——無聊を演じること

はじめに

『徒然草』は、なぜあのような内容であったのか。非常に単純だが、それゆえに極めて難しい問いかけから本章を始めたい。従来この問題は、改めて議論されることもなかったか、あったとしても、全て兼好の思想へと還元されて論じられてきた。書き手の思想をアプリオリのものとして想定し、我々は『徒然草』を読むことで、それを再現しようと試みてきたのである。例えば、第何段のかかる記載からして、兼好はこういう考えの持ち主だったはずだ、といったように。

だが、はたして兼好は、伝えたい中身を最初から確固として用意していたのだろうか。事はむしろ逆で、彼は筆を進める過程で、書くべき内容を導いて来なければならなかったのではないか。

本書ではこれまで、『徒然草』の冒頭から三十数段までのいわゆる「第一部」を、兼好が「見ぬ世の人」に宛てて書き記した「消息」のようなテクストと定義し、その性格を考究してきた。しかし、詳しくは次篇で扱うことになるが、兼好には例えば芸道の宗匠たちのように、テクストを伝えるべきこれといった子弟はいなかったと想像される。伝えるべき内容も、とりわけ「第一部」においては、例えば男は下戸でない方がよいとか、性欲には抗いがたいなど、多くは「凡庸」(1)な私見が繰り返されるばかりで、あえて兼好が書かなければならないものなど皆無に近い。似ているといわれる『枕草子』と比べても、

宮の御前に、内の大臣の奉りたまへりけるを、「これに何を書かまし。上の御前には史記といふ文をなむ、書かせたまへる」などのたまはせしを、「枕にこそは侍らめ」と申ししかば、「さは得てよ」とて給はせたりし……。

（『枕草子』三巻本・跋文）

中関白家の栄光を目の当たりにし、中宮自らに執筆を薦められたとまで述べる清少納言と兼好との差は、我々の認識以上に隔たっていると見なければなるまい。(2)

「つれづれなるままに」と書きおこしたとき、この書記行為を成立させる根拠を、兼好は探さなければならなかったろう。『徒然草』の内容は、その根拠によって規定されたのではなかったか。結論を予測的に述べれば、この「つれづれなるままに」という書き出し自体が、根拠の一つだったと思われる。本稿はかかる仮説を検討すべく、まず、第一一段から読み直したい。

一

神無月の頃、栗栖野といふ所を過ぎて、ある山里に尋ね入る事侍りしに、遥かなる苔の道を踏み分けて、心ぼそく住みなしたる庵あり。木の葉に埋もるる懸樋のしづくならでは、露音なふ物なし。閼伽棚に菊、紅葉など折り散らしたるは、さすがに住む人のあればなるべし。

右にあげた『徒然草』第一一段は、教科書などにも採用されることの多い、よく知られた話である。同段は「大方、

家居にこそ、事ざまはおしはかられ」と説く第一〇段に続く位置にあり、「さすがに住む人のあればなるべし」と見えるように、人里離れた寂しい土地であっても、住む人の存在によって庵は清閑な美しさを保つものなのだという感慨が述べられている。

周知の通り、この直後に兼好は厳重に警戒・包囲された柑子の木を発見し、微苦笑させられるという結末が待っているわけだが、前段とのつながりの巧みさも加わって、非常によくできた話に仕上がっている印象が強い。そのためこの段に関しては、はやくに橘純一氏が、技巧的で真実味に欠けるとして、架空の話である可能性に言及している。(3)

これに対し稲田利徳氏は、同段が「全くの架空譚とは思わないし、これに類似した体験はあったであろう」としながらも、「この庵室へ行く道程や庵室の描写」等に関して、「そのまま記述通りとは思われ」ず、王朝の物語や和歌の言葉の持つイメージを利用した巧みな「虚構化」が行われていることを指摘した。(4)例えば、冒頭の「神無月の頃」という時間設定にしてから、

神な月ふりみふらずみ定なき時雨ぞ冬の始なりける
(『後撰和歌集』冬・四四五・よみ人しらず)

等に見える、古歌以来の「晩秋から初冬に移り行く頃の、凋落にともなう寂寥の雰囲気を表出」(5)することを企図した可能性が高いとする。同様に「閼伽棚に菊、紅葉など折り散らしたる」についても、

紅葉やうやう色づきわたりて、秋の野のいとなまめきたるなど見たまひて……法師ばらの、閼伽たてまつるとて、からからと鳴らしつつ、菊の花、濃き薄き紅葉など折り散らしたるもはかなけれど、この方の営みは、この世もつれづれならず、後の世はた頼もしげなり。さもあぢきなき身をもて悩むかな、など思しつづけたまふ。
(『源氏物語』「賢木」116(6))

という表現の影響を指摘し、かかる意匠によって「庵室は、一個の実在としての域を越えて、物語を背景にして、理想的な閑寂生活のシンボルとしての意味」(7)を付帯されると論じた。卓見と呼ぶべきであろう。兼好は自身の体験を、『源氏物語』などを引用することにより、再構成したのである。個人的な体験から、イメージに適う部分のみが残され、不必要な要素は改変・削除される。ならば、書き上げられた体験談は、いわゆる「作り物語」に接近するだろう。

神無月ばかりのことなるに、少将殿は嵯峨野わたりの紅葉御覧ありて、小倉の裾など心静かにながめ歩き給ふほどに、いとよしある小柴垣のうちに、耳馴れぬほどの琴の音ひびきあひて聞こゆ。（『しのびね』）

道すがら、神無月二十日頃なれば、紅葉かつ散り、面白き所々御覧ずるに、小野といふ所に、小柴垣、遣水して、心殊なる家居のほどにて、時雨はらはらとしける。（『海人の刈藻』巻二）

「紅葉」散る「神無月」の頃、都を離れた土地の清閑な「庵」に立ち寄り、そこに住まう美しい女君を見出すというのは、中世における物語の典型である。したがって、右にあげた表現が第一一段のそれと近似するのも、兼好がこれらの読者でなかったとしても、決して不思議なことではあるまい。知られるように平安後期以降、あまたの物語が書き記され、読み継がれた。それらの多くは『源氏物語』等の表現を大量に引用することで成立しており、王朝古典の世界を理想とし、自らのテクストに積極的に取り込もうとする姿勢において、『徒然草』と中世王朝物語との距離は思いのほか近しい(8)。

このように見たとき、第一一段に描出された庵の主が、必ずしも隠者のものと限定されない可能性も浮上しよう。もちろん、既に出家していたであろう兼好にとって、同じく世を捨てた者の庵は興味を惹かれる存在であったと想像され、先行注釈書・研究論文なども、これを出家者のものとする見方が多い。

しかし、兼好が出家者であったことはテクスト外部の情報に過ぎない。いったん兼好の筆になるという情報を捨象した場合、すぐ後で述べるように、序段から第一一段まで、さらには「第一部」全体において、[9]出家者の文章としての性格をさほど色濃く見出すことはできない。むしろ「神無月」の頃、偶然「ある山里」に風雅な「庵」を見つけるという言葉の流れから浮上するのは、物語よろしく、何かしらの事情でわびしい山里住まいを余儀なくされた女、あるいは「賢木」に見える如く、参籠のため遠出した男の姿ではあるまいか。

『徒然草』に関して、我々は書き手のことを知り過ぎているのではないか。兼好は確かに遁世者であったが、第一段を

いでや、この世に生れ出でば、願はしかるべきことこそ多かめれ。（第一段）

と、俗世を生きる人としての理想を説くことから語りはじめ、続けて

ありたきことは、まことしき文の道、作文、和歌、管絃の道、又有職に公事の方、人の鏡ならむこそ、いみじかるべけれ。

いにしへの聖の御世のまつりごとをも忘れ、民の愁へ、国の損なはるるも知らず、よろづにきよらを尽くしていみじと思ひ、所せきさましたる人こそ、うたて思ふ所なく見ゆれ。（第二段）

のように、官人のあるべき姿を口説きたてる「第一部」は、あくまで在俗の者の視点から書かれていることを看過すべきでない。[10]既に述べた通り、第一一段は実体を希薄化し物語化する筆の意匠が施されているのであり、[11]直前の第一〇段に

よき人ののどやかに住みなしたる所は、さし入りたる月の色も、ひときはしみじみと見ゆる……木立物古りて、わざとならぬ庭の草も心あるさまに、簀子、透垣たよりをかしく……。

と見える如く、この庵も「よき人」の「住みな」すものぐらいに理解しておくのが、ひとまず穏当であるように稿者には思われる(12)。

二

さてここで、兼好が理想の閑居のイメージとして、「賢木」を引用していることにこだわりたい。兼好が『源氏物語』の熱心な読者であったことはいうまでもないが、それにしても、なぜことさら「賢木」のあの一節が選び取られたのか。

この場面は、庇護者であった父桐壺帝を失い、藤壺との関係もままならず、公私全てにおいて停滞を余議なくされた光源氏が、所在ない気持ちを紅葉狩りや仏事で紛らわすべく雲林院に参詣した場面である。実は、この後の第一七段においても

山寺にかき籠りて仏に仕うまつるこそ、つれづれもなく、心の濁りも清まる心地すれ。

と見え、同じ場面がふまえられていると考えられる。前掲の第一一段といい、兼好は「賢木」のかの一節を愛読していたと見て間違いあるまい。とりわけ注目したいのが、この「賢木」の場面における源氏の姿を、兼好が理想的なものととらえていたと思われる点である。次にあげた、第五段を見られたい(13)。

不幸に憂へに沈める人の、頭おろしなど、ふつつかに思ひとりたるにはあらで、あるかなきかに門鎖しこめて、待つこともなく明かし暮したる、さる方にあらまほし。

顕基の中納言の言ひけん、配所の月、罪なくて見んことも、さも覚えぬべし。

逆境にある人の身の処し方を論じた章段である。ここで兼好は、短慮を起こして一気に「頭おろし」、すなわち出家してしまうのではなく、「あるかなきかに」閑居に身を置くのがよいと述べているわけだが、ここには「賢木」における源氏の姿を彷彿とさせるものがあるだろう。例えば

年かへりぬれど、世の中いまめかしきことなく静かなり。まして大将殿は、ものうくて籠りゐたまへり。（「賢木」100）

とある如く、沈淪する源氏は出仕もせずに引き籠る一方で、前掲の雲林院参籠の際にも、

律師のいと尊き声にて、「念仏衆生摂取不捨」と、うちのべて行ひたまへるがいとうらやましければ、なぞやと思しなるに、まづ姫君の心にかかりて、思ひ出でられたまふぞ、いとわろき心なるや。（「賢木」117）

出家を実行することは、まだ幼い紫の上の存在もあり躊躇している。(14) そしてこのような状態の源氏を、物語は

軽々しき御忍び歩きも、あいなう思しなりて、ことにしたまはねば、いとのどやかに、今しも、あらまほしき御ありさまなり。（「賢木」103）

むしろ「あらまほし」いものと評しているのだ。兼好は、この語り手と同じ感想を抱いていたと見てよいだろう。出家せぬまま俗世から身を退く、このような源氏の感覚は須磨・明石から戻った後も継続しており、「薄雲」の巻では、斎宮の女御にむかって次のように述べる。

今は、いかでのどやかに、生ける世の限り思ふこと残さず、後の世の勤めも心にまかせて籠りゐなむと思ひは

べる……。（「薄雲」461）

これなどは『徒然草』第四段が想起されるだろう。なお同段は、正徹本などを読む限り、本来第五段と切れ目なく連続する一つの段であったと思しい[15]。

後の世のこと心に忘れず、仏の道うとからぬ、心にくし。（第四段）

さらに第五段に関しては、末尾の「顕基の中納言の言ひけん、配所の月、罪なくて見んことも、さも覚えぬべし」という一文も注意されよう。「配所」、すなわち流刑地の月を無実にもかかわらず見るという屈折した表現により、風雅な隠遁生活への憧れを表現したものと思われるが[16]、この「罪なくて」「配所」にあるという点においても、須磨へ流された源氏が思い起こされてくるだろう。事実、娘を源氏にと願う明石入道の

罪に当たることは、唐土にもわが朝廷にも、かく世にすぐれ、何ごとにも人にことになりぬる人のかならずあることなり。（「須磨」211）

という言に対し、『河海抄』は

野相公・在納言・菅家・西宮左府・帥内大臣以下抜群ノ賢才、罪無クシテ配所ノ月ニ赴ク人、勝ゲテ計フベカラズ。

という注釈を付している。この顕基説話の引用に関しては、「顕基への兼好の共感は明らかだが、少しもそれが論理的に記されず、いきなり「さも覚えぬべし」と言われても、健康な読者は困ってしまうだろう[17]」という三木紀人氏の指摘に見えるように、当該段における位置付けがはっきりしないことなどがいわれてきたが、流謫の身にあった源氏のイメージを梃子として導き出された可能性もあるのではないか[18]。

以上のように、第四・五段、第一一段、第一七段と、『徒然草』の「第一部」には、「賢木」から「須磨」にかけての、沈淪・失脚した光源氏の姿が揺曳していると考えられる。はたして、それはなぜなのであろうか。強いて単純に答えれば、兼好は『源氏物語』に通じていたから、あるいは兼好は源氏を理想の男性ととらえていたから、などと考えることもできるだろう。確かに

よろづにいみじくとも、色好みならざらむ男は、いとさうざうしく、玉の盃の底なき心ちぞすべき。（第三段）

の如き、読む者に光源氏を想起させずにはおかない章段の存在は、この考えを裏付けてくれるかもしれない。しかしながら、これだけではなぜ「賢木」から「須磨」なのかという点が、十全には説明できないだろう。加えて、兼好がそういう考えの持ち主だったからと、全てを書き手の思想に還元するばかりではなく、あくまでもテクストとしての必然性が問われなければならないはずである。

三

そこで稿者が注目したいのが、「賢木」から「須磨」辺りにおいて、「つれづれ」に筆を執る源氏の姿が目につくことである。

まずは「賢木」から、雲林院に籠っても結局は都のことが忘れられず、紫の上に宛てて消息を記す場面である。

例ならぬ日数も、おぼつかなくのみ思さるれば、御文ばかりぞしげう聞こえたまふめる。行き離れぬべしやと試みはべる道なれど、つれづれも慰めがたう、心細さまさりてなむ……。（「賢木」117）

続いて須磨への流謫後、都に残してきた女君たちへ向け、源氏は手紙をしたためる。

尚侍の御もとに、例の中納言の君の私事のやうにて、中なるに、「つれづれと過ぎにし方の思ひたまへ出でらるるにつけても……。（「須磨」189）

御返り書きたまふ。言の葉思ひやるべし。「かく世を離るべき身と思ひたまへましかば、おなじくは慕ひきこえましものをなどなむ。つれづれと心細きままに……。（「須磨」195）

そして、書簡の往復も一段落した後は、沈みがちになる心を励ますべく、

いとかく思ひ沈むさまを心細しと思ふらむと思せば、昼は何くれと戯れ言うちのたまひ紛らはし、つれづれなるままに、いろいろの紙を継ぎつつ手習をしたまひ、めづらしきさまなる唐の綾などにさまざまの絵どもを書きすさびたまへる……。（「須磨」199）

今度は手紙ではなく「手習」、すなわち和歌を心の赴くままに紙に書きつけるなど、戯れの書記行為を行っているのだ。(19)

実のところ、『源氏物語』全体をひもといてみても、「つれづれなるままに」筆を執ることは必ずしも多くない。例えば「雨夜の品定め」がそうであったように、無聊を慰めるのは、えてして気の合う者同士による語らいであった。この他、物語を読んだり、楽器を弾いたりといった描写は散見するものの、無聊であるがゆえに何かを書く場面は、決して多いとはいえないのである。(20)

それに対し、「賢木」から「須磨」にかけての光源氏は、桐壺帝という後ろ盾を失い、蟄居・流罪の身であった。心慰める恋人・友人と遠く離れざるを得ず、結果その手は筆に伸びるわけだが、この、引き籠った男性官人が「つれ

づれ」に「筆を執る」という点において、執筆する兼好の脳裏に光源氏の存在が呼び起こされたのではあるまいか。

いうまでもなく、『徒然草』は、無聊ゆえに筆を執ると宣言して始められた営みであった。
もちろん、出家をためらっていた(加えて、物語中の登場人物に過ぎない)源氏に対して、兼好は『徒然草』執筆時には既に出家を果たしていたことが知られており、両者の間には明確な懸隔が存在する。しかしながら、第一節で触れた通り、「第一部」の筆は俗人の視点からなされていることを看過すべきでなく、そして何より、歴史的実体としての兼好と『徒然草』というテクストの表現主体とを、安易に同一視すべきではあるまい。

仮に出家者兼好という実体にこだわるのであれば、そもそも出家者が筆を執る、それも経典の注釈や仏教説話集ならいざ知らず、隠者・出家者の自己表現という行為自体、矛盾した「本来あつてよいものではない」[21]ことが考慮されなければならないだろう。兼好は、『徒然草』執筆という根拠なき営みのレゾンデートルを探さなければならなかったはずである。先ほど、「つれづれ」に「筆を執る」という点で、兼好の脳裏に源氏の存在が呼び起こされたのではないかと述べたが、むしろ逆に、「筆を執る」自らを源氏に重ねるために、ことさら「つれづれ」であることが強調された、ということではないか。如上、自らの行為を何かにかこつけない限り、『徒然草』という特異なテクストの筆を進めることはできなかったと思われる。

それゆえに、「賢木」から「須磨」辺りの光源氏が、いわば「要請」されたということではないか。中でも、第五段や第一七段の如き「賢木」の巻を直截に想起させる表現は、引き籠るがゆえの無聊を筆で慰めようとする光源氏の姿を前景化させることによって、結果的に、自身の執筆行為に対する兼好の弁明・自己肯定として機能していよう。

したがって、前述の「色好み」の称賛にしても、あるいは閑居を理想とする発想にしても、『徒然草』の内容を兼好の固有の思想として、無条件に結びつけて理解するべきではない。むしろ筆を執るにあたって、源氏の存在への意識、書き手兼好の自己肯定の姿勢が、その後の内容を呼び寄せたと考えるべきではあるまいか。いったい、人はそうやって何か書くのではないか。

同様のことは、かの著名な序段にもあてはまるだろう。従来、かの「つれづれなるままに」を、我々は（謙辞であると同時に）執筆する兼好の現況を描出したものと理解する傾向にあったが、「賢木」から「須磨」辺りにおける源氏と自らを被せる、テクストとしての「虚構」(22)と見る視点を持つことも、今後さらに必要となってくるはずである。

四

かかる視点に立って「第一部」を読み直すとき、次にあげた第七段は極めて興味深い。

住みはてぬ世に見にくき姿を待ちえて、何かはせむ。命長ければ恥多し。長くとも、四十に足らぬほどにて死なんこそ、めやすかるべけれ。

そのほど過ぎぬれば、かたちを恥づる心もなく、人に交はらむことを思ひ、夕の日に子孫を愛して、さかゆく末を見むまでの命をあらまし、ひたすら世をむさぼる心のみ深く、物のあはれも知らずなりゆくなむ、あさましき。

今井上氏はこの段について、「光源氏のありように、どこか重なるところがある」とした上で、『源氏物語』と同段に共通する白居易の影響を指摘している。(23)具体的には、第七段後半に見える「夕の日に子孫を愛して」という表現は、『白氏文集』巻二「秦中吟」中の「不致仕」の一節に基づいている。

七十にして致仕するは、礼法に　明文有り。

何ぞ乃ち　栄を貪る者、斯の言　聞かざるが如きや。
憐れむべし　八九十の、歯堕ち　双眸昏く、
朝露に　名利を貪り、夕陽に　子孫を憂ふを。
冠を挂けんとして翠緌を顧み、車を懸けんとして朱輪を惜しむ。
金章　腰勝へず、傴僂して君門に入る……

この「不致仕」を含む巻二「秦中吟」は、諷諭詩に属する。(24) 諷諭詩は、厳しい政治批判を旨としており、「不致仕」も、わが身の栄誉や子孫繁栄を望む余り潔く冠を脱いで宮中から引退しようとしない老官僚を、見苦しいとして咎めるものである。今井氏によれば、この一節を引用した表現が『源氏物語』中に多数認められる。ここでは、二例ほど引用しておく。

「御息所の忌はてぬらんな。昨日今日と思ふほどに、三年よりあなたのことになる世にこそあれ。あはれにあぢきなしや。夕の露かかるほどのむさぼりよ。いかでこの髪剃りて、よろづ背き棄てんと思ふを、さものどやかなるやうにても過ぐすかな。いと悪きわざなりや」とのたまふ。（「夕霧」457）

内裏などにも、ことなるついでなきかぎりは参らず、朝廷に仕ふる人ともなくて籠りはべれば、よろづうひうひしう、よだけくなりにてはべり。齢などこれよりまさる人、腰たへぬまで屈まり歩く例、昔も今もはべめれど、あやしくおれおれしき本性に添ふものうさになむはべるべき」など聞こえたまふ。（「行幸」297）

右にあげた「夕霧」の一節などからは、官職に拘泥せず、世俗との交わりを避けて引き籠る源氏の姿が看取されるが、それは前掲第五段で兼好が理想としたものと同一の姿勢といえよう。「行幸」の巻において、「不致仕」を下敷き

に政治が面倒になったとうそぶく源氏は時に三十七歳であり、憶説を述べるならば、第七段の「長くとも、四十に足らぬ」云々は、源氏の転機とも呼ぶべき四十という年齢設定が意識されているかもしれない。[25]

だが、かかる思想の近似性と並んで重要なのは、「夕顔」「行幸」ともに源氏自らが「不致仕」の一節を口ずさみ、その享受者であったことが示されている点である。兼好は、白氏の詩句をたしなむ源氏に、同じ嗜好の者として共感し、自らを重ねたのではないだろうか。源氏が漢籍に通暁していたのは当然だが、物語中には、無聊を漢籍で慰める描写も見える。例えばかの「雨夜の品定め」において、座談の始まる前、

つれづれと降り暮らして、しめやかなる宵の雨に、殿上にもをさをさ人少なに、御宿直所も例よりはのどやかなる心地するに、大殿油近くて書どもなど見たまふ。（「帚木」55）

源氏は「つれづれ」を、ひとり「書」を読むことによって慰めていた。[26]

そして兼好もまた、漢籍、中でも白居易を愛好し、それに慰みを求める者であった。

ひとり灯の下にて文をひろげて、見ぬ世の人を友とする、こよなう慰むわざなり。
文は、文選のあはれなる巻々、白氏の文集、老子の言葉、南華の篇。此の国の博士どもの書ける物も、いにしへのはあはれなること多かり。（第一三段）

「雨夜の品定め」の源氏は、第一三段のモデルの一人と見て外れないだろう。兼好はここでも、光源氏の如くに振舞っているということではないか。

なお、これと同種のことは、第五段で名前のあがっていた源顕基にも当てはまる。前掲「配所の月」の逸話の出典ともいわれる、[27]『発心集』の一節を示す。

中納言顕基は大納言俊賢の息、後一条の御門に時めかし仕え給ひて、わかうより司・位につけて恨みなかりけ

れど、心は此の世のさかえを好まず、深く仏道を願ひ、菩提を望む思ひのみあり。つねのことくさには、彼の楽天の詩に、「古墓何世人。不知姓与名。化為路傍土。年々春草生」といふことを口づけ給へり。いといみじきき人にて、朝夕琵琶をひきつつ、「罪なくして罪をかうぶりて、配所の月を見ばや」となむ願はれける。

（巻五―八「中納言顕基、出家・籠居の事」）

源氏同様「此の世のさかえを好まず」、白氏を愛好していたことが確認できるだろう。顕基が愛唱した「楽天の詩」とは、これも『白氏文集』巻二、諷諭詩「続古詩十首」中の「第二」の一節であり、同じ一節を兼好もまた「第一部」後半の第三〇段において、

さるは、跡とふわざも絶えぬれば、いづれの世の人と、名をだに知らず、年々の春の草のみぞ、心あらむ人はあはれとも見るべきを、はては嵐にむせびし松も、千年を待たで薪に砕かれ、古き塚はすかれて田と成りぬ。

と引用している。

源氏と顕基との共通項としては、白居易の諷諭詩を愛唱し、恬淡として栄達を望まず、ゆえに早々と官職を辞し、後世を常に心にかけつつ、無聊を文事によって慰める隠遁文人、くらいになるだろう。(28) もちろん、源氏も顕基もかかるイメージのみに収まりきる存在ではなく、また『徒然草』「第一部」のようなテクストを書き残したわけでもない。だが少なくとも兼好は、如上のイメージにすがることで、自身の書記行為を推進したと想像されるのである。

このことは同時に、若くして出家した自らを、肯定することにもつながっていたであろう。遁世した兼好の日常が、本当に「つれづれ」であったかは不明としかいいようがない。ただ「つれづれなるままに」と書き出したとき、彼は清閑な庵の中に恬淡としてある遁世文人の姿を、自らに重ねることができたはずである。兼好が第一一段の庵の主に幻視したのも、あるいはそういう姿だったに違いない。

おわりに

以上、「賢木」から「須磨」にかけて、政界を失脚し、無聊に筆を執る源氏のイメージに寄り添うことで、兼好が『徒然草』を書き進める根拠としたのではないかという仮説を提示、検討した。確かに「第一部」の諸章段は、兼好自身の思想が開陳されたものに違いない。しかしながら、日々様々な思念を重ねていたであろう兼好において、なぜそれらが優先して、しかもあのような表現によって、書き記されねばならなかったのか。それは、沈淪する源氏の姿を借りることで、『徒然草』が書き進められたがゆえであった。よくいわれる「第一部」の「詠嘆的無常観」とは、「賢木」辺りの源氏の憂愁に近しいように、稿者には思われる。

したがって、本篇で繰り返し指摘した「第一部」の消息的性格も、実際に兼好が対話の相手を喪失していたと考えるのではなく、書き手としてそう演じることによって、かかる書記行為を成り立たせたのだと見るべきであろう。あえてたとえるならば、自身を女性に仮託することで、『土佐日記』を書き記した紀貫之を想起したい。そういえば、第一九段に見える「筆に任せつつあぢきなきすさみにて、かつ破り棄つべき物なれば、人の見るべきにもあらず」という一節は、『土佐日記』跋文との近似が指摘されていた。

なお、本章は「第一部」に限って分析を加えたものであるが、次に『徒然草』のほとんど全体を占める、いわゆる「第二部」への検討が必要となろう。「第二部」において、「賢木」の源氏のような、筆を進める兼好を支えたものは何であったのか、本書も第二篇へと移ることとしよう。

（1） 三木紀人「随筆――徒然草をめぐって――」(『国文学 解釈と鑑賞』昭和四四年三月号)
（2） 清少納言と兼好との懸隔については、荒木浩『『徒然草』というパースペクティブ――第一段・第一九段、堺本『枕草子』、「あづま」・「都」」(『〈新しい作品論〉へ、〈新しい教材論〉へ ［古典編］3』〈右文書院、平成一五年一月〉、後に『徒然草への途 中世びとの心とことば』〈勉誠出版、平成二八年六月〉に収載)に詳しい。
（3） 『正註つれづれ草通釋』(瑞穂書院、昭和一三年四月)
（4） 「『徒然草』の虚構性」(『国語と国文学』昭和五一年六月号、後に『徒然草論』〈笠間書院、平成二〇年一一月〉に収載)
（5） 稲田利徳「『徒然草』における兼好のジャンル意識」(『岡山大学教育学部研究集録』平成八年一一月号、後に稲田前掲書に収載)
（6） 引用箇所の頁数を示してある。以下同。
（7） 稲田利徳「『徒然草』の草木をめぐって(下)」(『岡山大学教育学部研究集録』昭和五二年七月号、後に稲田前掲書に収載)
（8） 桑原博史「徒然草の源泉――物語」(『徒然草講座 第四巻』有精堂、昭和四九年一一月)も、『徒然草』の語句が、『源氏物語』のそれと共通して、物語的雰囲気をかもし出している章段を形成しているというのは、中世における、『源氏物語』享受の一般的なあり方とまったく共通している」と指摘する。この他、例えばこれも中世王朝物語の一つである『風につれなき』の冒頭文が、

言の葉しげき呉竹の、世々の古事となりぬれば、何のをかしき節とてすぐれたる聞き所なけれど、おのづから心に止まりたる筋々を想ひ出でつつ、秋の明けがたき老いの寝覚めのつれづれなるままに、心をやりたりし問はず語りを書き集めて、止まらむ跡のあやしけれど。

と、『徒然草』の序段とよく似た表現となっている点なども興味深いが、今はこれ以上立ち入らないこととしたい。
（9） 『徒然草』全体を見ても、「仏菩薩への信仰も、極楽浄土も語られて」おらず、「尋常な宗教的述作を読みつけた人にとってはなじみにくいものだった」(三木紀人「兼好と『徒然草』」〈『鑑賞日本の古典 一〇 方丈記・徒然草』尚学図書、昭和五

五年二月〉)であろう。

(10)　宮内三二郎『とはずがたり・徒然草・増鏡新見』(明治書院、昭和五二年八月)第二篇第二章「徒然草(序〜第三〇段)の成立」は、「このようにみてくると、第一部執筆当時の作者の眼は、もっぱら宮廷と宮廷人・宮廷生活に向けられていたことがわかる」とした上で、『徒然草』「第一部」の執筆時期を兼好の出家以前の、「たとえ現に宮中に在勤中でないにしても、すくなくともそれをあまり遠ざからぬ時期に物した、と考えたい」と論じている。興味深い見解だが、後節でも述べるように、むしろ出家者であったからこそ在俗官人の視点が要請されたということではないか。

(11)　したがって例の「柑子の木」が兼好に与えた失望とは、この現実的な存在が、一つの美的・物語的世界を突き破ってしまったことによるものであったろう。小島孝之「草庵文学の展開」(『岩波講座日本文学史　第五巻　一三・一四世紀の文学』〈平成七年一一月〉)も、「兼好はこの草庵の主の心のありかたを直接批判しようとしているのではなく、草庵が一幅の絵として完成していることを期待しているのだということがわかる。ここからは現実の生活感は排除されている」と述べる。

(12)　稲田利徳「「住みなす」考——隠遁的住居の憧憬」(『国語国文』平成二四年四月号)は、この「住みなす」や第一一段に見えた「折り散らす」などの表現が、他の王朝古典文学には見出し難い、『源氏物語』特有のものであり、兼好がこれらの特異な言葉づかいに鋭く反応し、『徒然草』に取り込んでいたことを闡明している。

(13)　この段の解釈に関しては、戸谷三都江「顕基の説話と『徒然草』(一)」(『学苑』昭和四八年一月号)、山村孝一「兼好の「あらまほし」と見ていたもの——『徒然草』第五段を読み解く——」(『大阪産業大学論集(人文科学編)』平成一二年一〇月号)など。

(14)　新枕後である紫の上が「姫君」とされる点に関して、高木和子「光源氏の出家願望——『源氏物語』の力学として——」(『日本文芸研究』平成一一年一二月号、後に『源氏物語の思考』〈風間書房、平成一四年三月〉に収載)は、紫の上に対する光源氏の庇護意識を見出している。

(15)　山村前掲論文参照。なお、本篇第一章でも述べたことだが、『徒然草』とりわけ「第一部」に関しては、区分すること自体の妥当性も含めて、既存の章段区分に対する全面的な再検討が不可欠であるように思える。

(16) 三木紀人「配所」(『国文学 解釈と教材の研究』昭和四八年七月号)、戸谷前掲論文、山村前掲論文等を参照のこと。
(17) 三木前掲注(16)論文。
(18) 安良岡康作『徒然草全注釈 上巻』(角川書店、昭和四二年二月)は、第五段の冒頭の「不幸に憂へに沈める人」という表現に関して、「明石」で光源氏の夢に現れた桐壺院の言葉、「(流謫する源氏が)いみじき愁へに沈むを見るにたへがたくて」との近似に言及している。
(19) 荒木浩「心に思うままを書く草子――徒然草への途――(上)」(『国語国文』平成元年一一月号、後に荒木前掲書に収載)は、この「須磨」の一節などをあげつつ、『徒然草』に〈手習反古〉と近しい性格があると論じる。
(20) なお、「賢木」から「須磨」の源氏以外で、無聊を筆で慰める姿が繰り返し描写されるのが浮舟であった。『徒然草』序段の「硯に向かひて」という表現が、「手習」の巻において、浮舟が出家した直後の一節、「ただ硯に向かひて、思ひあまるをりは、手習をのみたけきことにて書きつけたまふ」(341)の影響によるものと思われる点、荒木前掲注(19)論文、稲田前掲注(12)論文が指摘している。
(21) 三木紀人「徒然草の成立」(『国文学 解釈と鑑賞』昭和四五年三月号)。同論文は「隠者文学」について、「形容矛盾」「逆説的な存在」などとも呼んでいる。
(22) 三木前掲注(21)論文も、「なまじつか作者の姿勢を明確に告げているかに見える、例の序段があるために、兼好の動機は不問に付されがちだが、序段から誰もが読み取る自照性は筆者の虚構かもしれない」と述べる。
(23) 『源氏物語 表現の理路』(笠間書院、平成二〇年六月)結「闇に惑われぬ光源氏と「不致仕」の思想――物語の精神的基底――」
(24) 白氏諷諭詩の本朝における受容の諸相等に関しては、太田次男『旧鈔本を中心とする白氏文集本文の研究』下巻(勉誠出版、平成九年二月)。
(25) 後述する源顕基が出家したのが、三十九歳であったことも付記しておく。
(26) 「須磨」においても、蟄居に際し、「かの山里の御住み処の具は、え避らずとり使ひたまふべきものども、ことさらよそひもなくことそぎて、またさるべき書ども、文集など入りたる箱、さては琴一つぞ持たせたまふ」(176)とあった。

(27)　戸谷前掲論文。

(28)　このイメージは、さらにさかのぼれば竹林の七賢にも行きつくであろう。第二一段には「嵆康も、「山沢に遊びて魚鳥を見れば、心楽しむ」と言へり」とあり、また第一七〇段にも、「阮籍が青き眼、誰もあるべきことなり」と見える。

第二篇　『徒然草』「第二部」の転回

――新ジャンルの創成

第一章　「よき人」の語り——不特定読者への意識

はじめに

前篇では『徒然草』「第一部」を取り上げ、その消息的な性格について考察した。例えば『紫式部日記』の「消息文」や『阿仏の文』の如く、消息は私見の披瀝を可能にする媒体であったと思しい。そして、自らが理想とする人間像をはじめとして、様々な事柄に関する自身の意見の提示を繰り返す「第一部」には、これらの消息的テクストと非常に近似した性格が認められたのである。消息的テクストという一群を措定し、それらとの近似性を指摘することで、従来、孤立したものと見なされがちであった『徒然草』が、長い文学史的動態の中から生み出されたものであることを明らかにできたかと思う。

さらに書き手の性格についても考究を加え、『源氏物語』「賢木」から「須磨」にかけて現れる、無聊に筆を執る光源氏のイメージに書き手としての自らを重ねることで、兼好が『徒然草』「第一部」を書き進める根拠としたことを闡明した。「第一部」の諸章段は、兼好自身の思想であると同時に、かかるイメージから必然的に導き出されたものであったと思われる。

しかしながら、前篇で俎上に載せた「第一部」は、序段から第三八段までという『徒然草』全体からすれば二割にも満たない、極めて限られた範囲に過ぎなかった。そして第三九段以降、いわゆる『徒然草』「第二部」から受ける印象は、「第一部」から受けるそれとは全く異なったものなのである。

「第一部」と「第二部」の質の違いは、何に起因するものなのか。『徒然草』に見える如上の二部構造を初めて指摘した西尾実氏は、それを「詠嘆的無常観から自覚的無常観」への変化という、テクストに流れる「作者の無常観」の質の違いに求めていた[1]ことは既に述べた。

西尾説を発展的に継承した安良岡康作氏の如く、二部構造の所以を「序段から始まって、この第三二段までが、わたくしの言う第一部であって、その成立を文保三年＝元応元年（一三一九）のことと考えているのである[2]」と、成立時期の問題とからめて考える論も少なくない。

本書は両部の質の差を、作者の思想や成立時期という外的な要因ではなく、テクストとしての性格という内的な因に求める立場を取りたい。そこで注目されるのが、両者における語りの質の差なのである。以下本章では、『徒然草』「第二部」の語りの特質に着目することで[3]、同部の性格を探っていきたい。まずは次節、前篇で扱った「第一部」の性格を振り返ることから始めよう。

一

『徒然草』の語りに対する、一般的なイメージを一言でまとめるならば、「世事に通じた隠者の繰り言」くらいであろうか。全体を読み通してみると、兼好は確かに饒舌である。もちろん、実際の彼はむしろ「寡黙な人であった[4]」かもしれないが、こと『徒然草』というテクストの書き手としては、饒舌家と断じて構わないであろう。哲学的な人間論から有職故実にまつわる逸話、果ては滑稽な失敗譚に至るまで、多岐にわたる方面の事象について、雄弁に言葉を続けているのだ。しかも語られる内容に応じ、漢文訓読体から王朝物語的な筆致まで、文体も鮮やかに変化する。『徒然草』の多様性とは、まさにその文体の多様性に等しいであろう。よくいわれる通り、自分自身のことについては余り積極的に語ろうとはしないが、それも物語文学における「語り手」のようなものだと思えば、さして不思議なことでもあるまい。

兼好は凡百の語り手ではない。しかも本書序章で既に触れたように、彼自身、そのことをはっきりと意識していたのではなかったか(5)。そうでなければ、これほど多様な内容と多彩な語り口をもった、文学史上に稀なテクストは生み出し得なかったに違いない。兼好は確固たる意図のもとに、文体に変化を加えたのだ。

しかしそのような工夫は、前篇で扱った「第一部」には、ほとんど見られなかった点を確認しておきたい。確かに「第一部」においても、色欲や音楽、仏道など様々なテーマが取り上げられてはいた。けれども、構成・文体はどうか。前篇第一章に既述の如く、ほぼ全ての章段が、冒頭にテーマを掲げてから私見を披瀝する構成と、係結びを多用して意見を述べる文体という、はっきりとした共通性を有しており、「第二部」に見られるような多様性は全く認められないのである。

「第一部」のかかる共通性は、同部が消息的テクストであったことをもって、説明可能であろう。もはや詳しくは繰り返さないが、「第一部」は、兼好から「見ぬ世の人」へ宛てて記された消息に近いものであった。第一二段に、

同じ心ならむ人としめやかに物語して、をかしきことも、世のはかなきことも、うらなく言ひ慰まれむこそうれしかるべきに、さる人あるまじければ、つゆ違はざらむと向かひたらむは、ただひとりある心ちやせむ。たがひに言はむほどのことをば、げにと聞くかひあるものから、いささか違ふ所もあらむ人こそ、「我はさや

は思ふ」など、争ひ憎み、さるから「さぞ」ともうち語らはば、つれづれ慰まめと思へど、げには少しかこつ方も我と等しからざらむ人は、大方のよしなしごと言はむほどこそあらめ、まめやかの心の友には、遙かに隔つるところのありぬべきぞ、わびしきや。

とある如く、兼好はともに語り合うべき「同じ心ならむ人」「まめやかの心の友」を見出せないと嘆いてみせる。ここで、本当に兼好が孤独であったか否かは、おそらく問題ではない。(6)むしろ兼好が、筆を執る自身をそう認識・定義していたという点こそが重要なのである。第一二段に示されていたのは、口頭でなされる親しき者との対話、それによって心が慰められることへの希求、(7)ならびに、それは望んでも得られないであろうという諦念であった。例えば『大鏡』序文に見える、

年頃、昔の人に対面して、いかで世の中の見聞くことをも聞こえあはせむ、このただ今の入道殿下の御有様をも申しあはせばやと思ふに、あはれにうれしくも会ひ申したるかな。今ぞ心やすく黄泉路もまかるべき。おぼしきこと言はぬは、げにぞ腹ふくるる心地しける。

という世継の喜悦の台詞をここに重ね合わせれば、兼好の嘆息のほどが知られよう。兼好も世継同様「思ふこと言はぬは腹ふくるるわざ」(第一九段)とうそぶいたが、(8)彼はこの言のすぐ後に、

筆に任せつつあぢきなきすさみにて、かつ破り棄つべき物なれば、人の見るべきにもあらず。

と続けねばならなかった。「筆」、すなわち書記行為であることの認識が示されている点は看過すべきであるまい。「第一部」とは、「本来語り合う友を得て」(9)からなされるべき、無聊の慰めとしての対話の代替的行為であった。兼好は書記テクストの力を借りることにより、語りたいという欲求を満たしていたのである。書記行為の自覚は、代替の

自覚に等しかったであろう。

この代替という性格は、『徒然草』「第一部」のみに認められるものではない。消息的テクストは、基本的に本来口頭でなされるべきものの、やむなき代替手段であった。これまで論じてきた通り、例えば『阿仏の文』の執筆は、宮中に出仕する娘に対して口頭で教訓を伝えることが難しくなったためであったかとされる。[10] また大神基政の手になる『龍鳴抄』は、芸に秀でた嫡男を持ち得なかった基政が、娘夕霧のために書き残した笛の口伝書であった。彼がこのテクストを書き残したことの意味等については、もはやここでは繰り返さないが、音楽という書記テクストには最もなじまないと思しい分野において、書記化された口伝書が生まれたことの意味は大きい。代替手段としての有効性が、認識されていたことをうかがわせるからである。『龍鳴抄』の跋文が

つれづれなるままに、てならひの時々、させる日記もひかず。そのしるしともなきことを、心にうちおぼゆるままに、かきつけたり。

と、『徒然草』の著名な序段を想起させるものとなっているのも、ゆえに決して偶然とはいえないだろう。

同様のことは、藤原孝道によって記された楽書『雑秘別録』にも当てはまる。愛娘たる播磨に書き与えられた同テクストの序文もまた、『徒然草』のそれに近似する。

女房などは知らでもことかくまじけれども、をのづからさありしものの子なれば、心にくがりてとふ人あらばとて、少々つねならぬことを、思ひいづるにしたがひてしるし申す。

あるいは、これに『阿仏の文』の一文、

思ひ出で候ふにしたがひて、よろづのことを申し続け候へば、おなじこともおほく、御覧じにくくも候はん。

を加えてもよい。これらのテクストに共通する、「うちおぼゆるままに」「思ひいづるにしたがひて」「思ひ出で候ふにしたがひて」などの文言が、口頭言語的な性格を匂わせるものであること、本書がこれまで確認してきた通りである。

消息的テクストと実際の対話との最大の相違は、浮かんだ言葉の数々を、声にして眼前の相手に届けるのではなく、「しるし」「かきつける」ことによって表現するという点に尽きよう。ただその僅か一つの違いは、また様々な違いを引き起こす、決定的な差異でもあった。

二

見てきたように、消息的テクストは対話的な性格を有する一方、実際は書記行為、すなわちひとり単独でなされる営みであるという厄介な二重性を有する。

例えば兼好は、対話に「反発したり同感したりしながら相手と語り合う状況」(11)を求めていた。それはおそらく、同種の感性を有する者同士でなされる談義の如きもの(12)であったろう。そして現実の対話がそうであるように、消息的テクストも受け手の反応への確信があってはじめて、真情吐露の場として意味をなしたはずである。消息的テクストは、物狂おしい独り言に陥る危険性を回避しなければならなかった。ゆえに孝道は、第一篇第二章の末尾で述べたように、繰り返しテクストの当面の受け手たる娘の存在を明示し、阿仏尼もまた、これも第一篇第三章で触れた通り、「さればとて」、すなわち「私がこう教えたからといって、そういうことはしてはいけません」などと、娘の反応を予想した表現を執拗に書き加えていた。

では『徒然草』はどうか。前掲第一九段に「人の見るべきにもあらず」とあった如く、兼好は、自分のテクストが他者に読まれることを否定している。それはもちろん一種の韜晦の辞ではあったろうが、これとよく似た謙辞を持ち、その関係が早くから指摘されてきた『枕草子』が、

この草子、目に見え心に思ふ事を、人やは見むとすると思ひて、つれづれなる里居のほどに、書きあつめたるを、あいなう人のために便なき言ひ過ぐしもしつべき所々もあれば、よう隠しおきたりと思ひしを、心よりほかにこそ洩り出でにけれ。

宮の御前に、内の大臣の奉りたまへりけるを、「これに何を書かまし。上の御前には史記といふ文をなむ、書かせたまへる」などのたまはせしを、「枕にこそは侍らめ」と申ししかば、「さは得てよ」とて給はせたりしを、あやしきをこよや何やと、つきせずおほかる紙を書きつくさむとせしに、いと物おぼえぬ事ぞおほかるや。

（『枕草子』三巻本・跋文）

このように、さりげなく、他者に受け止められていることを示唆しているのとは、やはり同一視できないものがあるだろう。

しかも兼好の場合、対話の相手が「たまたま」[13]目の前にいないがゆえの代替ではないという、さらにもう一段階複雑な事情を有していた。『徒然草』は楽書でもなければ教訓書でもない。孝道や阿仏尼たちのように、娘という実在の人物を相手として脳裏に想定しつつ、執筆することはできない。対話相手の否定がテクストの存在理由ともなっている以上、問答形式のテクストのように、架空の話し相手を仮構することもあり得ない[14]。自分の言葉が他の誰にも届かない、絶望的な対象不在を常に自覚しながら、テクストを書き進めざるを得ない、「あやし」く「もの狂ほし」い営みだったのである。

兼好は、いわばもうひとりの自分に向け、言葉を発し続けていたのだろう。他の消息的テクストと異なり、そこには読み手からの反応が前提とされていない。しかし繰り返し述べた通り、消息的テクストが執筆されるのは、それが娘などへ読まれることが期待されていたからであって、もし誰にも受け止めてもらえないのであれば、消息的テクストは無意味な独り言、壁に向かって空しく話しかけているのと同じで、もはや何も言っていないのと変わらないはずだ。そしてそのことを、兼好自身誰よりも痛感していたのではなかったか。前掲第一二段に「つゆ違はざらむと向かひたらむは、ただひとりある心ちやせむ」、すなわち「もし考え方も感じ方も全て自分と同じ人と対話していたら、ひとりでいるのと変わらないのではないか[15]」と述べていたことを想起されたい。

加えて『徒然草』「第一部」は、内容面においても他の消息的テクストとは大きな懸隔がある点を、看過すべきでない。例えば『枕草子』は、清少納言が

わが心にもめでたくも思ふ事を、人に語り、かやうにも書きつくれば、君の御ためかるがるしきやうなるも、いとかしこし。

（『枕草子』能因本・跋文）

と語っている如く、単なる彼女の意見開陳以上に、主君定子礼賛を目的とし中宮サロン・中関白家の記録としての側面を有していたこと、既に数多く論じられているところである[16]。『紫式部日記』にしても、中宮御産の記録としての性格を第一とする以上、その内容は

思ふことの少しもなのめなる身ならましかば、すきずきしくももてなしわかやぎて、常なき世をもすぐしてまし、めでたきこと、おもしろきことを、見聞くにつけても、ただ思ひかけたりし心の、ひくかたのみつよくて、もの憂く、思はずに、嘆かしきことのまさるぞ、いと苦しき。

「めでたきこと、おもしろきこと」が中心であることは動かず、むしろそのような記録としてのテクストに紛れ込ま

せる形で、「消息文」等における発言はなされたと見るべきだろう。
如上、「めでたきこと」を語る『枕草子』などに対して、『徒然草』は、清少納言たちが目の前で体験し感動した光景を、

衰へたる末の世とはいへど、猶九重の神さびたる有様こそ、世づかずめでたきものなれ……「内侍所の御鈴の音は、めでたく優なるものなり」とぞ、徳大寺の太政の大臣は仰せられける。

と見える第二三段のように、人づてに見聞きすることしかできない存在だった。(17) 摂関政治の全盛期に活躍した彼女らと比較するのは兼好に気の毒でもあろうが、日記文学が有していた「王権の記録」という存在理由を、『徒然草』が最初から持ち得ていないことは注意されるべきだろう。その生きた時代以上に、置かれていた立場の違いこそが大きかったことは、藤原俊成の娘健御前の筆になる、宮廷生活の回想録『たまきはる』序文の、

六十路の夢は時の間の心地すれど、思ひつづくれば、さも言ふかひなく思ひ出でなき身の、さすがに幼しとも言ふべかりけるほどより、宮仕へとかや、人のよからず言ひ古したためる事を、朽葉が下に隠れ果てたらんをだに、取る方ならずなり初めにける身を思へば、さまざま移り変はる世のありさま、人の心も、ただ我が世ばかりに、昔今けぢめしるるかに変はり果てにけるかなと思ふに、今さらよしなき古事さへ思ひ出でられて、つづきもなく言ふかひなき昔物語を、つれづれなるままに言ひ出づれば、片端をだにその世を見ぬ人は、さすがに聞かまほしうするもありけり。古めかしかりし人々は、「今やうの、珍しく見慣らはぬ」とのみ言ひしかど、今はそれも、限りなく古代なる昔語りになりにけり。

などといった一節からもうかがえるのである。
また、同じく消息的テクストの書き手であった、前掲の基政や孝道らと比べても、兼好の立場の違いは明らかであ

ろう。笛や舞楽に関して兼好がいくら詳しく語ったところで、所詮は素人の言葉に過ぎない。その語りの「かたはらいた」さは、

すべて、いとも知らぬ道の物語したる、かたはらいたく、聞きにくし。（第五七段）

よき人は、知りたることとて、さのみしたり顔にや言ふ。片ゐ中よりさし出でたる人こそ、よろづの道に心得たるよしのさしいらへはすれ。(18)（第七九段）

などに見える通り、彼自身が最もよくわかっていたはずである。『大鏡』世継も、

よしなきことよりは、まめやかなることを申しはてむ。よくよく、たれもたれも聞こし召せ。（「後一条院」）

と発言していた。

語りを届ける宛先の不在と、語るに値する内容あるいは立場の欠落。「第一部」が第三八段において、

万事皆非也。言ふに足らず、願ふに足らず。

という絶望的な擱筆を迎えたのも、不可避な結末だったといわねばならないだろう。

三

以上、第一篇より繰り返し検討してきた「第一部」論を前提に、ここから『徒然草』「第二部」論に移っていきた

い。「第一部」が独り言の虚しさを兼好に痛感せしめたと見るとき、続く第三九段、法然にまつわるある小話の内容は、極めて暗示的である。

ある人、法然上人に、「念仏の時、眠にをかされて、行を怠り侍ること、いかがしてこの障りを除き侍らむ」と申しければ、「目の覚めたらむほど念仏したまへ」と答へられける、いと尊かりけり。

「ある人」の問いに対して、法然は穏やかで、どこかユーモアすら漂う台詞を返す。「いと尊かりけり」という感想から、兼好の関心が、発問者ではなく法然の返答の方にあったことは疑いあるまい。とりわけ今はこの対話において、博学で知られた法然があえて「煩瑣な教理を排し、どんな無知な、意志薄弱の者にも可能なかたちで法を説いた(19)」ことに注意したい。法然は念仏の行を怠りがちな「ある人」を決して突き放さず、むしろ優しい言葉をかけて導いたのである。その言葉は、相手の心を癒したであろう。

さらに指摘すべきは、法然と「ある人」の対話は、第一二段に見えた共通の感性を持った者同士によるそれではなく、片方の言葉が相手に届きその考え方を変える類いのもの、すなわち感性や認識の異なる者たちによってなされていた点である。ここに兼好は、法然の徳の高さとともに、対話のもう一つの可能性を見出したのではあるまいか。

同様のことは、近接する第四一段にもいえるだろう。この段は次章で改めて取り上げるが、賀茂の競馬を見物した際、楝の木の上で居眠りをして落ちそうになっている法師をあざ笑う人に対し、兼好は「我が心にふと思ひしままに」、生死の到来には定まりなどなく、見物している我らとて愚かさは同じだと説く。その言葉に群集は「まことにさにこそ候ひけれ」と、心動かされるのである。同段は

人、木石にあらねば、時にとりて物を感ずることなきにあらず。

と結ばれているが、ここには「同じ心なら」ざる「(他)人」に対しても、言葉が届く可能性に改めて気付かされた、兼好の感慨が示されていよう。「兼好と他人の直接のことばのやりとりが書かれている段は、ここが初めてである」[20]ことの意味は小さくあるまい。

「第一部」は、対象に自分と「同じ心」の者のみを措定してなされた書記行為であった。第一篇第四章で論じたように、無聊をかこつ隠遁文人を書き手像としてイメージしながらなされたそれは、おそらく読み手にもうひとりの自分とも呼ぶべき同種の文人像が想定されていたであろう。如上、極めて閉じられた枠組みの中で、兼好は一方的に私見を披瀝し続けていたのである。

対照的に右にあげた二つの章段、中でも第四一段には「同じ心」ならざる他者との対話、およびそれによって人の心が動かされる様が書き記されていた。語りの内容・質によっては、そのような他者を動かすことができる。他者を自分の語りに惹きつけ、共感させることができる。ここに『徒然草』における語りを巡る、大きな質の変化を認めることができるのではあるまいか。

親しくない者との対話という視点は、「第一部」擱筆近くの第三七段において、

朝夕隔てなく馴れたる人の、ともある時我に所おき、引きつくろへるさまに見ゆるこそ、「今さらかくやは」と言ふ人もありぬべけれど、猶うやうやしくよき人かなと覚ゆれ。うとき人の、うちとけたることなど言ひたる、又よしと思ひつきぬべし。

とあった。「よき」対話の模索の濫觴が、既に「第一部」の中に認められるのである。「第一部」と「第二部」との距離は、我々が認識するほど遠くはない。

そしてこれに伴い、内容も変質する。稲田利徳氏の論等にも指摘されるように[21]、「第二部」以降の『徒然草』は、

文体・内容ともに激烈な変化を見せる。もはや「そこはかとなく」、思うがままに書かれたテクストでないことは明らかであろう。読み手の反応を意識し、確固たる意匠によって「第二部」は書かれることとなる。

例えば四十数段以降、「榎の木の僧正」や「仁和寺の法師」など、穏やかな諧謔とアイロニーをたたえた説話的章段が目につくようになる。また、第四二段や第五〇段のように、奇妙な逸話や当代の噂話が、まるで傍観者のように一歩引いた視点から語られていく。自らが見聞して興味を覚えた様々な方面の話題を、こんな話があるのだといわんばかりにあげていく様子は、あたかも他者、すなわち自分とは異なる読み手との対話を楽しんでいるかのようだ。これらの章段で語られた説話のほぼ全てが、他の説話集に見あたらないのも、当然であろう。誰もがもはや知っていることをわざわざ改めて語っても、なんら興を催すまい。また、兼好が特定の芸道の専門家ではなかったことも、ここではプラスに転じていよう。堅苦しい芸道の伝授でもなければ仰々しい意見の開陳でもない、「うちとけた」日常における「よき」対話の如き書記行為。「第二部」を、まずそう定義付けてみたい。『徒然草』が第二四三段、幼き日の兼好と父親との対話をもって擱筆されるのも、ゆえにとても象徴的なことではあるまいか。

四

しかしながら、擱筆に至るまでの「第二部」を、単に書記テクストにおける理想の対話の具現化と呼んでしまえるであろうか。兼好が「第一部」の如き「孤独」[22]から脱出し得たのであれば、なぜ今また、あえて対話を書記化しようとしたのか。この点を考察すべく、第五六段をひもとこう。

久しく隔たりて逢ひたる人の、我が方に有りつること数々に、残りなく語り続くるこそ、あひなけれ。隔てなく馴れぬる人も、ほど経て見るは恥づかしからぬかは。次さまの人は、あからさまに立ち出でても、けふありつることとて、息も継ぎあへず語り興ずるぞかし。よき人の物語りするは、人あまたあれど、一人に向きて言ふを、おのづから人も聞くにこそあれ。よからぬ人、誰となくあまたの中にうち出でて、見ることのやうに語りなせば、皆同じく笑ひののしるが、いとらうがはし。をかしきことを言ひてもいたく興ぜぬと、興なきことを言ひてよく笑ふに、その人のほど測られぬべき。

冒頭の一文に「……こそ、あひなけれ」と見える如く、この段が「第二部」以降、初めて現れた「第一部」的章段であることに、まずは注目したい。既述の通り、係助詞を用いつつ、掲げられたテーマに対する自らの意見を披瀝していくのは、「第一部」に特徴的な表現形式であった。その文体が、再び現れたことの意味を軽んじるべきではあるまい。

そこで当該章段の内容面に目を転じよう。ここで兼好が論じているのは、まさしく「対話とはいかにあるべきか」であった。自分の話ばかりする場の雰囲気の読めない者や、さほど面白くもない話に大笑する者に対しては、「その人のほど測られぬべき」と容赦ない批判が加えられる。逆に「をかしきこと」であってもさして面白がらず、静かに穏やかに物語る人を、「よき人」として称揚するのである。確かに「仁和寺の法師」をはじめ、「第二部」で語られた逸話は、どれも「をかしきこと」であったろう。それらを「いたく興ぜぬ」とばかりに抑えた筆致で書き記し、またほとんど自らの評言などを示さなかったのは、それこそが、兼好の考える「よき人」の対話の有り様だったからではないか。「第二部」の諸章段が、理想の対話を形にしたものであったことが、考え合わされなければなるまい。つまり第五六段は、対話論でもあると同時に、四十数段以降の「第二部」序盤の営みを、兼好自身が振り返ったものなのである。(23) 自らの文章を対象化しようとする試みであれば、「同じ心ならむ人」、すなわち自分自身との対話であった

「第一部」的文体は、何よりふさわしい。

いったい、兼好は「語る」ということに対し、強い自制を求めていた。

徒然なる心がどんなに沢山な事を感じ、どんなに沢山な事を言はずに我慢したか。

という、小林秀雄の言葉も思い起こされるところだが[24]、実際、兼好は同種の言説をこの後『徒然草』中に繰り返している。第五六段に続く、第五七段には

すべて、いとも知らぬ道の物語したる、かたはらいたく、聞きにくし。

と見えた[25]。このような語りに対する厳しい姿勢は、この後も繰り返し「第二部」の中で言及されることとなる。とりわけ、七十数段辺りに目立って登場するので、幾例かあげておこう。

賤しげなる物……人に逢ひて言葉の多き。（第七二段）

下ざまの人の物語りは、耳驚く事のみあり。よき人は怪しき事を語らず。（第七三段）

世の中に其の比人のもて扱ひぐさに言ひあへる事、いろふべき際にもあらぬ人の、よく案内知りて、人にも語り聞かせ、問ひ聞きたるこそ、うけられね。（第七七段）

今様のことどものめづらしきを言ひ弘め、もてなすこそ、又うけられね。（第七八段）

よく弁へたる道には、必ず口重く、問はぬ限りは言はぬこそいみじけれ。　（第七九段）

そして中でも、次にあげた二章段を読まれたい。

つれづれわぶる人はいかなる心ならむ。まぎるる方なく、ただひとりあるのみぞよき。

世に従へば、心の外の塵に奪はれて、惑ひやすく、人に交はれば、言葉よその聞きに従ひて、さながら心にあらず。　（第七五段）

人と向かひたれば言の葉多く、身もくたびれ、心も閑かならず。よろづこと障りて、時を移す。互ひのため、いと益なし。厭はしげに言はむも悪し。心づきなきことあらむをりは、なかなかそのよしをも言ひてむ。同じ心に向かはまほしく思はむ人の、つれづれにて、「今しばし、今日は心閑かに」など言はむは、この限りにはあらざるべし。　（第一七〇段）

兼好が他者との語りに慎重になる理由は、これらからはっきり看取されよう。他者との対話は、どうしても「心」が「閑かなら」ざる状態に陥ってしまう。そしてそれは、第七五段の傍線部に見える「よその聞き」、すなわち「他人がそれをどう聞くか」という他者評価に、自分の意見が左右されるためではなかったか[26]。他者からの共感・反応は、確かに重要であろう。語りにおいて、不可欠なものとすらいえる。しかし、だからといってそれにのみ拘泥し、反応を求め過ぎるのもまた、望ましい語りではあるまい。第一、「あまた」（第五六段）いるであろう他者に対し、そのつど共感を求めようとすれば、意見がいくらあっても足りないだろう。

そこで、再び第五六段に戻ろう。ここで兼好が理想的な対話の有り様として提示した、「よき人の物語りするは、人あまたあれど、一人に向きて言ふを、おのづから人も聞くにこそあれ」という部分に注意したい。確かに反応・共感を求めつつ、同時に自らの心を「閑か」に保つためには、「一人に向きて言ふ」、すなわち眼前の「一人」に絞って語るべきであろう。その上で兼好は、その一対一の語りの質が高ければ、おのずと周囲の「人あまた」を惹きつけるものなのだ、というのである。前掲第四一段など、まさしくこの典型といえよう。

そしてここでも、『大鏡』の序文などが想起される。

> たれも、少しよろしき者どもは、見おこせ、居寄りなどしけり。年三十ばかりなる侍めきたる者の、せちに近く寄りて……と言ひて、言はむ言はむと思へる気色ども、いつしか聞かまほしく、おくゆかしき心地するに、そこらの人多かりしかど、ものはかばかしく耳とどむるもあらめど、人目にあらはれて、この侍ぞ、よく聞かむと、あどうつめりし。

老翁二人の対話は、若侍をはじめ、講師を待つ周囲の人々の耳目を惹きつけずにはおかなかった。そして『大鏡』の老翁たちの対話に対して、「聞かまほしく、おくゆかしき心地す」と心奪われたもう一人の人物こそ、他ならぬ『大鏡』の筆録者である。[27] 書き留められたことによって、世継たちの語りはさらなる聞き手、すなわち読み手の広がりを得る。今さら指摘するまでもないが、第六段に

> 染殿の大臣をも、「子孫のおはせぬぞよく侍る。末のおくれ侍りつるはわろきことなり」とぞ、世継の翁の物語には言へる。

と見える如く、兼好もその中の一人だった。『大鏡』を読むことは、老翁たちの対話に聞き入る群集の仲間に加わることと、ほとんど同義であろう。第一篇で何度かあげた『無名草子』に、

> 遥かなる世界にかき離れて、幾年あひ見ぬ人なれど、文といふものだに見つれば、ただ今さし向かひたる心地

して、なかなか、うち向かひては思ふほども続けやらぬ心の色もあらはし、言はまほしきことをもこまごまと書き尽くしたるを見る心地は、めづらしく、うれしく、あひ向かひたるに劣りてやはある。

とあったように、書記テクストとは、時間を越えた対話に他ならない。「孤独」を脱してもなお兼好が書記行為を続けた理由とは、自らの言葉を書き記すことによって、第五六段で述べた理想の対話、すなわち「おのづから」様々な聞き手(読み手)が「あまた」現れることを、期待したためではなかったか。

そもそも、消息的テクストが時を越えて読み手を得るものだという認識は、これも第一篇に前掲の『龍鳴抄』跋文に、

おのづからすゐのよに見む人は、さもありけることかなと思はむずらむ。又これはひが事よといふ人もあらむずらむ。あはれなる事かなと思ふ人もありなむ。にくかりける事かなといふ人もありぬべし。

と見えた。基政は自分の書き記したテクストが、各人各様の反応を示す、多様な読み手の元にわたるであろうことを予測していた。この認識は、「第一部」で「見ぬ世の人」への消息を書き続けていた兼好も、ある程度持ち合わせていたであろう。ただし、ここで『龍鳴抄』に見える「おのづからすゐのよに見む人」と、「第一部」の「見ぬ世の人」とを混同すべきでない。後者が、書き手自身と「同じ心ならむ」読み手のみを指していたのに対し、前者は、当初の想定読者(＝娘)ならざる複数の他者のことに他ならないからである。

そして、前掲の第五六段に見えた「おのづから人も聞く」ことへの意識とは、この複数の他者を聞き手として意識することに等しいであろう。兼好は自分のテクストを、世継たちの語りの如く、「あまた」の他者を魅了する「よき人の物語」にしようとしたのである。もちろん「世継」ならざる兼好には、語りの内容・語り口ともに、様々なる意匠が求められたであろうが、その意匠の確かさについては、改めて次節で確認するとしよう。

『徒然草』は、もともと「見ぬ世の人」への消息的な営みとして始発した。自分の意見を披瀝したいという欲求を、「文」という手段をもって昇華させていた。しかしそれゆえに、例えば娘へ宛てて消息的テクストを記した基政たちとは異なり、兼好の筆には(消息であるにもかかわらず)実在する特定の読み手がいなかった。世継にとっての繁木のように、「げに」「しかじか」などと相槌をしてくれる相手はいない。対峙すべき対象を持たず、自分の言葉が本当は誰にも届いていない独り言ではないのかという諦めと愁いを、常に抱えていたはずである。

　ところが見てきたように、『徒然草』執筆の過程において、対話というもの自体への考え方が、兼好の中で変質する。「よき人」の語りであれば「結果的に」、価値観を異にする多数の他者へも届き得る可能性を、認識するに至るのである。それは換言すれば、「おのづからするゑのよに見む人」を、読み手として意識したことを意味するものであったろう。特定の読み手を持たない孤独は、かえって「おのづから」に得られるであろう、多様な読み手の存在を意識した執筆行為へと、兼好を導いたのではなかったか。例えばよくいわれるように、「第二部」に入ると「主観語の後退によって兼好の真意はつかみにくくな」[28]る。主観をとにかく披瀝しようとした「第一部」とは、筆のベクトルが百八十度転換するわけだが、様々な読み手を念頭に置くならば、書き手の主観がある程度後退するのは、むしろ自然なことではないか。

　このことは結果的に、多様な他者すらも読み手として受け容れる、『徒然草』の懐の深さへとつながっていよう。「第二部」の達成は、「第一部」の孤独があったからこそなされたといってよい。『徒然草』の多様性とは、すなわち読み手の多様性でもあったのだ。「第二部」は、もはや単なる対話の代替とは呼べないだろう。多くの読み手を惹きつけずにおかない、「よき人」の言葉たることを求めてなされた、模索の軌跡なのである。

書記テクストはその性質上、あまたの読み手の存在を意識してなされるものである。特に『徒然草』のように、まだ見ぬ他者をも惹きつけようと思えば、文章に対する要求が厳しいものになるのは当然であろう。結果、兼好の筆はますます意匠の冴えを見せることとなる。

五

例えば第九二段は、「初心の人、二つの矢を持つことなかれ」という教訓でよく知られた、「弓射る事を習ふ」人の逸話を記した章段である。ここでは「的に向かふ」「師の言はく……と言ふ」などと、わざわざ現在終止形を多用した、漢文訓読にも似た文体が選び取られている。おそらくこの話は、他の説話的章段同様、兼好が実際に見聞したものであろう。それにもかかわらず、「き」「けり」などをあえて用いずに叙述がなされているのは、この逸話を「此の戒め、万事にわたるべし」という話末評を挟むことによって、仏道を学ぶ人の「懈怠の心」を戒める評論へと自然に連続させる、いわば話の「枕」として機能させようとする、書き手の意図があったためと思われる。

同様のことは、「かたはらなる者の言はく」あるいは「又云」などと、無常の理をこれも漢文訓読体で叙述した、続く第九三段にも当てはまるであろう。[29] 一方で、『源氏物語』などの表現を縦横に敷き詰めることで、自らの体験をあたかも物語の一コマであるかのように虚構化したと思しい[30]第一〇四段や第一〇五段などの王朝物語的章段があり、あるいはまた前掲の第七二段や第九七段においては、『枕草子』のパスティーシュとでも呼ぶべき「ものづくし」の文体が見られるのである。

今あげたこれらの諸章段からは、書記行為であることを十全に認識し、内容にふさわしい効果的な文体を選択しようとする兼好の姿が認められるだろう。消息的テクストの書き手であった兼好は、初めから語り手と書き手を兼ねた存在であった。語りの意匠が、筆の意匠として結実するのは、必然的なことであったに違いない。[31]

このような読み手への繊細な意識は、何も文体面だけに見られるものではない。例えば兼好は、第一一〇段で

双六の上手と云ひし人に、その手立を問ひ侍りしかば、「勝たんと打つべからず。負けじと打つべきなり。いづれの手か、とく負けぬべきと案じて、その手を使はずして、一目なりとも遅く負くべき手に就くべし」と言ふ。

道を知れる教へ、身を治め、国を保たん道も、又しかなり。

と、「双六の上手」の言を、治国にも通じるものだと称えた直後の第一一一段で、

「囲碁、双六好みて明かし暮す人は、四重五逆にも勝れる悪事とぞ思ふ」と、ある聖の申ししこと、耳にとどまりて、いみじく覚え侍り。

と、双六に興ずる者の愚かさを批判した一文を並べている。ここには「物事についてさまざまな方向から照明を当て、見直し、考え直す[32]」兼好の柔軟な思考方法が現れているわけだが、「さまざまな方向から」の視点とは、すなわち書き手自身の中に確固たる他者が複数措定されている証に他なるまい。同様のことは、女性を徹底的に否定しながらも、末尾に「ただ迷ひをあるじとして、かれに従ふ時、やさしくもおもしろくも覚ゆべきことなり」という一文を添えた第一〇七段や、飲酒のもたらす弊害をあれこれ述べた後に「かく、疎ましと思ふ物なれど」「さは言へど」と切り返し、上戸の持つよさについても言及した第一七五段などにもいえることであろう。これらの章段には、論を一方的なものにすまいという配慮、すなわち書き手としての兼好の自己抑制が認められるのだ。右にあげた第一一〇段・第一一一段が端的に示すように、「第二部」以降、兼好は「聞き手としての視点を強めはじめ[33]」るが、他者の言葉に耳を傾けようとする姿勢も、この自己抑制の姿勢より生じるものではあるまいか。石田吉貞氏の著名なレトリック、「西

行は自然だけを見、長明は自己だけを見、兼好は人間だけを見ていた(34)」を借りるならば、「「第一部」の兼好は自己だけを見、「第二部」の兼好は他者だけを見ていた」のである。

「語る」という行為自体に対する言及を繰り返していた前掲の第七五段において、兼好は

つれづれわぶる人はいかなる心ならむ。まぎるる方なく、ただひとりあるのみぞよき。

と、「つれづれ」の状態を肯定的にとらえる発言を書き記している。序段や第一二段において示されていたように、「つれづれ(35)」なる状態を「同じ心ならむ人」と(仮想の、ではあるが)対話することによって「慰」めようというのが、『徒然草』「第一部」の発想であった。その「つれづれ」に対する評価が、ここに反転する。この反転は、前節で述べた、兼好が特定の読み手を持っていなかったことの意味の反転と、その軌を一にしていよう。第七五段はその末尾において、

いまだまことの道を知らずとも、縁を離れて、身を閑かにし、事に与らずして、心を安くせむこそ、しばらく楽しむとも言ひつべけれ。

と述べるが、猥雑な世にあってなお兼好が見出した「閑か」な「楽し」みこそ、他ならぬ『徒然草』ではなかったか。執筆する彼の傍らには、多様な読み手たちが常に寄り添い続けていたはずである。我々もまさしく、その中の一人なのだ(36)。

おわりに

以上、本論は「対話」、および「同じ心」ならざる「他者」という視点を軸に据え、『徒然草』「第二部」の有する諸性格について検討したものである。「原徒然草」[37]として固有の性格を有し、雑多性をさほど見せない「第一部」はともかく、「第二部」という存在に焦点を絞って分析した論考は少ない。[38]しかしながら、「第一部」と「第二部」は無関係にテクストの上に並べられているわけではなく、本論中でも触れたように、「第一部」があってはじめて「第二部」が生まれたであろうことを思えば、「第一部」との関係の中から「第二部」に固有の性格を見出すべく考察を加えることは、無意味なことではあるまい。もちろん、これには逐段執筆が前提となるが、「第一部」から「第二部」へというおおよその流れは、認められるのではないだろうか。[39]

なお本章では、「第二部」の中でも四十数段から百段前後までの章段を中心に検討したが、「第二部」の後半に関しても、考察を続ける必要があろう。「第一部」が「第二部」へと変質を見せたように、「第二部」もまた、筆が進むにしたがって変化の様相を呈しているように思われるからである。[40]後続の章で、この問題についても取り上げることとしたい。

(1) 日本古典文学大系『方丈記　徒然草』(岩波書店、昭和三二年六月)所収の解説。

(2) 『徒然草全注釈　上巻』(角川書店、昭和四二年二月)所収の解説。

(3) 同種の問題意識を有する先行研究としては、桑原博史「徒然草における二つの場」(『徒然草研究序説』明治書院、昭和五一年二月)、浅野日出男「徒然草の表現」(表現学大系各論篇第五巻『随筆の表現』冬至書房、昭和六三年一〇月)、小林美和「『徒然草』における言談の世界――口伝とその意味――」(『帝塚山短期大学紀要――人文・社会科学編――』平成二年二月号、後に『語りの中世文芸――牙を磨く象のように――』〈和泉書院、平成六年六月〉に収載)、朝木敏子「『徒然草』の言述――もの言ひする語り手」(『国文学論叢』平成一一年二月号、後に『徒然草というエクリチュール　随筆の生成と語り手たち』〈清文堂、平成一五年一一月〉に収載)など。

(４)　稲田利徳「兼好の人間像――饒舌家か寡黙の人か――」(『岡山大学国語研究』平成七年三月号、後に『徒然草論』〈笠間書院、平成二〇年一一月〉に収載)

(５)　稲田利徳「『徒然草』における兼好のジャンル意識」(『岡山大学教育学部研究集録』平成八年一一月号、後に稲田前掲書に収載)

(６)　「侍」程度の身分であったとされる兼好が、例えば為政者論を語ることのできる機会自体、そもそも少なかったのではないか。逆に『徒然草』の中で、和歌について触れられることがほとんど無いのは、和歌四天王とも呼ばれた兼好にとって、そういう場がさほど珍しくなかったことを暗示するものかとも想像される。

(７)　同段は、短い文章の中に「言ひ慰まれむ」「つれづれ慰めめ」と、「慰む」という言葉を二度繰り返す。

(８)　この点については、次章で再び取り扱う。

(９)　荒木浩「心に思ふままを書く草子――徒然草への途――(下)」(『国語国文』平成元年一二月、後に『徒然草への途　中世びとの心とことば』〈勉誠出版、平成二八年六月〉に収載)

(10)　岩佐美代子『宮廷女流文学読解考　中世編』(笠間書院、平成一一年三月)

(11)　落合博志「『徒然草』本文再考――第十二・五十四・九十二・百八・百四十三段について――」(荒木浩編『中世文学と隣接諸学一〇　中世の随筆――成立・展開と文体――』竹林舎、平成二六年八月)

(12)　例えば「雨夜の品定め」などを想起すれば外れまい。

(13)　荒木前掲論文。

(14)　そもそも問答体形式のテクストのほとんどが、世継の如き伝えるべき知見を有するものを語り手として設定していた。しかし注(６)でも述べたように、兼好は世継でないのはもちろん、基政や孝道たちのような道の専門家でもなかった。序段にいう「よしなしごと」とは、単なる謙辞ではなかったであろう。

(15) 落合前掲論文。
(16) 新潮日本古典集成『枕草子 上』(昭和五二年四月)所収の萩谷朴氏による解説は、「さて、出仕以前には、遠く別世界の人のように思っていた主上や中宮を始め、畏れをさえ抱いていた関白や大納言といったお偉方が、すぐわが目の前にいて、しかも、いつも自分を引き立てて話しかけ、冗談まじりに対等につき合ってくれる」と、清少納言が抱いたであろう感慨に言及している。この他、石坂妙子「日記する〈女〉の視座――『無名草子』を起点として――」(『日記文学研究誌』平成一一年四月号、後に『平安期日記の史的世界』〈新典社、平成二二年二月〉に収載)も、女房日記の本質が「めでたきこと」を伝えることにあったと指摘する。
(17) 荒木浩「『徒然草』というパースペクティブ――第一段・第一九段、堺本『枕草子』、「あづま」・「都」」(『〈新しい作品論〉へ、〈新しい教材論〉へ [古典編]3』〈右文書院、平成一五年一月〉、後に『徒然草への途 中世びとの心とことば』〈勉誠出版、平成二八年六月〉に収載)。なお、紫式部も「女房という立場でしか、主家の栄華に関わり得ないという感慨」(福家俊幸『紫式部日記』の服飾描写と視線」〈『日記文学研究誌』平成一一年四月号、後に『紫式部日記の表現世界と方法』武蔵野書院、平成一八年九月に収載〉)、あるいは「憂愁の色濃い述懐のなかから浮かび上がるのは、女房としての〈私〉の位相を貴族社会の周縁に位置づける発想」(石坂妙子「紫式部の位相――「見る」女房」〈『新大国語』平成九年三月号、後に『平安期日記文芸の研究』新典社、平成九年一〇月に収載〉)を有していたというが、最初から「関わり」すら持てなかった兼好の嘆きとは、やはり大きな差があったといわねばなるまい。なお、実在の兼好の身分等については、小川剛生「卜部兼好伝批判――「兼好法師」から「吉田兼好」へ」(『国語国文学研究』平成二六年三月号)、および同『兼好法師 徒然草に記されなかった真実』(中公新書、平成二九年一一月)。
(18) 久保田淳「徒然草評釈――一四九――さればよと恥かしき方もあれど」(『国文学 解釈と教材の研究』平成四年二月号)が指摘しているように、『源氏物語』「雨夜の品定め」にも「すべて男も女も、わろ者は、わづかに知れる方のことを残りなく見せ尽さむと思へるこそ、いとほしけれ」と同種の発言が見える。
(19) 三木紀人『徒然草 全訳注』(講談社学術文庫、昭和五四年九月)

(20) 島内裕子『徒然草の内景＝若さと成熟の精神形成＝』(放送大学教育振興会、平成六年三月)

(21) 例えば「「徒然草」の説話的章段考――三十段ころ以前と以後との問題――」(『安田女子大学大学院博士課程完成記念論文集』平成一一年九月、後に稲田前掲書に収載)は、「三十段ころまでとそれ以降とは、再三言及するように、叙述形式も内容・用語・文体もかなり相違する」と述べる。

(22) 島内前掲書。ただしここでいう「孤独」とは、実生活におけるそれと必ずしもイコールではない。それは前篇第四章で論じたように、書記テクスト上における「設定」としての「孤独」の強調の問題であり、さらには消息的でありながら特定の読み手を持たないということを、どうとらえるかという問題である。

(23) 「隔てなく馴れぬる人」「よき人」とあり、前掲の第三七段と表現・内容ともに呼応した関係にあることは明らかである。両段に挟まれる形で、「仁和寺の法師」等の諸章段はある。

(24) 「徒然草」(『文学界』昭和一七年八月)

(25) 島内前掲書は、第五六段と第五七段は「どちらも座談の場」をテーマとするものであり、「話題の変化に合わせて第五六段も二つに分ける」か、あるいは「繋げて全体を一段とす」べきであるとする。首肯される意見であり、第一篇第一章でも述べた通り『徒然草』の章段区分に関しては、そもそも区切ること自体の是非も含めて、改めて問い直す必要を痛感する。

(26) したがって、第一七〇段に「同じ心に向かはまほしく思はむ人の、つれづれにて、「今しばし、今日は心閑かに」など言はむは、この限りにはあらざるべし」と見える如く、相手からの評価を気にすることなく語り合える「同じ心に向かはまほしく思はむ人」との対話は、「この限りにあらざるべし」と除外されることになる。

(27) 阿部泰郎「対話様式作品論再説――〝語り〟を〝書くこと〟をめぐって――」(『名古屋大学国語国文学』平成六年一二月号、後に『中世日本の世界像』〈名古屋大学出版会、平成三〇年二月〉に収載)が指摘するように、『大鏡』は建前として筆録者を持っていないという点は、留意されるべきであろう。対話の代替として始発し、ゆえに書き手であることから逃れるべくもなかった『徒然草』と、『大鏡』との間にはやはり大きな懸隔がある。

(28) 三木紀人「徒然草・説話的世界への接触」(『国文学 解釈と教材の研究』昭和四七年七月号)

(29) 諸注釈書が指摘しているように、この段は牛の話を語る人と「かたはらなる者」との対話形式によって叙述が展開されている。そして「かたはらなる者」の台詞は、周囲の人には届かず、かえって彼らから「嘲」られて終わる。以上の構図は、第五六段で兼好が理想の対話としたものの、まさしく対極であることに注意したい。「かたはらなる者」を兼好自身と見なせば、第四一段を裏返した話ともいえよう。自らが理想とする対話が崩壊した様をあえて構図として用いることで、無常を認識することの困難さを表現することを企んだか。なお、この段が対話形式によって成ることの意味については、石橋栄治『『徒然草』第九十三段に関する一考察』(『明治大学大学院文学研究論集』平成一一年二月号)を参照。

(30) 稲田利徳「『徒然草』の虚構性」(『国語と国文学』昭和五一年六月号、後に稲田前掲書に収載)

(31) さらに想像をたくましくすれば、このことは、いったいなぜ『徒然草』は、これほど(中学校教科書の定番教材に選ばれるほど)「読みやすい」のかという問題とも接続するのではないか。

(32) 三木前掲書。なお、三木紀人「随筆——徒然草をめぐって——」(『国文学 解釈と鑑賞』昭和四四年三月号)には、「目配りの利いた彼の精神は、直線的な論理や整合的な思考とは無縁であった。有名な、本書の矛盾は、作者の誠実さのあらわれなのである」との指摘も見える。

(33) 朝木前掲論文。なおかかる視点は、本章第二節で触れた『阿仏の文』に見える「さればとて」という文言の持つ意味と、発想を同じくするものであったろう。

(34) 『隠者の文学』(塙書房、昭和四四年一月)

(35) この「つれづれ」が、テクストを書き進めるための文学的虚構であった可能性については、第一篇第四章で既に述べた。

(36) 稲田前掲注(21)論文も、「やがて執筆中断期間の後、再び筆をとったとき、そこに説話的章段や有職故実的章段などを盛り込むという執筆方針の変更を行ったのは、読者を強く意識したこと、それは、換言すれば、自分の述作するものが、長く人々の間に珍重され、読み継がれることを希求したことでもある」と指摘する。

(37) 朝木敏子「『徒然草』方法と文体」(『文芸論叢』平成九年九月号、後に朝木前掲書に収載)

(38) 従来、「第一部」は『徒然草』の中における特別な一群ととらえるのが一般的であり、逆にいえば、「第二部」は『徒然草』そのものとほとんど同義であった。「第二部」に固有の議論がなされてこなかったのも、むべなることではある。

(39)『徒然草』の成立、とりわけ逐段執筆か否かに関する議論については、福田秀一「徒然草の成立」(『徒然草講座　第二巻』有精堂、昭和四九年七月)を参照されたい。この点に関して稿者は新見を持たないが、雑多な内容・文体を有する『徒然草』であっても、章段間のつながりを意識して順に前から読み進め、その発想の展開を追うことは意義あるものと思われる。その意味で稿者の立場は、島内裕子氏が「『徒然草』に見る東国」(『国文学　解釈と鑑賞』平成一四年一一月号)等で提唱する「連続読み」に近い。

(40)　例えば、有職故実の考証的章段がテクスト終盤に頻出するようになることなど。

第二章　つぶやく兼好――世継との交錯

はじめに

『徒然草』第四一段は、賀茂の競馬を見物に訪れた兼好と群集とのやりとりが記された、珍しく彼自身の姿が活写された章段である。さほど長文ではないので、最初に全文をあげておく。

五月五日、賀茂の競べ馬を見侍りしが、車の前に雑人立ち隔てて見えざりしかば、おのおの下りて、埒の際に寄りたれど、ことに人多く立ち込みて、分け入るべきやうもなし。

かかるをりに、向ひなる楝の木に、法師の登りて、木の股についゐて物見るあり。取り付きながらいたう眠りて、落ちぬべき時に目を覚ますことたびたびなり。

是を見る人、あざけりあさみて、「世のしれ物かな。かくあやふき枝の上にて、安き心ありて眠らるらんよ」と言ふに、我が心にふと思ひしままに、「我等が生死の到来、ただ今にもやあらん。それを忘れて、物見て日を暮す、愚かなることは猶まさりたる物を」と言ひたれば、前なる人ども「まことにさにこそ候ひけれ。もとも愚かに候ふ」と言ひて、皆うしろを顧みて、「ここへ入らせ給へ」とて、所をさりて呼び入れ侍りにき。

かほどのことわり、誰かは思ひ寄らざらんなれど、をりからの思ひかけぬ心ちして、胸に当りけるにや。人、木石にあらねば、時にとりて物を感ずることなきにあらず。

「競べ馬」の見物中に「向ひなる棟の木」の上で眠りかけている法師を笑う人々に対して、笑われるべきはむしろ自分たちの方だと述べたところ、人々から称賛され、見物の場所さえ譲られたという逸話である。長く、事実譚でなく書き手の創作かと疑われてきた章段であり[1]、また死の到来を忘れて見物にうつつを抜かす群集を批判したにもかかわらず、彼らから場所を譲られるとそのまま見物の仲間入りをしてしまう行動の矛盾、言行の不一致が繰り返し問題視されてきた段でもある[2]。

加えて同段は前章から述べている通り、いわゆる『徒然草』「第一部」と「第二部」の結節点辺りに位置し、同書、とりわけ「第二部」とは何かを考える上でも軽視することは許されないと思われる。以下、本章は第四一段を俎上に載せ、解釈における私見を提示することを通じて、『徒然草』というテクストの性格の一端を明らかにすることを目指す。

一

これも古注以来の指摘があるところだが[3]、第四一段に登場する、木の上という足場の悪い場所に居る法師には、実は文学上の先例がある。『沙石集』巻五「学生の怨人を解たる事」をひもときたい。

大唐の道林禅師、秦の望山の長松の上に居たりしかば、時の人、鳥窠禅師とぞ云ひける。侍郎白居易、その国の守たりし時、行きて問ひて云はく、「禅師の居所、危くこそ」と云ふ。禅師云はく、「我れに何の危き事かあらむ。侍郎の危き事は、これよりも甚し」と云ふ。侍郎云はく、「弟子、江山を宰る。何の危き事かあらむ」。師云はく、「薪火相交はり、識性とどまらず。何ぞ危き事なからん」。侍郎云はく、「如何なるか是仏法の大意」。師云はく、「諸悪莫作、衆善奉行」。侍郎云はく、「三歳の孩児もかくの如く云ふ事を知れり」。師云はく、「三歳の孩児も云ふことを知れども、八十の老翁も行ずる事を得ず」と。

木の上に居る法師に向けられた危うさを指摘する言葉、それに対して危ないのはむしろ地にある側の方だとする切り返し、およびその論拠として示される「三歳の孩児」ですらわかる非常に平明な理屈[4]といった共通点が指摘できる。第四一段の最後に見える「人、木石にあらねば」も、もともと『白氏文集』「巻四・新楽府・李夫人」中の「人は木石に非ず、皆情有り」によるものであり、指摘するまでもなく「侍郎白居易」の言葉である。注(3)藤原論文も論及するように、兼好は『沙石集』のこの話を知っていた上で、第四一段の如き振舞いに及んだと考えるべきであろう。

しかし同時に、『沙石集』と『徒然草』との間には、無視し得ない相違があることも確かである。まず木の上の法師について、前者が「道林禅師」という名の知れた高僧であるのに対して、後者は見物中に居眠りをして嘲笑される一介の法師に過ぎない。彼の危機を指摘する側も、「侍郎白居易」から名も無き存在へと変わっており、何より「賀茂の競べ馬」の見物という舞台設定からして、後者は前者のパロディに近い性格を有しているといえよう。

加えて、もう一つ看過できない違いがある。それは、『沙石集』の逸話が「道林禅師」と「侍郎白居易」との対話によって成り立っており、前述の危機にまつわるやりとりも二人の台詞の中に示されるのに対し、『徒然草』において法師の危機を語る言葉は周囲の「あざけり」(この点については、次節以降で追求する)の中に現れ、また本当の危機はそこにはないとする兼好の反論も、法師に向けて放たれたものではないという点である。

いったい、話題の渦中の木の上の法師は兼好を含む周囲から疎外されており、体を張って話題を提供した役割以上のものは、担っていないように思える。そして何より問題にすべきは、対話の不在だろう。右に述べた如く木の上の法師への言葉は、最初から彼を嘲笑する側の中だけで消費されることが期待されていたのであり、法師に届けられることはおそらく意図されていまい(5)。

では、兼好の場合はどうか。確かに彼の言葉は群集に向けて発せられているように見えるが、はたしてどこまで直接届くことを期待していただろうか。第四一段には、「我が心にふと思ひしままに」という表現(かの序段の「心にうつりゆくよしなしごとをそこはかとなく書き付く」と近似した発想であることに注意したい)が見える。これは、例えば「作者の含羞をさりげなく示すもの(6)」とする注釈が示すように、前節で触れた行動の矛盾との関係の中で解釈される傾向にあった。稿者はかかる理解を妥当なものと考えているが、同時にこの一節の存在により、兼好の台詞が啓蒙のための慎重な推敲を経て発せられたものではなく、自身が言葉を発したいという欲求に素直にしたがった結果であったことが強調されている点、確認しておきたい。

このことは、続く箇所に「前なる人ども「まことにさにこそ候ひけれ。もとも愚かに候ふ」と言ひて、皆うしろを顧みて(烏丸本等では「見返りて」)」とあることからも裏付けられよう。すなわち、兼好は群集の背後から声を発していたのであり、その声に気付いた人々が、後ろを振り返って彼を迎え入れたのである。

群集と兼好とのやりとりは、少なくとも面と向かってなされた対話とはいえない。同段の最後には「をりからの思ひかけぬ心ちして、胸に当りけるにや」とも見える。この一節を読む限り、彼の言葉は図らずも群集に届いたといった体であり、兼好からすれば周囲に聞こえる程度に声を発したものの、その言葉が仮に喧噪にかき消されたとしても特段問題はない、といった辺りが真相なのではなかったか。同段において、如上、「伝達性と非伝達性(7)」とを合わせ持ったいわば「つぶやき」が発せられた意味を考えるために、ひとまず第四一段を離れ、『大鏡』をひもときたい。『徒然草』とよく似た、しかし決定的に異なる枠組みを、この書が持っていると思われるからである。

二

冒頭でも触れたように、第四一段は『徒然草』「第一部」と「第二部」の境界辺りに位置しており、「この段こそは、兼好が初めて自己と外界との交流を明確に意識した段なのである」[8]と、同段を「第二部」の開始を告げる象徴的な段と見なす論もある。

稿者も前章において、「第一部」から「第二部」への連続と変化の有り様を闡明する手がかりとしてこの段を取り上げ、兼好と群集とのやりとりの中に彼の理想の対話が出現していると論じた。『徒然草』の中で、兼好は繰り返し多弁を批判し、「人との饒舌な談話を拒絶し、静閑のなかの沈黙を尊」[9]んでいる。例えば「賤しげなる物……人に逢ひて言葉の多き」(第七二段)「人と向かひたれば言の葉多く、身もくたびれ、心も閑かならず」(第一七〇段)などと書き連ねる。かかる兼好にとって、理想の対話とは

同じ心ならむ人としめやかに物語して、をかしきことも、世のはかなきことも、うらなく言ひ慰まれむこそうれしかるべきに……。(第一二段)

同じ心に向かはまほしく思はむ人の、つれづれにて、「今しばし、今日は心閑かに」など言はむは、この限りにはあらざるべし。(第一七〇段)

とあるように、「同じ心」の友と「しめやかに」なされる類いのものであった。

しかし、右引用部分が「うれしかるべきに」と続けられていることが示すように、そのような理想の対話の相手を

得るのは、たやすいことでなかったに違いない。これも前章であげた、『大鏡』序文における世継の以下の言葉は、このことを端的に物語っていよう。

年頃、昔の人に対面して、いかで世の中の見聞くことをも聞こえあはせむ、このただ今の入道殿下の御有様をも申しあはせばやと思ふに、あはれにうれしくも会ひ申したるかな。今ぞ心やすく黄泉路もまかるべき。おぼしきこと言はぬは、げにぞ腹ふくるる心地しける。

周知のことではあるが『大鏡』は、尋常ならざる高齢の翁、大宅世継と夏山繁木という二人を語り手とする設定によって成り立っている。万寿二年五月、二人は雲林院の菩提講でたまさかに巡り会い、講師を待つ間の暇を埋めるべく、歴史語りを始める。彼らの存在は群集の興味を惹き、中でもその語りに関心を抱いた「若侍」が二人の聞き手となり、さらにそれら全体の様子を、皇太后妍子に近侍する女房と思われる存在が聞き入るという構造を有している。「場の物語」(10)あるいは「対話様式作品」(11)などとも称されるこのような枠組みは、仏典等の影響を受けて成立したものであり、『今鏡』『無名草子』など後代の諸作品にも大きな影響を与えた。

右にあげた箇所は、序文の冒頭、二人の翁が出会った際の世継の第一声である。ここで世継は繁木と邂逅できた喜びを素直に語っているが、それは単に旧友との再会を喜び合うだけのものではなく、「いかで……聞こえあはせむ」「……申しあはせばや」と見えるように、繁木という対話相手の存在を得たことで、自身の語りの欲求が満たされることを期待してのものであった。確かに語りにおいて何より重要なのは、その言葉に熱心に耳を傾けてくれる「聞き手」が得られるか否かであろう。世継は幸いにも繁木(および、若侍をはじめとする周囲の人々)という聞き手を得られたが、もしそうでなければ、ひとりむなしく言葉を飲み込むしかあるまい。そのような苦痛(から逃れられる喜び)を表現すべく用いられたのが、おそらくは当時の俗諺であったと思われる「おぼしきこと言はぬは、げにぞ腹ふくるる心地しける」であった。心中思うところを表現することが許されず、耐えなければならない苛立ちを身体的な感覚で表現したこの成句は、どうしても抑えることのできない表出の衝迫を、見事にとらえているといえよう。

世継は続けて「かかればこそ、昔の人はもの言はまほしくなれば、穴を掘りては言ひ入れはべりけめとおぼえはべり」と、聞き手を得られなかったがために、掘った穴の中に言葉を吐き出すよりなかった「昔の人」の逸話を語る。(12)この台詞と先の「おぼしきこと……」のことわざは、語るという欲求がいかに抑え難いものであるかを述べることで、以下に休みなく続く、いわずもがなの歴史語りの言い訳としての機能を担っている。

実はこの「おぼしきこと……」のことわざを、兼好も用いているのだ。移り変わる四季の魅力を綴った第一九段は、「をりふしの移り変るこそ、物ごとにあはれなれ」という一文からはじまり、「花たちばな」「梅の匂ひ」「菖蒲葺く」「蚊遣火ふすぶる」などと春・夏それぞれの風物について書き連ねていく。その後、「野分の朝こそおもしろけれ」と秋に筆を運んだところで、

　言ひ続くれば、皆源氏の物語、枕草子などにこと古りにたれど、同じことは今さらに言はじとにもあらず。思ふこと言はぬは腹ふくるるわざ、筆に任せつつあぢきなきすさみにて、かつ破り棄つべき物なれば、人の見るべきにもあらず。

と、開き直りめいた言辞が突然挟まれる。確かに前述の「花たちばな」「梅の匂ひ」をはじめ、あげられている風物はいずれも「例外なく歌題の世界」(13)のものばかりであり、新たな発見と呼べるものはおよそ見あたらない。そもそも、四季折々の風物の面白さを順に言あげするという発想自体が、「源氏の物語、枕草子」あるいは歌書等の二番煎じのそしりを免れ得ないだろう。

にもかかわらず、兼好は執筆の欲求を抑えようとしないばかりか、まさにその表現への衝動を肯定してしまう。こ

の居直りの後押しとなったのが、「思ふこと言はぬは腹ふくるるわざ」という、世継も使ったあのことわざであった。この成句に続けて「人の見るべきにもあらず」とあるように、「第一部」において現実の享受者がいないことが宣言されている問題については、これまでも繰り返し触れてきた通りである。

結果『徒然草』は、語りから「文」へと転回することとなる。

> ひとり灯の下にて文をひろげて、見ぬ世の人を友とする、こよなう慰むわざなり。（第一三段）

「ひとり」とわざわざ強調している点は、書記・読書行為が本質的に有する孤独への自覚をうかがわせる。そしてかの著名な序段も、以上の文脈において理解されるべきであろう。

> つれづれなるままに、日ぐらし硯に向かひて、心にうつりゆくよしなしごとをそこはかとなく書き付くれば、あやしうこそ物狂ほしけれ。

「つれづれ」を「硯に向か」うことで慰めざるを得なかった兼好（既述の通り稿者は、ここに文学的な虚構を見るべきであるとする立場に立つ）を、以下にあげた世継と比較されたい。

> かくて講師待つほどに、我も人もひさしくつれづれなるに、この翁どもの言ふやう、「いで、さうざうしきに、いざたまへ。昔物語して、このおはさふ人々に、「さはいにしへは、世はかくこそはべりけれ」と、聞かせたてまつらむ」と言ふめれば、いま一人、「しかしか、いと興あることなり。いで覚えたまへ。時々、さるべきことのさしいらへ、重木もうち覚えはべらむかし」……。

「物語」「つれづれ」というものにおける『徒然草』のベクトルは、『大鏡』とはまさしく正反対な方向を向いていると見なければなるまい。『徒然草』「第一部」の書き手は、世継の陰画の如き存在としてある。

以上のことは、何も世継のみに限定される話ではない。

中将の君、「この御火取のついでに、あはれと思ひて人の語りしことこそ、思ひ出でられはべれ」とのたまへば、おとなだつ宰相の君、「何事にかはべらむ。つれづれに思し召されてはべるに、申させたまへ」とそそのかせば……。

（『堤中納言物語』「このついで」）

「それこそは聞かまほしけれ。さてさて、昔より身にありけむことも、聞きつめけむ世のことも、つゆ残らず、この仏の御前にて懺悔したまへ」と言へば、昔語りはげにせまほしくて、花籠、檜笠など縁にうち置きて、高欄に寄りかかりぬ。

（『無名草子』序文）

「対話様式作品」などと称される一群は、いずれも語り手に対し無聊の慰めの語りを促し、熱心に耳を傾けてくれる聞き手の存在を前提としていた。対して『徒然草』は、かかる建前を拒むことからはじまっている。前篇の第四章でも述べたように、本当に『徒然草』には同時代の享受者がいなかった、兼好は孤独な人間だった、などと述べたいわけではない。テクストの建前として、そう明言されていること自体が重要なのである。ここに、このテクストの文学史上の意味も見出されるだろう。

受け手の存在は否定する。しかし、自ら思うところを開陳したいという強い思いは、消すことができない。そこで兼好は「穴を掘りては言ひ入れ」る代わりといわんばかりに「硯に向か」った。筆を執った彼の背中を押したものの一つが、自らとは対照的な語りの場にいる世継が言い放ったことわざ、「おぼしきこと言はぬは、げにぞ腹ふくるる心地しける」ではなかったか。同じ一つの俗諺が、全く対照的な文脈の中で、それぞれの言語表現を肯定する機能を果たしているのだ。

おそらく『徒然草』を記す兼好の脳裏には、常に『大鏡』世継がいたのではないか。事実、早く第六段には

染殿の大臣をも、「子孫のおはせぬぞよく侍る。末のおくれ侍りつるはわろきことなり」とぞ、世継の翁の物語には言へる。

と見える。また、世が無常であることを説いた第二五段において、

京極殿、法成寺など見るこそ、心ざし留まり、事変じにけるさまはあはれなれ。御堂殿造り磨かせ給ひて、荘園多く寄せられ、我が族のみ御門の御後見、世のかためにて、行末までとおぼしおきし時、いかならむ世にも、かばかりあせはてんと思しけんや。

と、道長の栄光とその後の廃滅があげられているのも興味深い。この他とりわけ「第一部」には、公家社会に生きる者としての理想を描いた第一段や、為政者の心構えを説いた第二段などに、『大鏡』にも通じる価値観の存在を認めることができるだろう(14)。

そして、筆は「第二部」に進む。ここで重要と思われるのが、理想の語りについて論じた、前章でも取り上げた第五六段である。先にも少し触れた通り、世継には第一の聞き手であった繁木ひとりにとどまらず、「この侍ぞ、よく聞かむと、あどうつめりし」と世継の元に膝を進めた若侍、「たれも、少しよろしき者どもは、見おこせ、居寄りなどしけり」と描写される周囲の群集、そして熱心に世継の語りに耳を傾け、最後は「「ここにあり」とて、さし出でまほしかりしか」とその存在を顕示したテクスト全体の語り手に至るまで、あまたの聞き手が存在した。これを、第五六段の次の一節と比較されたい。

よき人の物語りするは、人あまたあれど、一人に向きて言ふを、おのづから人も聞くにこそあれ。

ここで「よき人の物語」として提示されたのは、まず「一人」の相手に向かって発せられた言葉が、偶然に（ここには意図せざる伝達性、とでも呼ぶべき性格が示されている点に注意したい）、周囲の「人あまた」の耳目を惹きつけるというものであった。この一文を記した兼好にとって、世継の存在がいかほど羨望の的であったかは、想像に難くない。『大鏡』が示す世継たちによる歴史語りは、兼好の理想の対話のイメージが具現化されたものだったのではないか。否、むしろ世継らの語りの有り様を理想として、「よき人」の語りを論じた右の一節は書き上げられたと見るべきかもしれない。後述する如く、『徒然草』のいう「よき人」とは、非常に観念的な存在であったと思しい。そのような「よき人の物語」も、『大鏡』という虚構を範とした、これまた至って観念的なものだったと理解すべきだろう。

三

ここでさらに、兼好と世継との共通点と相違点を探ってみよう。世継同様、兼好も出家する以前は「大臣・公卿に（または既に殿上人の扱いを受けた北条氏の一門にも）「諸大夫」ではなく「侍」として仕えた」[15]程度の身分であったという。両者における身分の類似を、まずは確認しておく。『徒然草』「第一部」中に認められる在俗官人としての視点は、彼が貴顕に仕えていたときに養われたものでもあったろう。しかしながら、兼好は雲客月卿の地位にあったわけではなく、また有職の家に生まれた専門家でもなかった。激変する鎌倉末期の政治動向に直接関与していたわけではなく、また、後代に書き残すにふさわしい秘伝・秘説を受け継いでいたわけでもない[16]。彼はあくまで、社会の周縁を生きた者に過ぎなかった。それでもなお書記行為のより所とすべき立ち位置があるとすれば、周縁・末端であったとはいえ、貴顕たちの傍らで生きてきたこと、まずその一点だったはずである（このことは、本篇第五章でも改めて触れる）。

同様のことは、実は世継にも当てはまるだろう。世継も繁木も、政治の深層を語るにふさわしい立場・血筋に恵まれていたわけではない。にもかかわらず、彼らをして歴史を語らしめたのは、

昔さかしき帝の御政の折は、「国のうちに年老いたる翁・嫗やある」と召し尋ねて、いにしへの掟の有様を問はせたまひてこそ、奏することを聞こし召しあはせて、世の政は行はせたまひけれ。されば、老いたるは、いとかしこきものにはべり。

如上、古老としての矜持であり、そして

されど、父が生学生に使はれたいまつりて、「下﨟なれども都ほとり」と言ふことなれば、目を見たまへて、産衣に書き置きてはべりける、いまだはべり。（いずれも序文）

下賤ではあっても、都に生きる者としての自負ではなかったか。この部分は、世継の父親が読み書きができた所以を説明した箇所である。その際、身分が低いにもかかわらず知識を有していることが、「下﨟なれども都ほとり」ということわざで説明されている。世継は宇多帝母后班子の召使、一方繁木も貞信公藤原忠平が蔵人の時の小舎人童であり、彼らもまた確かに「下﨟」の身分の一人であった。と同時に、貴族社会の最末端に位置し、そこから貴顕たちによる闘争を眺め続けた、まさしく「在野の古老(17)」だったのである。結果『大鏡』は、「語り手の客観性、公平さ(18)」を確保することになる。

そして『徒然草』もまた、「郊外のすぐ外(19)」すなわち都の「ほとり」に草庵をかまえた遁世者によって書き上げられた。周知の通り、第四四段、第五〇段、あるいは第二三八段等、郊外を舞台に描かれた章段も少なくない。そしてこのことは、単に地理的な傾向を指摘すれば足る問題ではないだろう。

望月のくまなきを千里のほかまで眺めたるよりも、暁近くなりて待ち出でたるが、いと心ふかう……心あらむ

友もがなと、都恋しう覚ゆれ。（第一三七段）

有明の月の美しさを知る、自分と同じ価値観の「心あらむ友」を、はっきりと「都」の人間と定めている。さらに同段は

よき人はひとへに好けるさまにも見えず、興ずるさまもなほざりなり。かたゐ中の人こそ、色濃くよろづはもて興ずれ。

と、物の見方を知らない無教養な人間を「かたゐ中の人」と断じる一方で、それに対する「よき人」は、

都の人のゆゆしげなるは、眠りていとも見ず。若く、末々なるは、宮仕へに立ち居、人のうしろにさぶらふは、さまあしくも及び懸らず、わりなく見んとする人もなし。

あくまで「都の人」として認識される。

一方で、兼好は「この「都の人」そのものではなく、これを見る立場」にあり、「誰よりも身を引いた地点から眺めている[20]」と思しい。もちろん、「同じ心」と定めた「都の人」「よき人」の方に近い存在であることは疑いあるまいが、「都の人」と「かたゐ中の人」の双方を視野に入れ、両者の違いを、客観を装いながら強調しているのだ。

いったい、ここで繰り返される「都」とは、現実の十四世紀の京師ではなく古典文学の伝統と結びついた観念上のもの、「古という時間をも超えて、「よき人」という高次の理想像の中に抽象化されてい[21]」ったものと見なければなるまい。理念上のものであるがゆえに、「都」は「かたゐ中」と対置され容易に理想化される。そうして兼好は両者の境近くに立ち、後者を徹底的に批判することで自身が属する前者を称揚するが、それは同時に自らを肯定することにつながっていただろう[22]。兼好が貴族社会の周縁にあったというだけにとどまらず、当の貴族社会自体が終焉を感じさせていた時代である。たとえ「ほとり」ではあっても、そして「衰へたる末の世」(第二三段)ではあっても、都の人間

であることが、筆を執る彼を支えていたのではなかったか。

よき人は、知りたることとて、さのみしたり顔にや言ふ。片ゐ中よりさし出でたる人こそ、よろづの道に心得たるよしのさしいらへはすれ。（第七九段）

「何事も辺土は賤しく、頑ななれども、天王寺の舞楽のみ、都に恥ぢず」と云……。（第二二〇段）

執拗な繰り返しが、その苛立ちの程を物語っていよう。

これとは至って対照的に、「下﨟なれども都ほとり」ということわざを口にした世継『大鏡』は、右の如く田舎蔑視を強調することはない。そもそも「ゐ中」は、意識される対象ですらなかったということであろう。既述した通り「ほとり」すなわち傍らにあって、都の歴史を見聞きし続けたことが示されれば、それで十分だったのである。

四

それでは改めて、本論の課題である第四一段に立ち戻りたい。木の上の法師をあざ笑う群集に対し、兼好はむしろ自分たちの方こそ愚かなのだとつぶやいた。その言葉は「人あまた」の群集の心をとらえ、兼好は彼らに迎え入れられることとなった。これらはまさしく、第五六段に見えた「よき人の物語」を、具現化したものといえるだろう。

だがこのように見てきたとき問題となるのは、それでは第四一段においては、兼好はまず誰に向けて言葉を発していたのか、ということである。第五六段には「一人に向きて」とあり、まさに世継における繁木のような存在、おそらくは第一二段に見えるような、「同じ心」に言葉を交わし合える存在との一対一の対話が、理想の前提として示されていた。

ところが第四一段中には、そのような理想の相手の存在は認められない。同段において兼好の語りの契機となったのは、「是を見る人」の言葉であった。これは一読すると、木の上の法師をあざ笑う群集たちを指しているようにとれる。(23) しかし既に第一節で指摘した如く、兼好が彼らに向けて直接声をかけたとは思われない。

そもそも、兼好はひとり孤独に祭りの見物に来ていたのかといえば、それも事実に反する。同段は冒頭、「賀茂の競べ馬を見侍りしが、車の前に雑人立ち隔てて見えざりしかば、おのおの下りて、埒の際に寄りたれど」とある。この「おのおの」という言葉に対して、注(2)であげた安良岡『全注釈』は、「これによって、兼好の乗った車には、ほかに数名、同乗者がいたことがわかる」と注釈を加えている。この指摘は、妥当なものであろう。

それでは「是を見る人」が、この同乗者の中の誰かである可能性はないだろうか。考えてみれば、群集たちは「競べ馬」の見物に夢中になっていたであろうし、木の上の法師の存在に目ざとく気付いたのは、むしろ人の多さのため中に「分け入る」ことができず、やむを得ず遠くからその場を眺めるしかなかった、兼好とその同乗者たちだったのではあるまいか。彼らは祭りに出遅れたために、かえって向かいの木の上で居眠りをする法師に気が付いた。そしてそれを話の肴とすることで、いわば気を紛らわしていたと見たいのである。

その場合「是を見る人」と「前なる人ども」(24)は、対話の直接の相手と偶然にその言葉を漏れ聞いた周囲という、全く別の存在を指すということになり、第五六段が示した有り様に接近することとなる。そして、兼好の言葉が群集を批判したものではなく(同乗者も含め)自らへと向けられたものであったとすれば、同段に対して繰り返し指摘されてきた言行の不一致、所詮は自慢ではないかという批判も、必ずしも当たらないことになろう。すなわち、彼の台詞は愚昧な群集を諭す類いのものではなく、ある種の自虐的、あるいは諧謔的な戯言であった可能性が浮上するからでか。

ある。[25] 群集が彼を迎え入れたのも、その言葉の苦笑せざるを得ない自虐性に、彼らもまた共感したからではなかったか。

従来、以上のような見方を諸注釈がとらなかったのは、他人を嘲笑するのは牛車で見物に訪れるような兼好の同乗者たちではなく、あくまで「雑人」つまり庶民の群集であろうとする思い込みがあったためかもしれない。加えて、そもそも同段において、同乗者の存在感自体が至って希薄であったためでもあろう。[26]

むしろ同段で強調されているのは、物見にあふれかえり「人多く立ち込」む群集であり、またそれらとひとり対峙する兼好の存在である。ここで彼は、群集に向かって声高に叫ぶのではなく、ひとりまるでつぶやくように言葉を発し、その言葉が群集に届くことをさほど期待せずに静観する構えを示していた。同行者の存在は僅かに示されてはいるものの、否、僅かにではあっても示されているからこそ、それらの集団から自分だけ隔絶しているのだという点が強調されている印象を受ける。自分とそれ以外の者たちとの感覚の相違に敏感で、したがって彼らと安易に交じろうとせず、対話にも積極的でない。

しかし、ならば「第一部」で自らそう宣言した如く、ひとり閑居に閉じこもり書籍を友とすればよいのではなかったか。「我が心にふと思ひしまま」の言葉を、声に出さず「文」に書き出せばよいのではなかったか。第四一段から浮かび上がるのは、自らを群集から峻別しつつもその周囲にはなおとどまり、届くか届かないかの瀬戸際でそれでも言葉を発しようとする兼好の姿である。それらはあたかも、「わかる人にだけわかってもらえばよい」といわんばかりであり、孤独を強調しながらも理解してくれる他者が現れる可能性に含みを持たせている点で、前田雅之氏の表現を借りるならば、所詮兼好は「ひとりを演じている」に過ぎない。[27] 同論文の中で前田氏が列挙しているように、兼好以前に多くの文人や歌人たちが、本当は他者に受け止めてもらえる(読み手が得られる)ことを保証された上で、そのような安全な場所から好んで「ひとり」の辛さを嘆いていたのと同じように、である。そもそも『徒然草』が、それら「ひとりを演じる」文人たちの姿を漂わせることではじめて成立し得た作品であったことは、第一篇第四章で既に述べた。

したがって、右に述べた兼好の姿勢の原因を、単に彼の人柄や性格(例えばこれまで、「皮肉屋」や「観察者」などの言葉が、彼の性格を評して用いられることが多かった)に求めるだけでは、十分ではないのではあるまいか。もちろん、事実そういう性格であった可能性は否定しないが、仮に第四一段を実話と見なすとしても、そこには本当は心ある誰かへ自分の考えを伝えたいと願いつつ、そうはっきりと訴えるのではなくひとまず「ひとり」であることをポーズとして演じてみせる、中古以来の表現史の蓄積が底流している可能性を見たいのである。「第一部」の書き手が隠遁文人を装っていたように、「第二部」の書き手も、諦念を抱えながらもなお俗世にあって、言葉を発し続ける主体として振舞っていた可能性を。

そしてその上で、古来の文人たちとは異なり第四一段で兼好の言葉が届いたのが、祭りに浮かれる群集だった点に今一度注意したい。前掲の第五六段に見えた通り、彼は自身の言葉が「一人に向きて言ふを、おのづから人も聞く」類いのものであることを願っていた。前述の通り「おのづから」という表現に、言葉の持つ「存外の伝達性」への信頼を見ることは許されるだろう。本章が俎上に載せた第四一段は、向かい合うべき「一人」の存在感が希薄であったため、もはやその言葉はつぶやき、あるいは独り言に限りなく近接したのである。

おわりに

それにしても、如上、兼好が「存外の伝達性」を重視したのはなぜだろうか。一つには前章で論じたように、「文」というものの特質を知悉していたためであろう。加えて、伝達することに自己顕示欲の発露を見ていたからではあるまいか。

伝へ聞かむ人、又々すみやかに去るべし。

あるいは

ただし、しひて智を求め、賢を願ふ人のために言はば、智恵出でては偽りあり。才能は煩悩の増長せるなり。伝へて聞き、学びて知るは、まことの智にあらず……まことの人は智もなく、徳もなく、功もなく、名もなし。

誰か知り、誰か伝へん。

と、執拗に伝えることを否定した第三八段の存在も思い出される。これは「第二部」に入っても不変であり、例えば第一〇一段・第一〇二段・第一七八段のように、「忍びやかに」つぶやく態度を賞賛する段が散見する。(28) そして対照的に、自分の考えを伝えることに固執する態度に対しては、厳しい批判がなされる。例えば第五六段には、前掲箇所に続けて以下のようにある。

よからぬ人、誰となくあまたの中にうち出でて、見ることのやうに語りなせば、皆同じく笑ひののしるが、いとらうがはし。

この他、著名な第五二段、石清水に参詣しそこなった「仁和寺にある法師」や、これも知られた第二三六段、神社の狛犬の立ち方に無駄に興味を持ってしまった「聖海上人」の話などは、いずれも失敗それ自体だけではなく、自分の考えの正しさを疑わず、それを熱く他人に語り聞かせようとする「法師」や「聖人」たちの語りの姿勢を揶揄せんとする筆致がうかがわれるように思われるが、[29] これらの問題については、後ほど章を変えて取り上げることとしよう。

(1)　安部元雄「『徒然草』第四十一段のイメージ――木の上で居眠りする法師」(『日本文学ノート』平成一〇年一月号)は、同段に対する古注以来の解釈を整理している。同段が事実譚か創作かという問題については、ひとまず「私は、大筋は体験で、所々に虚構化を行っているとみたい」(「『徒然草』の虚構性」『国語と国文学』昭和五一年六月号、後に『徒然草論』笠間書院、平成二〇年一一月に収載)とする稲田利徳氏の説にしたがいたい。

(2)　詳しくは安良岡康作『徒然草全注釈 上巻』(角川書店、昭和四二年二月)、および斎藤彰「徒然草の考察――諸縁放下と才芸尊重」(『中世文学』昭和五一年一〇月号)など。

(3)　高階楊順『徒然草句解』。なお、第四一段をはじめ『沙石集』と『徒然草』との関係については、藤原正義「徒然草と沙石集――その思想と文体とをめぐって――」(『日本文学』昭和三七年一一月号、後に『兼好とその周辺』〈桜楓社、昭和四五年五月〉に収載)。

(4)　第四一段にも「かほどのことわり、誰かは思ひ寄らざらん」とあった。

(5)　「埒」をはさんで「向ひなる楝の木に」とあるように、そもそも法師は、群集の言葉が届くような距離にはいなかったのではないか。

(6)　三木紀人『徒然草 全訳注』(講談社学術文庫、昭和五四年九月)

(7)　倉田実「心にもあらず独りごち給ふを――発信する独り言」(『国文学 解釈と教材の研究』平成一二年七月臨時増刊号)。なお、同段に兼好の「つぶやき」としての性格を見る先行研究に、桑原博史『徒然草の鑑賞と批評』(明治書院、昭和五二年九月)がある。

(8)　島内裕子『徒然草の内景＝若さと成熟の精神形成＝』(放送大学教育振興会、平成六年三月)

(9)　稲田利徳「兼好の人間像——饒舌家か寡黙の人か——」(『岡山大学国語研究』平成七年三月号、後に稲田前掲書に収載)。なおこれまでも述べてきたように、『徒然草』の中で書き手が理想として提示している語りの有り様を、実際の兼好のそれとそのまま同一視すべきでないことは、留意されるべきであろう。

(10)　森正人「場の物語・無名草子」(『中世文学』昭和五七年一〇月号、後に『場の物語論』〈若草書房、平成二四年九月〉に収載)

(11)　阿部泰郎「対話様式作品論序説——『聞持記』をめぐりて——」(『日本文学』昭和六三年六月号、後に『中世日本の世界像』〈名古屋大学出版会、平成三〇年二月〉に収載)

(12)　諸注釈が指摘している通り、これはギリシャ神話に起源を持つ「王様の耳はロバの耳」のことかと思われる。

(13)　伊藤博之「徒然草の鑑賞(第一一段~第二〇段)」(『徒然草講座　第二巻』有精堂、昭和四九年七月)

(14)　白石大二「徒然草執筆の機縁——大鏡・愚管抄の記述をめぐって——」(『早稲田大学教育学部学術研究(国語・国文学編)』昭和五三年一二月号)

(15)　小川剛生「卜部兼好伝批判——「兼好法師」から「吉田兼好」へ」(『国語国文学研究』平成二六年三月号)。この他、兼好の伝記に関しては、これも小川剛生『兼好法師　徒然草に記されなかった真実』(中公新書、平成二九年一一月)。

(16)　世継もまた、「みずからの歴史語りを、秘説として後代に相承されてゆくべき権威ある口伝として遺そうとする意志は、ほとんど皆無であった」(桜井宏徳「『大鏡』の語りと書くこと——地の文における口承と書承の機制——」〈『文学』平成二〇年一月号、後に『物語文学としての大鏡』新典社、平成二一年一〇月に収載〉)と思われる点も興味深い。

(17)　目加田さくを『大鏡論——漢文芸作家圏における政治批判の系譜』(笠間書院、昭和五四年四月)第四章第二節「政治批判・政治家批判をなす主体」

(18)　古橋信孝「古代・中世のことわざ探訪①「げらふなれども都ほとり」」(『月刊言語』平成七年一月号)

(19)　古橋前掲論文。
(20)　三木紀人「見え過ぎる眼」(『国文学　解釈と鑑賞』昭和五二年四月号)
(21)　荒木浩「『徒然草』というパースペクティブ――第一段・第一九段、堺本『枕草子』、「あづま」・「都」」(『〈新しい作品論〉へ、〈新しい教材論〉へ　[古典編]3』〈右文書院、平成一五年一月〉、後に『徒然草への途　中世びとの心とことば』〈勉誠出版、平成二八年六月〉に収載)
(22)　第一三七段の有する、書き手による「自己合理化」的性格については、三木紀人「歳月と兼好」(秋山虔編『中世文学の研究』東京大学出版会、昭和四七年七月)が鋭く指摘している。なお、小川前掲書が闡明しているように、実際の兼好は鎌倉でも長く活動したことが分かっており、彼のアイデンティティを京都の周縁に生きた者という点にのみ求めることは、適切ではない。にもかかわらず『徒然草』の「書き手」が、如上の存在として振舞っている、まさにそこを問題としたいのである。
(23)　従来の注釈書もそのようにとらえているようであり、この箇所の現代語訳も「これを見る人々は」と、「人」が複数形に変えられているものが多い。
(24)　こちらははっきり、「ども」と複数形で表現されている。ただし『徒然草』全体を通じて、「人」と「人ども」とが使い分けられているわけではない。
(25)　それは祭りという喧騒の空間にふさわしいものでもあったろう。ちなみに三木前掲書は、「兼好の言には、説法の専門家のもののような、ことさららしい口ぶりが感じられる。その言い方をしているのは、深刻な物言いをしているのではなく、むしろ座興に供するためであったからかもしれない」と指摘している。
(26)　話の最後まで同乗者の存在を意識した場合、彼らを置き去りにして、ひとり兼好だけが群集に迎え入れられているようにも読め、なおすっきりしないものが残る。あるいは、兼好を含めた同乗者一行が迎え入れられた可能性もあるか。
(27)　「「ひとり」という形式――「公私」との距離をめぐって――」(『国語と国文学』平成一四年五月号、後に『記憶の帝国――〈終わった時代〉の古典論』〈右文書院、平成一六年二月〉に収載)。同論文が指摘している通り、「閑居に閉じこもって書籍を友と」することもまた、「ひとり」を演じる「ポーズ」であることに変わりはない。

(28)　これらの諸章段については、本篇第五章で改めて取り上げる。

(29)　これも、付篇において改めて取り上げる。

第三章　心構えの重視──書記行為と「心」

はじめに

ある人、弓射る事を習ふに、諸矢をたばさみて的に向かふ。師の言はく、「初心の人、二つの矢を持つことなかれ。後の矢を頼みて、初めの矢になほざりの心あり。毎度ただ後矢なく、此の一箭に定まるべしと思へ」と言ふ。僅かに二つの矢、師の前にて一つを疎かにせむと思はむや。懈怠の心、みづから知らずといへども、師これを知る。此の戒め、万事にわたるべし。(第九二段)

よくいわれる通り、兼好にはその道の専門家を非常に尊ぶ傾向があった。有職家や楽家の伶人はいうにおよばず、右にあげた弓の師や、さらには「高名の木登り」(第一〇九段)といった、芸道とは呼び難い分野の専門家の言をことさら拾い集めている点からも、彼の専門家への強い興味のほどは知られるであろう。そして兼好は「此の戒め、万事にわたるべし」あるいは「あやしの下臈なれども、聖人の戒めに叶へり」(第一〇九段)と見えるように、「一芸の理から諸道にわたる原理を見出そうとする」[2]。ここに、『徒然草』というテクストの持つ特徴的な性格が浮かび上がるであろう。右にあげた二つの章段ともに、弓術、あるいは木登りに関する具体的な方法が詳述されていたわけではない。むしろすぐにその専門から離れて、観念的な教戒に話を一般化している。

もちろん、『徒然草』が諸道の専門的な知識に無関心だったわけではない。それどころか、管絃や能書、あるいは宮中故実にまつわる考証的な章段が頻出することは、改めて指摘不要だろう。貴顕に仕えた経験を有すると思われる(3)兼好が、それら伝統的な諸分野についてあれこれ言及することは、さして不自然なことではあるまい。後で触れる第二三八段の「自讃の事七つあり」をひもとけば、兼好の有職への強い自負も見て取れる。逆にいえば、例えば第一〇九段で木登りの具体的方法までは詳述しなかったのは、それが兼好自身のよく知るところでなかったために、それ以上踏み込めなかったからであろうし、そもそも具体的な技術への興味を、そこまで持ち合わせていなかったからであろう。その分野自体への強い関心がない以上、弓の師や木登りの言葉は、初めからされるべくして「普遍化(4)」されていたのである。

右の如き普遍性によって、「高名の木登り」らの逸話は万事に通じる教訓として読み継がれ、今も『徒然草』を代表する章段として取り上げられることが多い。しかし同時代的に見れば、「木登り」の名人や「双六の上手」(第一一〇段)の言葉を後生大事に書き留めた『徒然草』の特異性は、やはり際立っていよう。「下﨟」の言に耳を傾けるテクストが、なぜ生み出されたのか。以下、関心の埒外にあったと思われる分野にまで筆が割かれた所以を探りつつ、『徒然草』における「心」の問題について考察を加えていきたい。このことは同時に、「同じ心」ならん「見ぬ世の人」へ宛てて書き記すというこのテクストの仮構の設定が、そもそもなぜ必要であったのかを問い直すことにもつながるであろう。

一

冒頭で指摘した諸章段において、専門的な内容の代わりに兼好が興味を持ったと思われるのが、専門家特有の「心」の持ち様であった。「懈怠の心あることを知らむや」(第九二段)「やすく思へば、かならず落つる」(第一〇九段)などとあるように、その道の師と呼ばれるほどの人物が有する心構えの確かさにこそ、『徒然草』は焦点を当てている。「双六の上手」の言葉にしても、「勝たんと打つべからず。負けじと打つべきなり」と見え、彼の関心が具体的手法ではなく、あくまでも打つ際の心の有り様にあったことは確かであろう。

もとより、専門家への傾倒からして

よろづの道の人、たとひ不堪なりといへども、堪能の非家の人に並ぶ時、かならず勝ることは、たゆみなく慎みて軽々しくせぬと、ひとへに自由なるとの、等しからぬ也。(第一八七段)

とあるように、「たゆみなく慎みて軽々しくせぬ」その心的態度を称賛した部分が大きかった。「よろづの道の人」とあり、道を究めた者であれば、「下臈」の言であっても排除しない。専門家の心に対するひとかたならぬ信頼が、「高名の木登り」等の章段を生み出したと見ることができよう。問題は、この信頼の由来である。

おそらくこの信頼感は、ひとり兼好だけが抱いていたものではない。というのも、院政期以降に数多く書き記された和歌や伶楽、蹴鞠等の専門書をひもとけば、芸道における心構えの重視を、はっきりと看取することができるからである。(5)

例えば「なほざりの心」を叱責し、心から一芸に打ち込むことを求めるものとしては、次の如き例があげられる。

此の道をたしなむ人は、かりそめにも執する心なくて、なほざりによみすつること侍るべからず。(『毎月抄』)

人の身によくしつべき事をば心に入れず、天性わろき事をばかならずこのむ。其の中に天性よき人の心に入れてこのむが、ぬけたる上手にはなる也。

（『残夜抄』「人に習ふ事」）

人の身には、一日のうちにいくらともなき思ひ、皆是罪なり。鞠をこのませ給ふ人は、皆庭にたたせ給ふより後は、鞠の事より外におぼしめす事なければ、自然に後世迄の縁となり、功徳すすみ候へば、かならずこのませ給ふべき事也。

（『成通卿口伝日記』序文）

これら三つのテクストは、それぞれ和歌・伶楽・蹴鞠と、その専門を異にしている。書き記された背景・時代も異なるものだが(6)、芸における心構えの重要性を説き、気を抜くことを諫めるという内容の共通性が確認できるだろう。

専門書に見える心構えの重視は、これにとどまらない。

あなかしこあなかしこ、我人に許さるる程に成りたりとも、証得して、我は気色したる歌よみ給ふこと、ゆめあるまじき事なり……俊恵は、この頃もただ初心の頃のごとく歌を案じ侍り。（『無名抄』「歌人不﹅可﹅証得﹅事」）

かかれば物の上手は世にありがたき也。ただし少々身にたへぬ人もいたくこのむはかならずし得るなり……我は上﨟なれば、下衆のもとへゆきてはいかがならはむずる。又貧窮にて、師を大事にもえすまじければ、いかがならはむずるなど思はば、猶心ざしのあさき也。物をこのむ人は弟子をきらはず、物のしりたきは師をきらはぬ事也。

（『残夜抄』前掲箇所の続き）

心にかけねば功なし。蹴ては案じ、案じては蹴るべし。凡そ此の事の我はかなはぬといふ事はなきなり。たとひ遅速抜群不抜群こそあれども、真実心に入れてつねに練習すれば、かならずし習ふなり。

（『晩学抄』「木練習」）

「練習」の重要性、たとえ天賦の才能に恵まれない者であっても、「心」を入れて励めば必ず上達するのだという発想の共通性が明らかである。このような例は他にも指摘可能であり、「心」への言及は複数の芸道にわたって共通する、時代思潮とも呼ぶべきものであったと認められるだろう(7)。

如上、心構え重視の傾向は、中世に入り和歌や蹴鞠などといった「芸能」が、家のものとして「芸道」化していったことと密接に結びついていると思しい。第一篇第二章で言及したように、これらの芸道書の多くが、その道の師匠から「初心」の者への教訓、道を継ぐ者への遺戒的消息として記されたものであった(8)。そこでは具体的な奏法や秘伝といった専門的な知識の授受と同様に重要なものとして、初心の者を鍛え、教育するという発想に基づく言説が書き記され、伝えられていたと考えられるのである。

第一篇第二章にあげた『残夜抄』の、序文に記されたその章立ては、芸道と教育との密な結びつきを示して象徴的である。

一は御遊。二は舞楽。三は式講。四は十種供養。五は人に物教ふる事。六は人に習ふ事。七は調子のうつりかはりめ。八は楽のあひだの事。九は音の事。十は物を秘すべきやう。十一は物のたがひめの事。十二は打物の事。十三は楽器の事。

伶楽の専門的な項目と並んで「五」「六」において、「人に物教」え「人に習」うこと自体に対する言及がなされている(9)。孝道自らが

第五　人に物を教ふる事。よく心うべし。これはふるき人、いかならん弟子にはいかならん事を、なにと教へ

よとつたへ置きたる子細はなけれども、かひなきとしのつもりに、さやあるべからんとのはからひばかり也。

と指摘するように、楽曲ではなく楽人そのものへの言及は、古来、伝えるべき口伝とされてきたものではなかった。琵琶が専門の芸道として、師から弟子へと伝授される類いのものとなった過程において、家芸を守り継承させる必要から要請された、中世を象徴する言説と思われるのである。

琵琶に関する口伝書である『胡琴教録』「教学琵琶」には、

師説云、おほよそ弟子をまうけむには、三の事をえらぶべきをや。一には此の道を心にいれたる。二にはこころのさまおちゐて、秘事をちらすべからざる。三には骨法あるなり。

と見える。これから道を学ぶ「弟子」の存在を念頭に置くからこそ、その「心」の有り様に関心が向けられるのだ。伶楽と同様、特定の家のものとして専門化した和歌や蹴鞠においても、事情は変わるまい。複数の専門を横断して共通する発想が生まれた背景には、専門そのものではなく「人」を問わねばならない、伝える側の切実な現実があったのである。あるいは、量産されたこれらのテクストの存在が、「人」への視線という時代思潮を構築したのだと言い換えることもできるだろう。そして『徒然草』も、この流れの中に現れた。

例えば第一五〇段において、兼好は「能を付かむとする人」について述べ、

未だ堅固かたほなるより、上手の中に交りて、譏り笑はるるにも恥ぢず、つれなく過ぎてたしなむ人、天性其の骨なけれども、道になづまず、みだりにせずして年を送れば、堪能のたしなまざるよりは、つひに上手の位に至り、徳闌け、人に許されて、並びなき名を得る事なり。

と語る。このよく知られた段の発想が、前掲の諸テクストと根を同じくするものであることは明らかだろう。兼好もまた、専門の内容でなく人、およびその心構えを問う視点を持ち合わせていた。だからこそ、「四重五逆にも勝れる

悪事」(第一一一段)であるにもかかわらず、「双六の上手」の言葉に耳を傾けることができたのである。

二

このような芸道論における人への視線は、しかしながら、専門的な内容が捨象される可能性、換言すれば言葉が普遍化される可能性を強く孕んでいたであろう。確かに、例えば定家系偽書群の多くがそうであるように、初心の者はこのような歌体の歌を詠むべきなどといった、個人の習熟度と専門的な知識とを結びつけて展開された芸論は少なからずある。だがその一方で、人への視線、すなわち心構え重視の姿勢は、「心を入れて」や「初心の如く」などといった抽象的・観念的な表現を生み出さざるを得ない。それはそのまま、専門家同士だけではなく専門家以外の者にも言説が共有される素地となったはずである。

例えば、前節であげた『胡琴教録』の「雑口伝」には、

又云、しかるべき会は、このたびばかりと思ふべきなり。このたびはわろくとも、又のたびはし直しなんと思ふは痴事、かならず心にかなはぬ事也。

という一節が見えるが、これなど、前掲の第九二段の弓の師の戒め、さらにはそこから引き出された、

いはんや、一刹那のうちにおいて懈怠の心あることを知らむや。何ぞ、ただ今の一念においてすることのはなはだかたき、直ちに用ゐることはなはだかたき。

という教訓に通じるものがあろう。弓の師や兼好が『胡琴教録』を読んでいたと述べたいのでは、もちろんない。これらの時代思潮的な近似性、および『徒然草』の言葉が『胡琴教録』から専門性を取り除いたものであることを確認

するだけで十分である。心構えの重視という発想を媒介として、『徒然草』は『胡琴教録』のような芸道の専門書とつながっていた。そして兼好は専門的なテクストから生み出されたこれらの発想を、諸道に通じるものとして普遍化することで、特定の専門に収斂しない自らのテクストに、巧みに取り込んでいたのである。前節であげた第一五〇段も、

道の掟正しく、是を重くして、放埒せざれば、世の博士にて、万人の師となること、諸道変るべからず。

と結ばれていた。

これと同種の例は、少し時代が下るが、心敬『ささめごと』にも見える。(10)「先達に学ぶべきこと」中の一節に、

此の比、尺八の上手なにがしとやらんに、ある人の、学ばむことを望みけるとなむ。「はや吹き給へるか」と尋ぬるに、「すこし稽古し侍る」と申す。「さては教へん事かなひがたし」といへるこそ、諸道にわたりて面白く覚え侍れ。かりにも悪き道にいりたる心の、すなほになりがたき事を知るなるべし。

とあり、心敬は「尺八の上手」の発言を「諸道にわた」るものとして称賛している。これまた「心」を問題にするがゆえの、専門の越境といえよう。

しかしながら、ここで兼好と心敬、『徒然草』と『ささめごと』との間には、また決定的な懸隔があることを見逃すべきでない。心敬の場合、その諸道論はとりもなおさず連歌のためのそれであり、右にあげた一節も、一芸に携わる者同士による発想の共有という見方が妥当であろう。「尺八の上手」といっても音楽の師の一人であり、例えば「双六の上手」とは同一視できまい。

一方、『徒然草』は芸道の専門書ではない。(11)兼好には発想を還元すべき特定の芸道はなく、また書き伝える対象と

なり得る弟子・子孫を持っていたわけでもなかった。[12] 第一五〇段の如き芸道における心構えへの言及も、本来ならば、例えば藤原孝道のような芸道の宗匠が弟子のために書き残すテクストの中に見られる類いのものであり、そのような立場にない兼好の言としては、座りが悪いことは否めない。心構えに関する『徒然草』の諸章段が芸道論という範疇を超え、より普遍的な人生訓へと転化したのは、必然的な帰結であったろう。

芸道のテクストではない『徒然草』において、専門家は、優れた心の持ち主という以上の意味を持つものではない。例えば第一八四段の「松下禅尼」の逸話は、倹約の徳を説いた著名なものだが、ここで兼好は禅尼を賛美して、以下のように述べる。

　世を治むる道、倹約をもととす。女性なれども、聖人の心に通へり。

芸道の専門家の発言ではなくとも、「聖人の心」に通じるものならば構わないのだ。これは「高名の木登り」や「双六の上手」といった、貴族の芸道とは認め難い分野の言葉を拾った姿勢と、軌を一にしよう。心構えを問題にするとき、もはや専門家の特権性は剝奪されているのであり、

　一道に携はる人、あらぬ道の筵に臨みて、「あはれ、我が道ならましかば、かくよそに見侍らじ物を」と言ひ、心にも思へる事、常の事なれど、よに悪く覚ゆる也。（第一六七段）

などと見える如く、専門家であっても心構えのよろしくない者は、当然糾弾されることとなる。

それにしても、兼好はなぜここまで徹底して心を問題にしたのであろうか。繰り返すが、初心者を教育し家を守る本来の目的があった彼らとは異なり、兼好には教え残すべき弟子がいたわけではないのだ。次節、この問題についてさらに検討を続けよう。

三

いでや、この世に生れ出では、願はしかるべきことこそ多かめれ。（第一段）

兼好はまず、自らが望むものを書き連ねることから『徒然草』を始めた。第一段では身分や才能等について、彼の理想とするところが述べられている。心の有り様もその中の一つとして、以下の如き願望が語られる。

めでたしと見る人の、心劣りせらるる本性見えむこそ、くちをしかるべけれ。品、かたちこそ生れつきたらめ、心はなどか賢きより賢きにも移さば移らざらむ。

兼好は心を、容貌や才能と並んで欠くべからざるものと見なしていた。しかも「移さば移らざらむ」とあり、心を自らの努力でよりよい方向に持っていくべきだと主張しているのである。この、心は向上可能であるとする発想は、例えば

叶はずとてうち置く事なかれ。諸法は心の所行なれば、せられずといふことなし。（『晩学抄』「木練習」）

のように、芸道の専門書にも散見する。前節・前々節で確認した心構え重視の姿勢は、心の向上性というものを認めるからこそ成り立つものであろう。いうなれば、中世芸道論の根底を流れるものなのであり、『徒然草』の中に同じ発想に基づく一文が見出せるのも、ゆえに決して奇異なことではない。

また、心を何よりも優先する発想としては、

又、人のすがたもてなしなどは生まれつきたることにては候へども、それもさすがに心向けにより候へば、ほ

のかならん後手をも、こはごはしからぬやうにみさをにもてなさば、よろしくはなどか見えざらん と覚え候ふ。

（『阿仏の文』）

とある通り、[13] 第一篇第三章でも取り上げた、母親から娘に宮仕えの心構えを書き記したテクストの中にも認められる。特定の芸道の書ではないものの、上手（師匠／母親）から初心者（弟子／娘）へ教え残すという枠組みは一致しており、この発想が子弟への教戒と強く結びついていたことが知られよう。この枠組みこそ、消息的テクストの基本をなすものであったこと、繰り返すまでもあるまい。

この他にも『阿仏の文』は、

人の心ほど、うちとけにくう恐ろしきものは候はぬぞ。

などと心への言及を繰り返す。

対して『徒然草』「第一部」においては、これ以降、心（構え）に関する直接の言及は見あたらない。和歌や無常、遁世や旅などといった個別のテーマをあげては、それに対する私見を述べることを繰り返すばかりである。「第一部」は基本的に、広く「願はしかるべきこと」を語ることに主眼があったと思われるのであり、理想の心もあくまで所願の一つに過ぎない。[14]

『徒然草』における右の如き心への認識は、しかしテクスト全体を通じて不変ではない。転機となったのは、これも第一篇第一章に既述の通り、第三八段、および第三九段であったと思われる。

名利に使はれて、閑かなる暇なく、一生を苦しむるこそ、愚かなれ……迷の心をもちて名利の要を求むるに、かくのごとし。万事皆非也。言ふに足らず、願ふに足らず。

（第三八段）

「名利」を筆頭に、様々な願いを求めることを、兼好は「愚か」と断じ否定する。それらは確かに、「迷の心」によるものであろう。

そして続く第三九段には、前段とはまさしく対極にある心の様が描かれる。以下、改めて全文をあげる。

ある人、法然上人に、「念仏の時、眠にをかされて、行を怠り侍ること、いかがしてこの障りを除き侍らむ」と申しければ、「目の覚めたらむほど念仏したまへ」と答へられける、いと尊かりけり。

又、「往生は、一定と思へば一定、不定と思へば不定なり」と言はれけり。これも尊し。

又、「疑ひながらも念仏すれば往生す」と言はれけり。これも又尊し。

法然上人の印象的な言が、三文並べられている。本論において中でも注目されるのが、第一文であろう。法然は念仏行を怠りがちな「ある人」に対し、無理をすることを決して強制しない。この考え方は、「心に入れてつねに練習」などと述べた諸芸道のそれとは、全く対照的なもの[15]といわねばなるまい。

例えば、このような睡眠と行との関係に触れたものとしては、

唐の太宗の臣、王珪申していはく、「人臣、学業なければ、心賢なりといへども、昔の言葉、古の振舞を知らず。あに大なる任をつかさどらむや」といへり。ゆゑに、蘇秦は股をさして、眠りをおどかして学び、董生は帷をたれて、外を見ずして、勤めけり。

（『十訓抄』巻十ノ七十三）

などが参考になろうか。「心はなどか賢きより賢きにも移さば移らざらむ」と述べ、望ましい才学について列挙しては語っていた「第一部」の兼好は、無論、法然よりも蘇秦に近かったであろう。しかも前述のように、兼好が心の向上を求めた所以は、蘇秦の如き官吏としての自彊ではないのはいうにおよばず、専門家のような芸道隆盛への思い、弟子を教育し、初心者を上手にせんとの思いからでもない。それがあくまで所願の一つ[16]だったからであり、さらには

そのことを持論として、誰にともなく訴えたかったからに過ぎないのだ。『徒然草』「第一部」は、記された内容も、また書き記す営み自体も

智恵と心とこそ、世にすぐれたる誉れも残さまほしきを、つらつら思へば、誉れを愛するは、人の聞きを喜ぶなり。（第三八段）

「人の聞き」、すなわち他人からの反応を求める、自己顕示欲によるものであったと見なければなるまい。[17]当該段以降『徒然草』「第二部」は、如上、自らの書記行為を欲望の発露ととらえ批判する視点をもって始発したことを、改めて確認しておきたい。[18]

この「第二部」における心の問題は、さらに次節で取り上げるとし、第三九段の残り二文にも目を通しておこう。この内第三文は、往生と心構えとの関係を述べたものだが、「念仏」という行をなせば「疑ひ」の心のままであっても往生可能と述べており、松本真輔氏が指摘しているように、「心のあり方は身体所作によって決定される」[19]という思想を根底に持つものと思われる。

一方で第二文は、心の有り様によって往生の成否は決まるという、心持ちの重要性を説いたものとなっている。第二文と第三文とでは、一見すると心への認識が一致しないようにも思えるが、どちらの文においても、法然の言葉には激しさというものがなく、心を特定の方向へ導こうとする恣意性が皆無であることは共通していよう。このような法然の柔軟な心をもって、兼好は「尊し」と評したのではあるまいか。少なくとも、法然の心が自己顕示欲から遠いところにあるのは確かだろう。

人の心すなほならねば、偽りなきにしもあらず。されども、おのづから正直の人、などかなからむ。おのれすなほならねど、人の賢を見て羨むは、世の常なり。至りて愚かなる人は、たまたま賢なる人を見ては、これを憎む。「大なる利を得んがために、少しき利を受けず、偽り飾りて名を立てんとす」と譏る。おのれが心に違へるによりて、この嘲りをなすにて知りぬ。此の人は下愚の性、移るべからず。此の人は偽りて小利をも辞すべからず。仮にも賢を学ぶべからず。

狂人の真似とて大路を走らば、すなはち狂人なり。悪人の真似とて人を殺さば、悪人也。驥を学ぶは驥のたぐひなり。舜を学ぶは舜の輩也。偽りても賢を学ばむを賢といふべし。

右は第八五段の全文である。ここには「第二部」における兼好の心に対する基本姿勢が、よく示されているように思える。先に第三段落を見たい。「偽り」の「悪」であっても「悪」であり、また「偽り」の「賢」であっても「賢」と呼び得るとする思考は、内なる本心よりも外に現れた行動こそを重視する考え方に基づくものと見なせよう。第三九段の第三文にも近しいこの発想からは、確かに「身体の精神への優位」(20)を確認することができる。同様の認識が、この他「第二部」中に散見する。

心は縁に引かれて移る物なれば、閑かならでは、道は行じがたし。 (第五八段)

世に従へば、心の外の塵に奪はれて、惑ひやすく、人に交はれば、言葉よその聞きに従ひて、さながら心にあ

らず。（第七五段）

心はかならず事に触れて来る。仮にも不善の戯れをなすべからず。（第一五七段）

若き時は、血気内に余り、心物に動きて、精欲多し。[21]（第一七二段）

心は外界の事象の影響を受けやすい。兼好の、心への醒めた視線が見て取れよう。加えて、第八五段の第二段落に見える「此の人は下愚の性、移るべからず」という厳しい警句は、「心はなどか賢きより賢きにも移さば移らざらむ」と述べていた前掲の一節とは対照的な内容となっており、「第二部」に入って、兼好が心の弱さを冷静に見つめていたことがわかる。[22]そして「心は縁に引かれて移る」のだとすれば、このような弱き「迷の心」を守るためには、世俗から距離を置く他あるまい。「閑か」という語が、右にあげた諸章段などに多く登場するのは必然的なことであった。

いまだまことの道を知らずとも、縁を離れて、身を閑かにし、事に与らずして、心を安くせむこそ、しばらく楽しむとも言ひつべけれ。（第七五段）

人と向かひたれば言の葉多く、身もくたびれ、心も閑かならず。よろづこと障りて、時を移す、互ひのため、いと益なし。（第一七〇段）

老いぬる人は、精神衰へ、淡く疎かにして、感じ動く所なし。心おのづから閑かなれば、無益のわざをなさず、身を助け、愁へなく、人の煩ひなからむことを思ふ。（第一七二段）

「閑か」でなければ、人は「無益のわざ」をなす。第八五段第一段落は、「おのれすなほならねど、人の賢を見て羨むは、世の常なり」と、他人を羨み、憎んでしまう人の愚かさに言及している。一方、第七五段には「人に交はれば、言葉よその聞きに従ひて」とあり、また第一七二段には「人に恥ぢ、羨み、好む所日々に定まらず」と見えた。これらに共通するのは「人」との関わりであり、他人に対する羨望、あるいは他人の評価を気にする虚栄心だろう。早く第三八段をはじめ、兼好が「閑か」な環境を希求したのは、他人と交わることで生ずる、これらの欲望の惹起を危惧したからではなかったか[23]。事実「第一部」の兼好は、「思ふこと言はぬは腹ふくるるわざ」(第一九段)とうそぶいては「願はしかるべきこと」を羅列するなど、共感されたいという欲求を制御することができなかった。

右の如き虚栄心の否定は、「第二部」をひもとけば指摘するに枚挙にいとまない。いわば『徒然草』「第二部」とは、「第一部」の終わり第三八段で浮かび上がった自らの虚栄心、およびそれを制御できない自分の心に対する不信を、問い直し続ける営みであったとも見なせよう。中でも兼好が激しく糾弾したのが、中途半端な知識で専門の道を語り、悦に入ることであった。

すべて、いとも知らぬ道の物語したる、かたはらいたく、聞きにくし。　(第五七段)

よき人は、知りたることとて、さのみしたり顔にや言ふ。片ゐ中よりさし出でたる人こそ、よろづの道に心得たるよしのさしいらへはすれ。　(第七九段)

知らぬことしたり顔に、おとなしくもどきぬべくもあらぬ人の言ひ聞かするを、さもあらずと思ひながら聞きゐたる、いとわびし。　(第一六八段)

道に心えたるよしにやと、かたはらいたかりき。（第二三二段）

道に通じた者と思われたいという、衒学的な虚栄心が溢れ出ている。そこには、大して詳しくない者が、知ったかのように専門を語ることは、確かに「かたはらいた」いものであろう。

おのが分を知りて、及ばざる時は速やかにやむを、智といふべし。（第一三一段）

されば、己を知るを、物知れる人といふべし。（第一三四段）

ゆえに兼好は、己を知り、分相応に生きることを主張する。人の心は弱い。己を客観視できなければ、「名利」の誘惑にたやすく負けてしまう。このように見てきたとき、なぜ兼好が専門家を敬愛したかも、理解されるであろう。

よく弁へたる道には、かならず口重く、問はぬ限りは言はぬこそいみじけれ。（第七九段）

一道にもまことに長じぬる人は、身づから明らかに其の非を知るゆゑに、心ざし常に満たらずして、つひに物に誇ることなし。（第一六七段）

専門家への視線の根底には、彼らの持つ、自分自身に対する厳しさへの共感があったのである。第一節にあげた第一五〇段のすぐ後に続ける形で、兼好は以下のような章段を書き記している。

或る人の言はく、年五十になるまで上手に至らざらむ芸をば捨つべきなり。励み習ふべき行末もなし。老人のことをば、人もえ笑はず……世俗の事に携はりて生涯を暮すは、下愚の人なり。ゆかしく覚えむことは学び聞くとも、その趣を知りなば、おぼつかなからずしてやむべし。もとより望むことなく、羨まざらんは、第一なり。

一見、前の段と矛盾するようにも思えるが、そもそも第一五〇段が「初心」の者への言であったことを忘れてはなるまい。「年五十になるまで」年月を重ねて稽古してきた芸であれば、自分に「分」がないことを悟り、諦めねばならない。いや、芸とは元来、「上手」に至り得る可能性の方が、はるかに低いものではないか。もとより芸道の家に生まれた身ならばともかく、そうでなければ、最初から望まないに如くはないのだ。

第一五〇段にしても、「諸道変るべからず」と、あくまでそこに普遍的な真理を見出したことが重要であるに過ぎまい。自らが実際に芸能に耽溺することを、兼好は決してよしとしない。専門家の心構えを観念的には称賛する一方、素人でしかない自らの分をわきまえて、実際の営みからは距離を置く。そこには、専門家を見た際にともすれば沸き起こるであろう(24)「羨み」を、何とかして抑え込もうとする自己抑制が見え隠れしていよう。前掲注(17)に見たように、究極的にはその道の「名利」と切り離すことはできない芸道の専門家と、兼好との懸隔はやはり小さくなかった。

五

前節で確認した通り兼好は、己を知っているがゆえに口重くならざるを得ない専門家を賛嘆する一方で、生半可な知識で知ったような口をきく素人を、辛辣に批判している。

大方、知りたることもすずろに言ひ散らすは、さばかりの才にはあらぬにやと聞こえ、誤りも有りぬべし。（第一六八段）

その舌鋒は確かに厳しい。

しかしながら、かかる素人の姿は、まさしく兼好そのものではなかったか。冒頭でも指摘したように『徒然草』の中には、有職故実を考証した章段が数多く見受けられる。例えば兼好は

　廻忽は、廻鶻国とて、夷の強き国あり。其の夷、漢に伏して後、来りておのれが国の楽を奏せしなり。

（第二一四段）

などと楽曲名の由来について語っているが、はたして彼は語るにふさわしい立場の人間であったかといえば、やはり疑問視せざるを得ないだろう。この「廻忽」という楽曲に関して、第一篇第二章でも取り上げた楽人・狛近真の手になる『教訓抄』には、

　此曲貴養成所レ作也。昔大国ニ有二一人大臣一。号曰二貴養成一。彼有文曰、大忠連、忽受レ病死去畢。経二百箇日一、彼臣至二昔下墓辺一、作二一楽一、琴弾レ之、至二七返一之時、彼死骨息生廻墓レ三匝之失了。仍名二『廻骨』一云々。

（巻六）

と、明らかに異なる説が載せられている。[25] 専門の楽書である『教訓抄』の方が、必ず正しいと述べたいわけではない。ただ、詳しいとはいえ素人に過ぎない兼好と、その道の泰斗であった狛近真とでは、言葉の説得力に大きな差があるのも確かであろう。そして問題は何より、このような有職考証章段の存在が、第一六八段や

　おのれが境界にあらざる物をば、諍ふべからず。是非すべからず。

（第一九三段）

などを合わせて読むとき、言行の不一致を感じさせてしまうという点なのである。

　このような語りの自家撞着を、最も瞭然と示しているのが、第二三八段であろう。この段は、兼好が「自讃」とするものを七ヶ条ほど書き連ねたものだが、その内のほとんどが彼の発言や行動に対して、「人皆感ず」「人皆興に入

る」「いみじく感じ侍りき」と「結果として人にほめられ、あるいは人を感心させた話[26]」になっているのだ。兼好は「させることなきことどもなり」「かほどのことは児どもも常のことなれど」などと控えめな姿勢を見せてはいるが、他者評価を前面に押し出す言辞が、これまで見てきたような自己顕示欲否定の発想と相容れないことは間違いない。繰り返される謙辞は、この自讃譚が読まれることを望む兼好の本心を、かえって浮かび上がらせていよう。

『徒然草』「第二部」は、右のような「名利」を求める心を、徹底して否定し続けてきた。第二三八段の存在は、テクストの内部に決定的な矛盾を引き起こさざるを得ないだろう。自讃として同段にあげられた漢籍や書道にしても、兼好は初めから専門家としての慧眼を期待されていたわけでは必ずしもなく、たまたまそこに居合わせ問わず語りに指摘したものが目立つのである。それぞれの道の専門家に本当はおよばないことは、第一節でも引いた第一八七段に「よろづの道の人、たとひ不堪なりといへども、堪能の非家の人に並ぶ時、かならず勝る」と見えた如く、彼自身が最もよくわかっていたはずだ。

それでも自讃を語らずにはいられない「よほどの衝迫[27]」が、消え去ることはついになかった。擱筆直前の第二四二段には、

楽欲するところ、一には名なり。名に二種あり。行跡と才芸との誉れなり。二には色欲、三には味はひなり。よろづの願ひ、此の三にはしかず。是、顚倒の想より起こりて、そこばくの煩ひあり。求めざらむにはしかじ。

とある。「行跡と才芸との誉れ」に対し、兼好は「求めざらむにはしかじ」と消極的に否定している[28]。これも同じく擱筆近くの第二三五段には、

我等が心に念々のほしきままに来り浮ぶも、心といふもののなきにやあらむ。

心の不在を説いた一節も見えた。[29] この辺りの章段からは、自己顕示欲に抗い切れない弱き心に対する、兼好の達観・諦念のようなものが読み取れよう。

このように、心を制御することに対する達観・諦念が擱筆直前に目立って現れる[30]のは、人の心というものを徹底的に対象化することが、このテクストの根底にあったことを暗示しているようにも思える。諦念は、心に対する兼好のひとまずの結論ではなかったか。

さらに想像をたくましくすることを許されたい。既述の通り、『徒然草』は芸道の専門書からその専門性が捨象される形で生まれたテクストであった。弟子や娘のためのものではないからこそ、彼ら彼女らの心ではなく、自らの心に踏み込み得たのではあるまいか。

(1)　落合博志「『徒然草』本文再考――第十二・五十四・九十二・百八・百四十三段について――」(荒木浩編『中世文学と隣接諸学一〇　中世の随筆――成立・展開と文体――』竹林舎、平成二六年八月)の指摘に基き、「得失」より改めた。
(2)　石黒吉次郎「中世芸道論における習道論序説――初心・後心・初中後など――(上)」(『専修人文論集』平成元年九月号、後に『中世芸道論の思想――兼好・世阿弥・心敬――』〈国書刊行会、平成五年四月〉に収載)
(3)　小川剛生「卜部兼好伝批判――「兼好法師」から「吉田兼好」へ」(『国語国文学研究』平成二六年三月号)は、「大臣・公卿に(または既に殿上人の扱いを受けた北条氏の一門にも)「諸大夫」ではなく「侍」として仕えたか。そして六位に叙されて馬允・式部丞・民部丞・近衛将監・兵衛尉・諸司助など担当官のいずれかに任じられ、その間滝口、上北面、検非違使、女院蔵人などを兼ねたか」と指摘する。
(4)　石黒吉次郎「『徒然草』の芸能観の一考察」(『国語と国文学』昭和六〇年六月号、後に石黒前掲書に収載)
(5)　久保田淳「心と詞覚え書――中世歌論・歌道説話を例として――」(『国語と国文学』昭和三六年八月号、後に『中世文学の世界』〈東京大学出版会、昭和四七年三月〉に収載）、野間正英「『徒然草』の時代様式」〈『言語と文芸』昭和四五年五月号〉、石黒前掲書等に詳しい。本論もこれらの知見に多くを負っている。

（6）『毎月抄』は藤原定家の真作か否かが議論されてきたが、近時寺島恒世氏によってその偽書的性格が強く説かれている（「後鳥羽院と定家と順徳院――「有心」の定位をめぐって――」平成二八年度和歌文学会第六二回大会）。『残夜抄』は、第一篇第二章において取り上げた、西流琵琶の宗匠藤原孝道が、愛娘に宛てて書き残した伶楽の口伝書。『成通卿口伝日記』は、蹴神とも呼ばれた藤原成通の手になる蹴鞠の口伝書だが、仮託説もある。後掲の『晩学抄』は、やや時代が下り室町時代のもの。飛鳥井雅康が伊賀守某に与えたという、蹴鞠の口伝書である。

（7）例えば『十訓抄』「巻十ノ七十三」にも、「さまざまの芸能も、まづ心操ととのへてのうへのことなり」と見える。

（8）ちなみに武家家訓書なども、例えば『極楽寺殿御消息』序文に「か様のことをむかひたてまつりて申さんは、さのみおりふしもなきやうにおぼゆるほどに、かたのごとく書きしるしてたてまつる也。つれづれなぐさみに能々御覧ずべし」などとある如く、口頭でなされるべき言説の書記化という枠組みのもとで記されていた。末尾に見える「つれづれなぐさみ」という表現も、表題同様、これらのテクストの有する消息的性格を示唆するものであろう。

（9）この他、選ばれた十三の項目は変化に富み、全体としての統一性は問題にされていないことがわかる。かかる雑多性も、『徒然草』に連なるものを感じさせよう。何を書き何を書かないか、娘を宛先として、彼女が読むことを前提に書き記すという条件さえ満たせば、全て書き手の裁量に任されていたのである。

（10）石黒吉次郎「心敬の『さゝめごと』の諸道論をめぐって」〈『専修国文』昭和五九年九月号、後に石黒前掲書に収載〉の指摘による。

（11）稲田利徳「「徒然草」における兼好のジャンル意識」〈『岡山大学教育学部研究集録』平成八年一一月号、後に『徒然草論』〈笠間書院、平成二〇年一一月〉に収載〉も、兼好が「歌人でありながら……決して歌論書、歌学書といった類いのものとはしないとの、明確なジャンル意識をもって執筆した」と指摘する。

（12）これまでも述べてきたことだが、かくも雑多で非体系的な『徒然草』が、初心者を教えるテクストとして奏功するとは思えない。

(13)　同種の言は、「女はただ心から、ともかくもなるべき物なり」という、建春門院が女房たちをさとした口癖を載せる『たまきはる』にも見える。

(14)　前述の通り、そもそも消息的テクストが心を重要視していたのは、読み手として初心の者が意識されていたからであった。そのような読み手を想定していない『徒然草』「第一部」が、心にばかりこだわる理由はないといわざるを得まい。

(15)　初心者とそれを教え導く師という枠組みは一致していることが、その対照性をさらに際立たせていよう。

(16)　なお第一篇第四章で論じたように、「第一部」で列挙された「理想」は、書き手として隠遁文人を演じていた中で選び出されたものであった可能性を、忘れるべきではない。

(17)　もとより、諸道の専門書が心を入れて芸に励むことを求めたのも、道の名誉という他者評価に重きを置いていたからこそであろう。「福徳はねがはざれ。名聞はのぞむべし。先祖迄の名をかかやかす事也」(今川了俊『落書露顕』)、あるいは後掲注(24)の『十訓抄』巻十ノ序など。ここでも、芸道のテクストと『徒然草』は決定的に乖離する。

(18)　石田吉貞『隠者の文学』(塙書房、昭和四四年一月)も、兼好が「人間を何よりも欲望において見ていた」と看破していた。

(19)　「『徒然草』の疑心往生説」(『国文学研究』平成八年一〇月号)

(20)　松本真輔「『徒然草』における〈対象〉と〈心〉の位相」(『国文学研究』平成八年三月号)

(21)　これも藤原孝道の手になる楽書『新夜鶴抄』に、「若き時は、人の心急にて、寂しきことを嫌ふ。老いぬる折は、心寂しきを好みて、かまびすしきをば厭ふは、人ごとのくせ、物の上手の有り様なり」と、この段と近似した一節があることを付記しておく。

(22)　もっとも「色欲」に関しては、「世の人の心迷はすこと、色欲にはしかず。人の心は愚かなる物かな」(第八段)とあり、早く「第一部」から抗い難いことを認めていた。

(23)　逆にいえば、虚栄心を働かさずにすむのであれば、世俗との関わりも肯定されることとなろう。第一七〇段には「同じ心に向かはまほしく思はむ人の、つれづれにて、「今しばし、今日は心閑かに」など言はむは、この限りにはあらざるべし」と見えた。

(24) 前掲第一六七段参照。この他、『十訓抄』「巻十ノ序」に以下のように見える。
なにとなく居まじりたるをりは、そのけぢめ見えざれども、芸能につけて、召し出され、ただうちあるわれどちの遊び、かたへにぬき出でて、なにごとをもしたらむは、雲泥の心地して、人目いみじくおぼえぬべし。

(25) この章段に関しては、榊泰純「兼好の芸能観——第二一四段について——」(『大正大学研究紀要』平成三年三月号)に詳しい。

(26) 山極圭司「八つになりし年——徒然草新解——」(『文学』昭和五七年六月号、後に『徒然草を解く』〈吉川弘文館、平成四年一一月〉に収載)

(27) 三木紀人「隠遁文人の世界　徒然草」(日本文学講座第七巻『日記・随筆・記録』大修館書店、平成元年五月)

(28) 同じく所願を論じた第三八段が、「万事皆非也。言ふに足らず、願ふに足らず」と、極めて強い口調であったのと対照的な言辞である。

(29) この段については数多く論じられているが、中でも荒木浩「徒然草の「心」」(『国語国文』平成六年一月号、後に『徒然草への途　中世びとの心とことば』〈勉誠出版、平成二八年六月〉に収載)、前掲注(20)松本論文から多大な学的示唆を得た。

(30) 有職故実を考証した章段も、テクスト終盤になるほど多くなっている。

第四章　立ち現れる兼好——断片化が要請する実作者像

はじめに

古典文学研究において、歴史的実体としてのいわゆる作者と、テクスト上に言葉のレベルで立ち上がる語り手・書き手とを安易に同一視せず、ひとまず切り離して扱うことは、物語研究の分野を中心に広く了解されている認識であろう。

一方で『徒然草』の研究においては、歴史的に実在した人物、すなわち二条派の歌人であり、堀河家等の貴顕に侍として仕え、(1)また出家して人生の大半を遁世者として過ごした、かの兼好法師の存在と切り離して論じられることは至って稀であるといわねばならない。(2)もちろん、虚構の世界を築き上げることを目的とする物語と比べて、一個人の体験や感想、見識の披瀝が目論まれた『徒然草』は、言葉の背後にそれらを述べる兼好の面影を想起しやすいということはあるだろう。事実、例えば同じ「随筆」としてひとくくりにされることの多い『枕草子』や『方丈記』も、それぞれ実在の人物としての清少納言・鴨長明の存在を抜きに論じられることは少なかった。加えて、特に昭和四〇年代頃を頂点として、中世文学の中心的な位置に据えられてきた『徒然草』研究が、往時盛んであった作家論的な立場からなされたことは、研究史上の必然でもあったと思しい。(3)

しかしながらこれも周知の通り、かかる実体と虚構との混同は、作者の実人生というテクスト外の情報を解釈に持ちこむことで、テクストの性格をその表現に即して分析することから、我々を遠ざけてしまいかねないという憾みが残る。また既に第一篇第四章でも論じたように、『徒然草』の内容を、兼好という一個人が己の内面を素直に表現したものと見なす発想自体、いかにも近代的に過ぎるだろう。(4) かかる反省から例えば『枕草子』においては、既に土方洋一氏によって、清少納言とテクストの書き手とを分けて論じる視点からの分析が重ねられている。(5) 氏は、『枕草子』の表現主体は「極めて演技的な装われた主体であり、物語における虚構の語り手(「草子」という性格上「書き手」と呼ぶべきか)に近い性格をもっている」とした上で、「歴史的個人のイメージにつながる主体」である「作者」と明確に峻別している。

本稿もかかる問題意識に基づき、『徒然草』をテクストの書き手という視点から読み直すことを目指すが、その上で、なぜここまで兼好という作者の存在が前面に出る形で論じられ続けてきたのかという疑問を、前述の研究史上の必然という答えとは別に、テクストとしての特質を分析することによって明らかにする。検討にあたり、繰り返しになるが重要な前提であるため、もう一度『徒然草』「第一部」から振り返りたい。

一

『徒然草』の冒頭から三十数段辺りまでが、それ以降の部分には見出せない偏った特徴を有する特別な存在であることは、本書第一篇以来幾度も言及してきた通りである。例えば「第一部」は、「第二部」に散見するような説話的章段や有職故実の覚書のような章段を持たず、またこれは後節で改めて指摘するが、漢文の訓み下しの如き文体で記された章段や王朝物語に似せて書かれたような章段が突然現れるといった、表現上の工夫・変化も認められない。『徒然草』を象徴する、かかる多様性を持たない「第一部」は、逆にほとんどの章段(そもそも「第一部」においては、どこまで明確に章段の区分がなされていたかも疑問であるが)において、冒頭にテーマが掲げられ、続いてそれらに対する書き手の意見・感想が述べられるというパターンが徹底されている。例えば第一段は

　人は、かたち有様のすぐれ、めでたからむこそ、あらまほしかるべけれ。

と、人としての理想が説かれており、さらに第二段では

　いにしへの聖の御世のまつりごとをも忘れ、民の愁へ、国の損なはるるも知らず、よろづにきよらを尽していみじと思ひ、所せきさましたる人こそ、うたて思ふ所なく見ゆれ。

右のように、為政者についての私見が披瀝される。この他、第三段「色好み」、第八段「色欲」、第一四段「和歌」、第一七段「仏道」などと、様々なテーマをあげては書き手の主観的な見解が展開される。文体においても右に引用したように、段の冒頭に「こそ」や「ぞ」などの係助詞を用いて文末の結論部を強調する表現スタイルが、ほぼ例外なく用いられているが、これらはテーマに対する書き手の意見を披瀝するというテクストの内容と、密接に結びついたものであったと見なせよう。そしてとりわけ重要な点は、これら「第一部」の内容が、在俗官人の視点から書かれているということなのである(6)。

　多くの研究成果によって、『徒然草』執筆時に、兼好は既に出家者であったと推定されている(7)。それら先学の研究が、極めて貴重な成果であることは指摘するまでもない。しかしながら「第一部」を読む限り、そこから書き手として浮かび上がるのは、むしろ官人、特に遁世を意識しつつも果たさず、出仕せず閑居に身を置く官人の姿であり、決

して出家した修行者のそれではないのである。書き手は、自身が出家者であることを、最後までほとんど強調しない（少なくとも、「第一部」には見出せない）点は、看過すべきではあるまい。にもかかわらず、この「第一部」を、発心・出家を遂げた者が書いたものとして読もうとするのは、テクストに寄り添う姿勢から遠いといわざるを得ない(8)。

このような「第一部」の性格について、稿者は既に第一篇第四章において、「第一部」中に『源氏物語』とりわけ「賢木」から「須磨」にかけての光源氏を彷彿とさせる表現が繰り返されていることに着目し、テクストの書き手像を闡明した。詳細はそれに譲るが、例えば「第一部」第一七段には

山寺にかき籠りて仏に仕うまつるこそ、つれづれもなく、心の濁りも清まる心地すれ。

と、都を離れて「山寺」に参籠することを肯定する一文が見えるが、これは

法師ばらの、閼伽たてまつるとて、からからと鳴らしつつ、菊の花、濃き薄き紅葉など折り散らしたるもはかなけれど、この方の営みは、この世もつれづれならず、後の世はた頼もしげなり。さもあぢきなき身をもて悩むかな、など思しつづけたまふ。（『源氏物語』「賢木」116）

という、雲林院に参籠した光源氏の描写を受けたものと思しい。また、逆境にある人の身の処し方を論じた第五段では、

不幸に憂へに沈める人の、頭おろしなど、ふつつかに思ひとりたるにはあらで、あるかなきかに門鎖しこめて、待つこともなく明かし暮したる、さる方にあらまほし。

と見えるように、短慮を起こして拙速に出家してしまうのではなく、閑居に身を置いておくのがよいと述べているが、ここにも

年かへりぬれど、世の中いまめかしきことなく静かなり。まして大将殿は、ものうくて籠りゐたまへり。
（「賢木」100）

という、出仕もせず、かといって出家するでもなく引き籠もる源氏の姿が揺曳していると思われる。
このように「第一部」の書き手が、執拗に「賢木」辺りの沈淪する源氏を意識するのは、そうしなければ、この風変わりなテクストを成立させる根拠がなかったからではないかと想像される。この問題は、後節においてさらに検証したい。今は何より、自らの書記行為に関するこのテクストの自己言及、

つれづれなるままに、日ぐらし硯に向かひて、心にうつりゆくよしなしごとをそこはかとなく書き付くれば、あやしうこそ物狂ほしけれ。

という序段の一文について、如上、無聊のゆえに「硯に向か」うという営みに明け暮れていた人物こそ、他ならぬ「賢木」から「須磨」にかけての光源氏であったことを改めて確認しておこう。(9) この時期、源氏は蟄居・流謫の身であり、紫の上や友人らとも物理的に距離を置かざるを得ず、結果、「消息」や「手習」といった書記行為に慰みを求めていた。幾例かあげておこう。

御返り書きたまふ。言の葉思ひやるべし。「かく世を離るべき身と思ひたまへましかば、おなじくは慕ひきこえましものをなどなむ。つれづれと心細きままに……。
（「須磨」195）

いとかく思ひ沈むさまを心細しと思ふらむと思せば、昼は何くれと戯れ言うちのたまひ紛らはし、つれづれなるままに、いろいろの紙を継ぎつつ手習をしたまひ、めづらしきさまざまなる唐の綾などにさまざまの絵どもを書きすさびたまへる……。
（「須磨」199）

『徒然草』「第一部」は、まず「書く」主体としての光源氏などを模倣することで、誕生したものであったと思われる。右にあげた序段にしても、閑居に籠って無聊を筆で慰める男の姿を、テクストの書き手として前景化させるギミックなのであり、実際に兼好は暇をかこっていたのだと、実体的にとらえるだけでは不十分であろう(10)。

したがって「第一部」に散見した、沈淪する源氏を想起させ、また肯定するが如き内容を、兼好という人物が常日頃抱いていた思想として即時に把握することにも慎重であるべきである。冒頭でも述べた通り、歴史的実体としての兼好と『徒然草』の表現主体とを同一視すべきではなく、むしろ上述の内容も、テクストが要請したかかる書き手の存在が、必然的に生み出したものであったと理解したい。よく指摘されるように「第一部」の内容が至って観念的なものにならざるを得なかったこと、および中古文により書かれているといわれることも、ともにここに由来しよう。

二

前節では『徒然草』「第一部」を検討し、その書き手のいわば範型として、筆を執る光源氏が見出された可能性について再確認した。そもそも、語り手・書き手を実際に執筆する者とは別に仮託するという意匠は、『大鏡』の筆者が翁を、同じく『撰集抄』が西行をそれぞれ語り手・書き手として仮構したことなどを思えば、さして違和感はあるまい。ただしテクスト中に、源氏の名をあげるなど特化して言及する部分があるわけではなく、源氏のみが他を排する形で限定的に意識されていたということでは、おそらくあるまい。筆を執った兼好がイメージしていたのは、おそらくかなり漠然としたものであったろう。これも第一篇第四章で言及したことだが、「恬淡として栄達を望まず、ゆえに早々と官職を辞し、後世を常に心にかけつつ、無聊を文事によって慰める隠遁文人(11)」といった辺りの書き手像がイメージされ、書き続けられたものと想像される。

第一篇第四章では源氏の他に源顕基の存在に言及したが、何も彼ら二人に限定されるものではなかったと思しい。例えば、第六段にその名が見える「花園左大臣」源有仁も、兼好の脳裏にあった一人であろう。後三条天皇の皇孫という「竹の園生の末葉」(第一段)であり、

管絃はいづれもし給ひけるに、御琵琶、笙の笛ぞ御遊びには聞こえ給ひし、すぐれておはしけるなるべし。御手もよく書き給ひて、色紙形、寺々の額など書き給へりき。

(『今鏡』「花のあるじ」、以下有仁の記事は全て『今鏡』による)

と「詩つくり歌など詠ませ給ひける」(「花のあるじ」)才人であったことも、

ありたきことは、まことしき文の道、作文、和歌、管絃の道……手などつたなからず走り書き、声をかしくて拍子取り、いたましうする物から、下戸ならぬこそ、男はよけれ。

(第一段)

などと合致する。

この他「色好み給ふ」(「伏し柴」)性格は、第三段「よろづにいみじくとも、色好みならざらむ男は、いとさうざうしく、玉の盃の底なき心ちぞすべき」を、政治的な不遇から「仁和寺に花園といふ所に、山里作り出だして通ひ給ふに、四十にあまりてやうせ給ひにけむ」(「月の隠るる山の端」)という人生は、「不幸に憂へに沈める人の、頭おろしなど、ふつつかに思ひとりたるにはあらで……待つこともなく明かし暮したる」(第五段)や「長くとも、四十に足らぬほどにて死なんこそ、めやすかるべけれ」(第七段)などを想起させよう。そして「臨終正念、往生極楽」(「月の隠るる山の端」)と唱えたという石清水詣の記事は、

後の世のこと心に忘れず、仏の道うとからぬ、心にくし。（第四段）

などと響き合う。政治的に沈淪しながらも、かといってすぐに出家したりはせず、詩歌管絃等で消日する有仁もまた、「賢木」の光源氏や顕基中納言などの系譜に連なるものであった。

いったい、『今鏡』の源有仁関連記事は「光源氏なども、かかる人をこそ申さまほしくおぼえ給へしか」（「花のあるじ」）、また「かくわざと物語などに作り出だしたらむやうにおはす」（「伏し柴」）などと見える通り、その造型に『源氏物語』の影響が色濃く反映されていると思しく、『徒然草』「第一部」と通じるところが多いのも当然といわねばならない。

むしろ注意すべきは、『今鏡』が『源氏物語』を用いながら源有仁という登場人物を描出していったのに対し、『徒然草』はそれを以て書き手像を仮構していたと思われる点である。中世王朝物語の男君・女君などや、自らを浮舟などに重ねていると思しき『うたたね』等の例を出すまでもなく、この時代『源氏物語』の表現・人物設定を借りながら、そのイメージを揺曳させることで新たな人物を作り上げて文章を書き進めることは、非常に頻繁に見受けられる文学現象であった。『徒然草』もかかる潮流から生み出された、一つの亜種と見るべきではないか。先程、兼好が源氏のイメージに寄り添うことまではしても、実際に仮の書き手として源氏を作品上に宣言はしなかったと述べたが、完全に仮託してしまうと、書かれるべき内容が制限されてしまうことを嫌ったという側面もあるのではないか。彼が欲したのは、閑居にたたずむ源氏の言葉を偽書的に書き記すことではなく、それに近しい設定を演じることで自身の分身となる新たな書き手を創造し、その言葉（したがって繰り返すが、それらを兼好が常日頃思念していたものとして、そのまま理解することは適切ではないだろう）を書き記すことであった。

『徒然草』「第一部」の書き手に、既存の物語等に見える男のイメージが投影されているという虚構性を認めるとき、序段の「つれづれなるままに」も、やはり筆を執る兼好の実際の状況を記したものではなく、源氏や顕基、有仁らと自らを重ねる「虚構」[12]であった可能性を念頭に置く必要があろう。確かにこの序段は、実見したものではなく「心にうつりゆくよしなしごと」を書くと宣言されていた。それは歴史的実体としての兼好ではなく、隠遁文人を幾重にも重ねて作られた書き手の言葉と見れば、了解されるはずである。

また第一篇第一章で論じた、「同じ心」なる「見ぬ世の人」[13]へ宛てて記した消息という「第一部」の枠組み自体も、かかる虚構性に基づく筆になることと、同じベクトルにあるものと見て外れまい。「第一部」はその書き手・宛先をともに虚構の設定に依拠した、極めて観念的なものだったのである。

『徒然草』の中に潜むかかる虚構の性格をいち早く見抜いたのが、本書中でも序章以来幾度も言及している、稲田利徳氏の「『徒然草』の虚構性」[14]である。氏は主に王朝物語的章段を俎上に載せ、そこから「自己の関心のある体験を、生活次元の生のまま描写せず、その対象を一度、自己の美的理念、思想、あるいは古典文学の世界を透過させて、再創造を試みる」兼好の方法を剔抉する。さらに、そのような虚構化が他の章段でもなされている可能性に言及するとともに、その背景として兼好が深く抱いていた尚古思想[15]をあげ、「言葉そのものを媒介として、純粋な美的結晶を、普遍化、典型化せんとする」執筆者心理の存在を指摘している。

例えば、これは「第二部」に属するが、第四四段の冒頭

あやしの竹の編戸の内より、いと若き男の、月の影に色あひ定かならねど、つややかなる狩衣に濃き指貫、いとゆゑづきたるさまにて、ささやかなる童ひとりを具して、遥かなる田の中の細道を、稲葉の露にそぼちつつ分け行くほど、笛をえならず吹きすさみたる、あはれと聞き知るべき人もあらじと思ふに、行かん方知らまほしく、

見送りつつ行けば、笛を吹きやみて、山の際に惣門ある内に入りぬ。榻に立てたる車の見ゆるも、都よりは目とまる心ちして、下人に問へば、「しかしかの宮のおはします頃にて、御仏事などのさうらふにや」と言ふ。

この「竹の編戸」という表現には「実在する編戸自体ではなく、「白氏文集」から中世歌人たちが伝統的に受容してきた、隠逸精神の象徴としてのイメージを描かせていた」と述べる。首肯すべき見解であろう。

ところで、右の第四四段の描写については、『大鏡』「伊尹」の項に見える藤原義孝記事との類似も注意される。(16)

この翁もその頃大宮なる所に宿りてはべりしかば、御声にこそおどろきていといみじううけたまはりしか。起き出でて見たてまつりしかば、空は霞みわたりたるに月はいみじうあかくて、御直衣のいと白きに、濃き指貫に、よいほどに御括りあげて、何色にか、色ある御衣どもの、ゆたちより多くこぼれ出でてはべりし御様体などよ。御顔の色、月影に映えて……見つぎ見つぎに御供にまゐりて、御額つかせたまひしも見たてまつりはべりにき。いとかなしうあはれにこそはべりしか。御供には童一人ぞさぶらふめりし。

「濃き指貫」「月影」「童一人」といった表現の一致に加えて、若く美しい貴公子が喧騒から離れた場所の仏事に足を運び、その姿を見捨て難く思った語り手が追いかけるという、物語内容の共通性が確認できよう。

無論、書き手の像がそうであったように、この段の男もまた義孝のみが影響を与えているというわけではなく、例えば前掲『今鏡』の源有仁も、兼好の念頭にあった一人かもしれない。

月明き夜などは、車にて御随身一人二人ばかり、何大夫などいふ人ともに、かはるがはる徒歩より歩み、御車に参りかはりつつ、古き宮ばら、あるは色好む所々にわたり給ひつつ、人にうち紛れて遊び給ふに、「琵琶、笙の笛などは、人も聞き知りなむ」とて、琴弾き、笛吹きなどぞし給ひける。（「伏し柴」）

この他『源氏物語』「橋姫」において、薫が宇治八の宮の山荘を訪れる場面も意識されていた可能性があるのではないか。貴公子が、仏事を心にかけるがゆえに山里を忍んで訪れるという設定に加えて、「秋の末つ方」「いと忍びて、御供に人などもなく」「しげ木の中を分けたまふに」「落ち乱るる木の葉の露の散りかかる」「隠れなき御匂ひぞ、風に従ひ」「竹の透垣しこめて」「萎えばめる童一人」「雲隠れたりつる月のにはかにいと明く」等々、表現上の近似[17]も指摘できる。

いずれにしても、第四四段は実体験の記録というよりは、先行古典文学の表現を幾重にも織りなして書き上げられた、虚構色の強いものと見ねばなるまい。そしてもう一つ、第四四段について確認しておきたいことがある。先程、この段の「若き男」の造形には藤原義孝の存在があったのではないかという私見を示した。この、詩文和歌をよくし、仏事を常に心にかけつつも俗世に身を置き、美しい容貌を持ちながら早世した義孝もまた、『徒然草』「第一部」の書き手像のイメージの一人として意識されていた可能性はないか。その場合、第四四段の「若き男」の物語は、「第一部」の書き手像を実体化・可視化したものということになる。

第四四段などのいわゆる王朝物語的章段が、「第一部」で言及されていた兼好の理想の人物像の具象化に近いことは、既に多く指摘されているところである。とりわけ、直前の第四三段[18]には、「かたちきよげなる男の、年廿ばかり」が、「のどやかなるさまして、机に文をくりひろげて」いるとあり、まさしく「第一部」の書き手像そのものといえよう。これらには、仮構した書き手の像を実体化し、自らがよるべきイメージを可視化して確かめている趣がある。それは『大鏡』や『無名草子[19]』などが、その設定たる語りの場と語る人々を、定期的に描写するのに近いのではあるまいか。

しかしながら、前節まで触れた「第一部」は、序段から第三十数段辺りまでという極めて限られた範囲に過ぎなかった。そしてそれ以降、いわゆる『徒然草』「第二部」から受ける印象は、「第一部」から受けるものとは大いに異なっている。

三

これも既に本書中で言及した通り、「第二部」が「第一部」と決定的に相違する点は、その多様性に尽きるだろう。内容面では「第一部」のような私見の披瀝が大きく後退し、逆に自身が見聞した興味深い話を紹介する章段が大幅に増加する。栗ばかり食べる女の話(第四〇段)や猫またの話(第八九段)等を想起されたい。一方、人の生や死を哲学的に論じた章段も出現し、それらの多くは、例えば第九三段

されば、人死を憎まば、生を愛すべし。存命の悦び、日々に楽しまざらんや……人皆生を楽しまざるは、死を恐れざるゆゑなり。死を恐れざるにはあらず、死の近きことを忘るるなり。

などのように、漢文訓読体によって記されている。また、王朝物語の一齣を思わせる段も登場し、それらは当然以下の如き、典型的な物語風の文体によって描かれている。

春の暮つかた、のどかに艶なる空に、いやしからぬ家の、奥深く、木立古りて、庭に散りしをれたる花、見過ぐしがたきを、入りて見れば、南面の格子みな下してさびしげなるに、東に向きて妻戸のよきほどに開きたるが、御簾の破れより見れば、かたちきよげなる男の、年廿ばかりにて、うちとけたれど、心にくくのどやかなるさまして、机に文をくりひろげて見ゐたり。

(第四三段)

この他、有職故実の覚書を記した章段が頻出したかと思えば、他のテクストをまねると宣言して唐突に自讃が始まる(第二三八段)など、書き記される内容は極めて多岐にわたり、しかもその内容に応じて、文体も著しく変化するのである。

右の如き「第二部」というテクストを前にしたとき、そこに統一的な書き手像を見出すことは難しいといわざるを得ない。少なくとも、泥酔した下郎が殺傷事件を起こす話(第八七段)や、子どものいたずらと知らずに感涙した上人の滑稽譚(第二三六段)などからは、皮肉と諧謔の精神に満ち、庶民のあれこれを興味深く観察している書き手の姿が見え隠れし、「第一部」の書き手にうかがえた「無聊を筆で慰める文人」の面影は、到底認められない。

一方で、そういう「第一部」的な書き手像がテクストから完全に消えてしまったわけでもなく、係助詞を用いて私見を強調しながら

> 妻といふ物こそ、男の持つまじき物なれ。「いつもひとり住みにて」など聞くこそ、心にくけれ。

と、結婚を完全に否定した第一九〇段や、陰翳を礼賛した第一九一段、「よき人」の語りについて言及した第五六段など、「第一部」の中に入れても違和感の無い、隠遁文人の風情が漂う章段も決して少なくない。

加えてよくいわれる通り、テクストには矛盾した言説が幾つも同居しており、例えば

> 人に愛楽せられずして、衆に交はるは、恥なり。形見にくく、心おくれにして出で仕へ、無智にして大才に交はり、不堪の芸をもちて堪能の座に連なり……貪る心に引かれて、身づから身を恥づかしむる也。(第一三四段)

と、分をわきまえず出しゃばることを批判したかと思えば、

> 未だ堅固かたほなるより、上手の中に交りて、譏り笑はるるにも恥ぢず、つれなく過ぎてたしなむ人、天性其

の骨なけれども……つひに上手の位に至り、徳闌け、人に許されて、並びなき名を得る事なり。（第一五〇段）

恥を恐れず人前に出て努力する姿勢の大切さを説き、さらにはすぐ後の第一五一段では、

　　或る人の言はく、年五十になるまで上手に至らざらむ芸をば捨つべきなり。

と、不相応な努力を一刀両断するといった有り様であり、これらの諸章段を、確固たる一人の書き手像に収斂させることは、まず不可能であろう。

いったい、「つれづれなるままに」筆を執ったとして、これほど内容・文体が多様になるであろうか。本書序章でも述べたように、我々は、従来『徒然草』のかかる多様性を「随筆」というジャンルに区分することによって、半ば強引に理解し(たつもりになって)きたが、そもそも先行する『枕草子』や後の近世随筆など、そして何より『徒然草』「第一部」は、決してこれほどの多様性を持っていないことを看過すべきでない。

およそ人は一つの文章を書き続けるとき、意識的に、ないし無意識に作り出されるそのテクストの書き手像と矛盾しないように(そしてそのほとんどは、実体たる作者本人に少しでも近づけるよう)言葉を選び、文を重ねていくものであろう。対して「第二部」は明らかに意図的に、テクストを非統一なもの、バラバラでまとまりのない言葉・文章の集積へと改めようとしている、換言すれば、恣意的にテクストを自律させせまいとしているのであり、「第一部」のような統一的な書き手の姿は、およそ霧消しているのである。

四

それではなぜ、このように書き手の存在をいわば排斥するテクストが生み出されなければならなかったのか。この問題を考えるにあたってまず注目されるのが、次に引用する第二九段である。

人静まりて後、長き夜のすさみに、何となき具足取りしたため、残しおかじと思ふ反古など破り棄つる中に、なき人の手習、絵描きすさみたる、見出でたるこそ、ただそのをりの心ちすれ。この頃ある人の文だに、久しくなりて、いかなるをり、いつの年なりけむと思ふは、あはれなるぞかし。

ここで書き残されたテクストである「反古」が、「そのをりの心ち」とあるように、「なき人」を幻視する契機となっている点に注目したい。すぐ後に続く「この頃ある人」の例も含め、テクストは、それを書いた生身の人間（いわゆる作者と近似する）を要請するものとして認識されている。

同様の認識は、古典を読むことをこの上ない喜びと謳う第一三段の、

ひとり灯の下にて文をひろげて、見ぬ世の人を友とする、こよなう慰むわざなり。

という一節にもうかがうことができる。もちろん、既に先行研究[20]が指摘しているように、

遥かなる世界にかき離れて、幾年あひ見ぬ人なれど、文といふものだに見つれば、ただ今さし向かひたる心地して、なかなか、うち向かひては思ふほども続けやらぬ心の色もあらはし、言はまほしきことをもこまごまと書き尽くしたるを見る心地は、めづらしく、うれしく、あひ向かひたるに劣りてやはある。（『無名草子』）

などと見える如く、かかる認識は『徒然草』に限らない、なかば普遍的なものではあったろう。確かにここには、中世の人々が有していたと思われる「強靱なメディア」[21]としての「文」への信頼が認められるわけだが、その中でも、前掲の第一三段の直前にあたる第一二段において

同じ心ならむ人としめやかに物語して、をかしきことも、世のはかなきことも、うらなく言ひ慰まれむこそうれしかるべきに……。

と、「同じ心ならむ人」との「物語」を希求し、それが現実には得られないことを慨嘆していた「第一部」の書き手にとって、書記テクストとは「見ぬ世の人」、すなわち眼前にはいない書き手の存在を幻視させるものに他ならなかったはずである。

書き残されたテクストに、それを書いた人そのものを見出そうとする姿勢は、テクストの文言をリアルな声として把捉する感覚、あるいは翻って、眼前の現実を書記テクストに重ねる感覚にもつながっていよう。

昔物語を聞きても、この頃の人の家の、そこのほどにてぞありけむと覚え、人も今見る人の中に思ひよそへらるるは、誰もかく覚ゆるにや。（第七一段）

久保田淳氏[22]や、以下に引用した稲田利徳氏[23]が指摘しているように、前掲の第二九段も、光源氏が亡き紫の上の消息を見つけて悲嘆に堪え忍びながら焼却しようとする場面などと自身を重ね合わせていた可能性が高く、「自己の体験を綴りながらも、過去に読んだ物語や和歌の類似した場面を想起し、しだいにその世界に吸収されて行く自己をみいだしていた」のであろう[24]。この指摘は、「第一部」が引き籠もる光源氏を取りこむことによって書き上げられたと見る拙著の立場とも一致する。そして問題は、かくして生み出された「第一部」というテクストから浮かび上がる書き手の存在が、現実の作者である兼好その人と、乖離してしまったことではなかったか。

そもそも「第一部」が、閑居に引き籠もり筆を執る文人という書き手像をあえて漂わせていたのは、そうしなければこのテクストを成立させる根拠を見出せなかったからであると思われる。「第一部」には、前述したように書き手の様々な私見・知識が披露されているが、それらはいずれも(「凡庸」[25]である点は差し引いても)、わざわざ書き記されなければならない根拠・理由というものを持っていない。『徒然草』の書き手は、物語を語る女房のように宮中の秘め事を見聞きしたわけでもなく、(26) 諸芸の継承者のように道の秘伝を受け継いだわけでもないのである。(27) 兼好は、自らをそういう類いの者であるように装うことを、最後までしていない。彼がこのテクストに望んだのは、基本的に自らと「同じ心ならむ人としめやかに物語」することであり、如上、特殊な性格の書き手によってなされる特権的な言説を披露することではなかった。(28)

一方、前述した通り『徒然草』の執筆は兼好の出家後であるという「事実」にこだわるならば、テクストはさらにその根拠を失うことになるだろう。兼好が、俗世を捨てた身である己を模した書き手をこのテクスト上に示すことは、ほとんど不可能だったはずである。第一五七段に見える

筆を取れば物書かれ、楽器を取れば音を立てむと思ふ。盃を取れば酒を思ひ、賽を取れば攤打たむことを思ふ。心はかならず事に触れて来る。仮にも不善の戯れをなすべからず。

という一節が示す如く、出家者にとっていたずらに物を書く行為は、「不善の戯れ」という誇りを免れ得ないものではなかったか。緇徒でありながら、写経ならざる書記行為を正当化するには、

もとより、筆をとりてものを記せる者の心ざしは、「我この事を記しとどめずは、後の世の人いかでかこれを知るべき」と思ふより始まれるわざなるべし。

また、この書き記せる奥どもに、いささか天竺・晨旦・日域の昔の跡をひと筆など引き合はせたる事の侍るは、「これを端にて知り初むる縁ともやなり侍らん」など思ひ給へて、つかうまつれる也。

(ともに、『閑居友』上・一)

かかる使命感や仏縁の契機を謳う他なかったろう。しかし『徒然草』はこの『閑居友』のように、仏教説話集の編纂を目論んだものではない。三木紀人氏が幾度も指摘している通り、『徒然草』中には、同時代の他の仏教書には一様に見出される往生譚も霊験譚も、全く見あたらない。(29) それどころか、出家しておきながら書くことに執心し、取るに足らない自説を開陳することばかりに熱中している、「本来あつてよいものではない」(30) 存在なのである。

『徒然草』は、テクストを媒介として関わる実体としての作者と読者を認めてはじめて意味を持つ、(31) 対話・消息に近しい存在であった。先程紹介した消息を焼く源氏が象徴的に示しているように、消息反古を処分するとはすなわち俗世との縁を断ち切る営為に他ならず、その逆に「同じ心ならむ」人への消息の如きテクストとは、むしろ俗世とのつながりを切に希求するものであったと思われる。書き手が緇徒であることを明示・強調したまま筆を進めることは、困難であったに違いない。

その困難を、書き手として(光源氏に限定されないとしても)閑居に消日する官人をイメージすることで克服していたであろうことは、既に述べてきた通りである。しかしその結果、書き手が言葉を重ねれば重ねるほどに、実際に筆を執った「作者」兼好からは離れていかざるを得ない。対して「第二部」は、統一的な書き手像を拒否することにより、かかる実体との断絶を除こうとしたのではないか。読む者は、ここまで徹底的に断片化された章段の集積を前にしたとき、もはやテクスト上に仮構された書き手ではなく、実際にこの書物を作り上げた人そのものを見出すよりないはずである。

五

如上、『徒然草』というテクストの根底にあるのは、統一的な書き手(内容)が無くとも「書く」という営みはあり、そこには実際に筆を執った主体(作者)が間違いなく存在しているのだという、確固たる認識に他なるまい。『徒然草』とりわけ「第二部」は、「作者」ならざる「書き手」を排除することによって、筆と紙さえあれば何であっても書けるのだということを示した、極めて先鋭的なテクストといえるのではないか。改めて、前掲第一五七段の、「筆を取れば物書かれ、楽器を取れば音を立てむと思ふ」という一文に就きたい。自発を表す助動詞「れ」が鮮やかに示している通り、例えば今この瞬間、これといって書き伝えるべきものを用意していなかったとしても「書く」という行為は成立するのであり、伝えるべき内容は、むしろ書記行為の結果として生み出されるだろう。

このように見てきたとき、『徒然草』末尾近くに登場する第二三五段は、看過できない意味を帯びてくると思われる。(32)

主ある家には、すずろなる人、心のままに入り来ることなし。主なき所には、道行き人みだりに立ち入り、狐、梟やうの物も、人気に塞かれねば、所得顔に入り住み、木霊などいふけしからぬ形も顕るる物也。
又、鏡には色、形なきゆゑに、よろづの影来りて映る。鏡に色、形あらましかば、映らざらまし。
虚空、よく物を容る。我等が心に念々のほしきままに来り浮ぶも、心といふもののなきにやあらむ。心に主あらましかば、胸の内にそこばくのことは入り来らざらまし。

「我等が心に念々のほしきままに来り浮ぶ」さらには「心といふもののなきにやあらむ」とある如く、心は外在的な要因によって常に変化するのであり、あらかじめ固定的な思念を持ったものではないという認識が示されている。心は一つの固定した発想(主)にしたがって動いているわけではない。むしろ、言葉にして紙に書き記す前には形にすらなっていない思念が、書き記すことで突然、あたかも以前からそこにあったかのような顔をして心の中に入り込んでくるのである。

右に見える「主ある家」や「鏡」は、確かに「心」の喩であると同時に、媒体としての紙そのものの喩ではなかったか。何が書かれていても、一つの媒体(紙面)上に同じ筆によって記された、そのような様々な思念の集積こそ作者である兼好自身なのであり、固定化されたイメージを有する書き手を設けずに、様々な文章を書き出していく「第二部」の営みは、自分自身を紙の上に現前させることに他ならないであろう。「書く」ことによって、姿・形を持たなかった自身の思念が、鮮やかに可視化される。『徒然草』「第二部」という書記行為には、かかる自己対象化の喜びが潜在していたはずである。

そしてどれほど意匠を尽くしても、自らが書き記したテクストが自分という実体と乖離していることへの苛立ちを、完全に消すことはできなかったろう。『徒然草』中に繰り返される矛盾について、三木氏は「作者の誠実さのあらわれ[33]」かと指摘したが、「我等が心に念々のほしきままに来り浮」び、また「心は縁に引かれて移る」(第五八段)ものであることを思えば、「誠実さ」による矛盾とは、新たな思考・感情が浮かぶ度にすくい取ろうとした結果、ということではなかったか。明確な書き手像の不在が、それを可能にしたのである。

以上、『徒然草』というテクスト自体が、表現主体としての書き手ではなく、兼好という生身の実体(作者)を要請していたのではないか、換言すれば、書き手という、テクストを一つの方向に導くべく言葉を紡いでいくことになる非実体的な存在を、恣意的に消し去るように書かれているのではないかという仮説を提示・検討してきた。

おそらくこの問題は、『徒然草』における「章段」をどう理解するかという問題とも不可分に関わってこよう。本来であればここで、そもそも「章段」とは何か、その明確な定義から検討されなければならないが、今はこれ以上、立ち入らないことを許されたい。最低限確認しておきたいのは、現行の章段区分は近世初頭、松永貞徳『なぐさみ草』にはじまること、したがって中世期には、現行の章段区分とは異なる区切りで読まれていたこと、[34]そして何より少なくとも「第一部」に関する限り、「兼好が徒然草を執筆した時、章段区分の意識がどの程度あったかについては疑問」[35]が残ること、などである。

確かに「第一部」は『阿仏の文』などがそうであったように、語られるテーマが変わったとしても、そこに章段の変化という趣はあまり感じられない。前の話と連想的に穏やかにつながっている場合がほとんどであり、文体も基本的に変化しない。しかし繰り返すが、おそらく「第二部」以降、兼好は極めて意識的に文体・内容を多様化させた。その結果、もはや章段と呼ぶより無いほどに、それぞれの話は断片化されていったのだと思われる。

最後にこれらのことを、『徒然草』という表題の由来ともなった序段[36]の「つれづれ」に即して論じ直すことで、本稿のまとめとしたい。「第一部」において、この「つれづれ」という設定は、書き手自らを源氏(の如き存在)に重ねることでその後のテクストを生み出す、いわば推進力となっていた。対して続く「第二部」においては、かかる推進力としての機能を見出すことはできない。むしろ対照的に、文体・内容ともに甚だしく雑多な章段が集積することで、書き手の存在が排除され、かえって「つれづれ」な状況にある「作者」兼好の姿が、前景化されていることに注意すべきだろう。

そもそも『徒然草』という表題自体、兼好が命名した保証はどこにもないのである。にもかかわらず、序跋に用いられる表現としてはさして珍しくもない「つれづれ」という言葉が、いつの間にか『徒然草』を論ずる上で決定的なキーワードになってしまった。それは思うに、このテクストを読む者が、確かに「つれづれ」な作者を幻視せずにはいられなかったからではなかったか。前述した通り、実際には「つれづれ」に筆を執ったところで、かくも多様なテクストが生まれるとは思えない。しかしながら、本当に書く者が無聊を慰めるため始めた目的無き書記行為なのだと、目的が無いからこそこのように中身も雑多なのだと、序段の「つれづれ」という宣言をひとまず了解する、すなわち「つれづれ」を実体化する以外に、この極めて風変わりな存在を読み手が腑に落とすことはできなかったからだと考えたい。[37]

そして、本当に「つれづれ」な状態の作者が、「心にうつりゆくよしなしごと」を書いたものだと読み手に了解されたテクストは、その全てが、言葉として呈示された作者兼好の思想そのものとして読まれることとなった。『徒然草』を読むことにより、我々は兼好という人間を、再構築し続けてきたのである。

（1）　小川剛生「卜部兼好伝批判――「兼好法師」から「吉田兼好」へ」（『国語国文学研究』平成二六年三月号）

（2）　その中で、竹村信治「多言語世界と秩序」（『日本文学』平成七年七月号、後に『言述論――for 説話集論』〈笠間書院、平成一五年五月〉に収載）は、『徒然草』というテクストの言語主体を、「〈公共性〉の受容者として言説に自己同定を果たす主体」と定めるなど、明確な方法論に基づいた独自の読みを示している。

（3）　当時の『徒然草』研究の根底にあったのは、石田吉貞『隠者の文学』（塙書房、昭和四四年一月）に代表されるような、作者兼好の思想を読み取ろうとする態度であったと思しい。そしてその思想の中心は、常に「無常観」であったろう。

（4）　『徒然草』を安易に「随筆」と見なすがゆえの弊害といえよう。

（5）　『日記の声域――平安朝の一人称言説』（右文書院、平成一九年四月）

（6）　つとに、宮内三二郎『とはずがたり・徒然草・増鏡新見』（明治書院、昭和五二年八月）が指摘している。

（7）　兼好の出家は、六条有忠から山科の土地を購入したことを示す売券（大徳寺文書）に「兼好御房」と見えることから、正和二年（一三一三）九月一日（推定三一歳）より前であることが明らかである。しかし正確にはいつか、動機は何かなどについては、なお不明とする他ない。一方『徒然草』の執筆時期に関しては、内部徴証を重ねた結果元徳年間頃かと推定した橘純一氏の研究以降、様々に議論が重ねられてきたが、こちらも定説を見ない。ただし、諸家のほとんどが出家後の執筆と結論付けているようである。この他、成立時期に関する研究史については、三木紀人「徒然草の成立」(『国文学 解釈と鑑賞』昭和四五年三月号)に詳しい。

(8)　仏教書的な性格が思いの外薄い点に関しては、三木紀人「兼好と『徒然草』」(『鑑賞日本の古典 一〇 方丈記・徒然草』尚学図書、昭和五五年二月)にも言及が見られる。

(9)　「硯に向かふ」という表現における、『源氏物語』と『徒然草』の関係については、荒木浩「心に思うままを書く草子――徒然草への途――(上)」(『国語国文』平成元年一一月号、後に『徒然草への途 中世びとの心とことば』〈勉誠出版、平成二八年六月〉に収載)、稲田利徳「「徒然草」と「源氏物語」」(『徒然草論』笠間書院、平成二〇年一一月)を参照のこと。

(10)　三木前掲注(7)論文も、序段の「つれづれ」に虚構の可能性があることに注意を促している。

(11)　実際に筆を執り何か書き記しているか否か(および、実際に隠遁を遂げたか否か)にこだわらなければ、かかるイメージは『源氏物語』の薫や、その影響を強く受けて設定された中世の王朝物語の男君たちにも近似していよう。鈴木日出男「薫大将」(『源氏物語講座 第四巻』有精堂、昭和四六年八月)は、「現世離脱」をキーワードに、栄華にありながら道心を有し、無常を主観的に詠嘆している薫の姿を闡明しているが、これなどは「第一部」の性格として繰り返し語られてきた「詠嘆的無常観」なるものに近似しよう。

(12)　三木前掲注(7)論文。

(13)　これらもまた顕基や有仁たちに近しい像が、漠然と想定されていたのであろう。

(14)　『国語と国文学』昭和五一年六月号、後に稲田前掲書に収載。

(15)　同論は「各章段に、過ぎ行く時間、過ぎ去ったものへの無限の哀愁の情趣が感知される」、「「今の世」にまさしく、かかる場面を見聞きしたことが、兼好にとって重要であった」と述べる。なお、「今の世」にあってなお伝え残すべき価値を探そうとした『徒然草』の筆の性格については、本書次章もあわせて参看されたい。

(16)　藤原義孝については、大野順子「藤原義孝往生伝の受容について」(永藤靖編『法華験記の世界』三弥井書店、平成一七年六月)。

(17) 『源氏物語』の表現受容における『徒然草』の傾向については、稲田前掲注(9)論文が、「『源氏』の印象鮮烈な場面や描写、あるいは珍しい語彙を取り込んではいるが、叙述順序を逆にしたり、対象を少し変化させるなどの工夫を凝らしている」と指摘している。

(18) 「第二部」の劈頭近くにそれが現れることの意味も含め、この段については次章でもう一度取り上げたい。

(19) 稲田利徳「「徒然草」と「無名草子」」(『文学・語学』昭和六〇年二月号、後に稲田前掲書に収載)は、第四四段の表現に『無名草子』中に見える、大斎院選子の晩年の生活を記した箇所の影響を指摘する。

(20) 石坂妙子「時空を超える「文(ふみ)」――『紫式部日記』から『無名草子』へ――」(『新大国語』平成一三年三月号、後に『平安期日記の史的世界』〈新典社、平成二二年二月〉に収載)、稲田前掲注(19)論文など。

(21) 安藤徹「中世における物語文学メディア論」(神田龍身・西沢正史編『中世王朝物語・御伽草子事典』勉誠出版、平成一四年五月)

(22) 新日本古典文学大系『方丈記 徒然草』(岩波書店、平成元年一月)の第二九段・脚注二二。

(23) 稲田前掲注(19)論文。

(24) 物語とのこのような関わり方は、『うたたね』や『とはずがたり』の作者(もっといえば、濃淡こそあれ中世期における和文の作者全てに、ある程度あてはまることであろうが)のそれとも、近似するものであろう。

(25) 三木紀人「随筆――徒然草をめぐって――」(『国文学 解釈と鑑賞』昭和四四年三月号)

(26) 例えば中世王朝物語の語り手が、「老いの寝覚めのつれづれなるままに、心をやりたりし問はず語りを書き集めて」(『風につれなき』)と述べながら、王家や関白家の「ありがたきこと」を語っていたのとは対照的である。

(27) これも例えば「つれづれなるままに、てならひの時々、させる日記もひかず。そのしるしともなきことを、心にうちおぼゆるままに、かきつけたり」などとよく似た序文を有する『龍鳴抄』が、京都方大神家の楽人大神基政によって記された楽書であり、それにふさわしい専門的な内容を有していたことを思えば、『徒然草』の特殊さが浮かび上がるであろう。なお、伶楽の専門書と『徒然草』との関係に関しては、第一篇第二章・第二篇第三章で既に述べた。
(28) その意味で『徒然草』は、昨今研究の対象として俎上に載せられることの多い、いわゆる「偽書」の類いとは、真逆のベクトルを持ったテクストであると思われる。
(29) むしろ逆に、第七三段や第一四三段の如く、それら霊験譚や往生譚の真実性を疑う言説ならば認められる程である。そもそも、「記された伝承が、自らの「見聞」の筆記であることを強調しなければならなかった」(荒木浩「説話文学と説話の時代」〈『岩波講座日本文学史　第五巻　一三・一四世紀の文学』平成七年一一月〉であろう『閑居友』(これは広く、「説話集」全般にあてはまるものに違いない)と『徒然草』との間には、大きな懸隔があるといわねばならない。
(30) 三木前掲注(7)論文。
(31) 第二九段が端的に示すように、両者がつながることそのものに意味があるのであり、テクストの中身すら最重要というわけではないのではないか。
(32) 同段に関しては、荒木浩「徒然草の「心」」(『国語国文』平成六年一月号、後に荒木前掲書に収載)、松本真輔「『徒然草』における〈対象〉と〈心〉の位相」(『国文学研究』平成八年三月号)など。
(33) 三木前掲注(25)論文。
(34) 例えば正徹本などを見る限り、第一段はより複数に区切られて読まれていたと思われる。
(35) 島内裕子「徒然草の生成」(『徒然草文化圏の生成と展開』笠間書院、平成二一年二月)
(36) 従来序段は、本当に兼好が暇であったと理解するか、あくまで謙辞として読み取ることが一般的であったと思われる。稿者は無論、兼好が実際に暇であったとは考えない立場を取るが、かといってこれを単なる謙辞ではなく、その後の書記行為を成立させるための仕掛けであったと見なしている点が、これまでの説と相違する。
(37) 例えば注(27)であげたような、確固たる専門性を有した諸テクストの場合であれば、「つれづれ」という言辞が素直に謙辞として受け止められていたことを想起したい。『徒然草』は明確な中身を持たないがゆえに、「つれづれ」に過剰に意味が求められたのである。

第五章　「忍びやか」な精神――『徒然草』が目指したもの

はじめに

『徒然草』の特質の一つに、内容・文体の多様性があることは、衆目の一致するところであろう。他の古典作品をひもといてみても、これほど多岐にわたる内容を収めたものは、皆無といってよい。例えば説話集であれば、作品ごとに多少の幅は認められるにしても、基本的に一貫したテーマに基づいて説話が取捨選択され、配列されることになる。対して『徒然草』の場合、テクストを支えるべき基軸のようなものが、容易には見出し難い。結果、やむを得ず読み手は

つれづれなるままに、日ぐらし硯に向かひて、心にうつりゆくよしなしごとをそこはかとなく書き付くれば、あやしうこそ物狂ほしけれ。（序段）

なる書き手の宣言を、ほとんど真実を述べたものとひとまずは了解して読み進めることになる。筆の向くまま、気の向くままに書き記した「随筆」であると見なすことで、この奇妙なテクストを把捉しようとしてきたのである。

しかしながら、これまで繰り返し指摘してきた通り、およそ筆の赴くままに書き記したところで、これほどまでに雑多な内容になることはないのではないか。まして文体の多様性に至っては、これは明らかに恣意的な選択の所産で

あり、書き手は「新しいジャンルの作品を創造しようとする積極的な意図(1)」を持って筆を執っていたと考えざるを得ない。

それでは、かかる「新しいジャンルの作品」の創造はいかにしてなされたのか。この問題に関しては第一篇第四章において、『徒然草』「第一部」に『源氏物語』の「賢木」から「須磨」にかけての光源氏を彷彿とさせる章段が散見することに着目し、失脚し閑居において無聊を筆で慰める文人の姿を借りることで、書き手がこの特異なテクストを書き進める根拠としたのではないかという見通しを提示した。いかなるテクストであれ、何かしらのヒントもモデルも無しに、ゼロから作り上げげられるとは思えない。詳細は当該章に譲るが、沈淪し「つれづれ」を「文」を以て慰む源氏(あるいは顕基中納言など)の姿に寄り添うことではじめて、書き手はこの斬新な執筆行為を推進することができたものと考えられる。その場合前掲の序段も、如上の源氏の姿に「文」を書く自らを擬しつつ、改めて描写したものと読み直されるだろう。

しかし、以上の理解によって全てが説明されるわけではないところに、『徒然草』という存在を論じることの困難はある。例えば以下のような疑問が、すぐに浮上しよう。まず、無聊を筆で慰める源氏を想起させる章段が「第一部」に偏在している点。そして「つれづれ」を「文」によって慰めるといっても、その「文」とはあくまでも漢詩の詠出や漢籍の読書、そして手習・消息の執筆であり、『徒然草』の如き特異なテクストを書き記すこととは大きく異なっている点である。『徒然草』は「第二部」以降、かの仁和寺の法師の話などに代表される説話的章段、あるいは有職故実を列挙した章段など、その多様性をさらに加速させていくのであり、この二点は根を同じくする問題かとも思われる。本章では右の問題を論ずべく、主に「第二部」の幾つかの章段を俎上に載せて、書き手がこの奇妙な執筆行為を続けるために依拠したもの、換言すれば『徒然草』という存在を成り立たせている、根底にあるものについて考えたい。

一

第四三段は王朝物語的な風情をたたえた章段であり、兼好の古典世界への好尚・共感を示すものとして論じられてきた。

春の暮つかた、のどかに艶なる空に、いやしからぬ家の、奥深く、木立古りて、庭に散りしをれたる花、見過ぐしがたきを、入りて見れば、南面の格子みな下してさびしげなるに、東に向きて妻戸のよきほどに開きたるが、御簾の破れより見れば、かたちきよげなる男の、年廿ばかりにて、うちとけたれど、心にくくのどやかなるさまして、机に文をくりひろげて見ゐたり。

いかなる人なりけん、尋ね聞かまほし。

これを中古・中世の物語の二番煎じ、典型的な場面の模倣と断じてしまうのはたやすい。しかしながら前章で触れたように、「かたちきよげなる」「年廿ばかり」の男が「のどやか」に「机に文をくりひろげて見」ているという一連の描写は、前節で述べた閑居の公達らの姿を想起させ、したがって序段と同様、これも今まさに筆を執っている書き手自身の像を理想化しつつ揺曳させながら、垣間見のシーンとして描き出したものと見るべきかと思われる。

ところでそのように理解した場合、この章段の書き手は無聊を「文」で慰める源氏のような存在ではなく、かかる存在を「見る」立場に位置することになる点に注意したい。見られる側から見る側へ、同じ「つれづれ」を「文」で慰む男という景を軸としながらも、書き手の位置がずらされているのである。

同種のことは、同じく王朝物語的章段と呼ばれる第一〇五段にも看取される。

北の屋陰に消え残りたる雪の、いたう凍りたるに、さし寄せたる車の轅も、霜いたくきらめきて、有明の月さやかなれども、くまなくはあらぬに、人離れなる御堂の廊になみなみにはあらずと見ゆる男、女と長押に尻掛けて、物語するさまこそ、何事にかあらん、尽きすまじけれ。かぶし、かたちなど、いとよしと見えて、えもいはぬ匂ひのさと薫りたるこそをかしけれ。けはひなど、はつれはつれ聞こえたるもゆかし。

残雪に月光がきらめく「人離れなる御堂」において、密会する男女を覗き見たというものであり、『源氏物語』「帚木」で、源氏が空蟬と一夜を過ごした明け方、

月は有明にて光をさまれるものから、かげさやかに見えて、なかなかをかしきあけぼのなり。何心なき空のけしきも、ただ見る人から、艶にもすごくも見ゆるなりけり。(104)

などの場面などを意識しながら、物語的な雰囲気を描出すべく実体験を「虚構化」(2)したものと思われる。この章段を論ずる際に必ず指摘される通り、『兼好法師集』第三三番歌の詞書に

冬の夜、荒れたる所の簀子にしりかけて、木だかき松の木の間より隈なくもりたる月を見て、暁まで物がたりし侍りける人に

と類似する描写が見えるが、ここで両者が同じ体験を元に描かれたものと認めるならば、やはり重要なのは、「作者自身の体験を、百五段では第三者に客体化し、しかも「なみ〳〵にはあらずと見ゆる男」と描写している」(3)点であろう。

この「なみなみにはあらずと見ゆる男」は、先程の第四三段に見えた「かたちきよげなる男」に近い存在と見て外れまい。この章段の書き手は、自身の理想に近いと思われる立場に自らを置くことを避け、あえてそういう男を見つ

める存在へと、その位置を変更しているのである。このことは、これらの章段の書き手が「第一部」のような無聊を慰める貴顕ではなくそれらを外側から見る存在、もう少し絞り込むなら、如上の貴族たちに付き随う従者に近いものへと移行していることを意味していよう。

もう一度繰り返すが、沈淪し筆を執る源氏の如き存在に寄り添いその姿を自らに重ねることで、『徒然草』というテクストはその書記行為を推進する根拠を得ていたものと思われる。しかしかかる源氏のような存在は、『徒然草』の作者と呼ばれる兼好にとって、自らとは余りに懸隔の大きなものであったことも確かであろう。(4) 出家して後はもちろん、在俗時においても「大臣・公卿に（または既に殿上人の扱いを受けた北条氏の一門にも）「諸大夫」ではなく「侍」として仕えた(5)」程度の身分だったと推測される兼好にとって、光源氏も顕基中納言も、二次元的虚構のレベルで共感するよりない、極めて遠い存在に過ぎなかったはずである。(6)

そして、このような歴史的実体としての作者の階級以上に重要と思われるのが、テクストの内部において、源氏などは基本的に「見られる」「語られる」側の存在であった点である。前節でも指摘したように、彼らは漢籍や消息・手習等のために無聊に筆を執ることはあっても、様々な世の事象に対する私見を書き綴ったり、興味深い逸話を披露したりすることは決してなかった。『徒然草』の書き手が、「第二部」以降さらに自由に筆を揮うためには、「見られる」「語られる」側から「見る」「語る」側の存在へと移行しなければならなかったのではないか。(7)

二

書き手の「見る」という行為からその肖像を考える際に、「第一部」中ながら第三二段は看過し得ない。

九月廿日ころ、ある人に誘はれたてまつりて、明くるまで月見ありく事侍りしに、おぼし出づる所ありて、案内せさせて入り給ひぬ。荒れたる庭の露しげきに、わざとならぬ匂ひしめやかにうち薫りて、忍びたるけはひ、いと物あはれなり。

よきほどに出で給ひぬれど、猶ことざまの優に覚えて、物の隠れよりしばし見ゐたるに、妻戸を今少し押し開けて、月見るけしきなり。やがてかけ籠らましかば、くちをしからまし。あとまで見る人ありとはいかでか知らむ。かやうのこと、ただ朝夕の心づかひによるべし。

男を送りだした後に、名残を惜しむかのように月を眺めていた女を描いた小話であり、つとに指摘されている通り、中古以来の物語群や『枕草子』などにもしばしば類似した場面が見出される、話としてはありふれたものである。ここでも前節であげた諸章段と同様、書き手は貴人の従者のような存在であり、主人の恋人と思しき女を観察する立場で文章が構成されている。

類似する先行諸作品にも共通することだが、ここで女は男を見送った後、誰かに自身が覗かれていることには気付いていない。(8) このことは、「あとまで見る人ありとはいかでか知らむ」という一節からも明らかである。そして今は、この一節があえて明言されていることそのものに注意したい。この章段の書き手は、女の優雅で王朝物語的な行動はもちろんだが、その振舞いが書き手以外の誰にも注目されていない(にもかかわらず、なされている)点に強い共感を示しているのだ。

かかる傾向は、この他にも『徒然草』中に多数確認することができる。例えば、これも王朝物語的章段である第四四段は、『源氏物語』の薫や『大鏡』に描かれる藤原義孝(9)などを想起させる「若き男」が、秋の夜、風雅な山荘に赴く姿を描いたものである。ここで書き手は「あはれと聞き知るべき人もあらじと思ふに、行かん方知らまほしく、見いとし、それを彼の跡を追う所以としている。

送りつつ行けば」と、自分以外の誰もその男（とりわけ「えならず吹きすさみたる」笛の音）の風雅を理解するものはいないとし、それを彼の跡を追う所以としている。

この他、柑子の木の周りを囲んだ柵で知られるかの第一一段も、人里離れて「心ぼそく住みなしたる」「あはれ」な庵の主に、また『源氏物語』「花散里」の影響が色濃い第一〇四段も、「荒れたる宿の人目なき」家に住む女に焦点が当てられていた。これら閑居の住人たち、あるいはそこを訪れる第四四段の男の如き貴顕たちは、『徒然草』の書き手のような存在に見つけてもらうことを、特段期待していなかったに違いない。誰かに見られ、称えられることがなくとも、風雅を保とうとする。かくの如き彼らの心の有り様は自己顕示欲の対極にあり、ゆえにたやすくなし得ることではあるまい。書き手もそれを理解しているからこそ、「かやうのこと、ただ朝夕の心づかひによるべし」（第三二段）と、その態度を賛嘆する。そして前掲の第四三段にも「見過ぐしがたきを、入りて見れば」とあったように、自分だけはその「心づかひ」を見過ごさず、書き伝えようとするのである。[10]

改めて確認しておくが、人目の少ない山里に、図らずも優雅な閑居とそれに住まう美しい姫君あるいは俗事に距離を置く男を見出すという構図は、中古・中世の王朝物語が繰り返してきた典型的なものであり、それ自体はなんら『徒然草』の固有性を示すものではなく、むしろその文学史的な位置付けの再考を促すものであろう。本論が注目したいのは、それら人知れぬ風雅や心遣いに対して、自分だけは見落とさず伝えようとしているのだと書き手がことさらに強調している点なのである。

いったい、このテクストの書き手は、他の誰もが見落とし聞き落としてしまいがちな風雅や卓見を拾い上げては書き留める傾向があった。例えば「花はさかりに」で著名な第一三七段においても、祭の行列のように誰もが目にして喜ぶものを、同じように自分も見たいなどという欲求に取り憑かれることはない。逆に普通の人が一瞥もくれない、祭が終わってもはや不要となった「葵」や「さびしげになり行く」大路、その他見落とされてしまったものにこそ、その視線は注がれていた。

また、第九二段の弓の「師」や第一〇九段の「高名の木登り」、第一一〇段の「双六の上手」の如き、知られざる達人の言葉への共感も注目される。彼らはいずれも「あやしの下臈」(第一〇九段)に過ぎず、わざわざその言葉に注目し(書き伝え)ようとした者など皆無に近い。ところが『徒然草』は、誰しも有している油断や慢心を逃さず指摘したこれら無名の名人の言葉に耳を傾け、紙に書いてまで伝え残そうとしているのだ。ここに、この書き手の基本姿勢は看取されるだろう。

三

常に誰かに見られるわけではない、否、ほとんど誰にも注目されない環境にあって、ひとり心配りを忘れない人々への称賛。その存在を気に留められることすらない賤しい身分の、しかし評価されるべき実力の持ち主への共感。かかるテクストの傾向は、「第二部」に頻出する説話的な章段においても認められる。

周知の通り『徒然草』は、他の説話集に収載されている話を基本的に一切収拾しない。兼好自身が生きた鎌倉時代末の、誰の目にも明らかな世の動乱に関しても、あえて書き記すことはない。そうではなく、自分が見逃せば後代に伝わらないかもしれないものを伝えようとしている。たとえそれが風変わりな小話であれ、一見すると取るに足らない世事であれ、他の誰もが見落としてしまっているものの中に、残すべき価値を自ら見出そうとしているように思われる。

その意味で、早く第一八段に見える次の一節は示唆的であろう。

もろこしの人は、これをいみじと思へばこそ、記しとどめて世にも伝へけめ、これらの人は語り伝ふべからず。

これは、中国では清貧の賢人を称えているのに対し、この国の人がそれを書き伝えていないことを批判する文脈であるが、清貧に限らずあらゆる範疇において、他の者が伝えない・書き残さない、しかし価値があると思われる事象や「いみじ」と感じられる言葉を、このテクストの書き手は探っていたのではないか。その中には滑稽な逸話もあれば、私見の開陳を含めた哲学的な考察もあれば、有職に関する故実も含まれていた(11)(したがって、テクストの内容は極めて雑多なものにならざるを得ないだろう)。

そこで、以下の諸章段に就きたい。

或る人、任大臣の節会の内弁を勤められけるに、内記の持ちたる宣命を取らずして、堂上せられにけり。極まりなき失礼なれども、立ち帰り取るべきにもあらず。思ひわづらはれけるに、六位の外記康綱、衣被きの女房を語らひて、かの宣命を持たせて、忍びやかにたてまつらせたりける、いみじかりけり。(第一〇一段)

尹大納言光忠入道、追儺の上卿を勤められけるに、洞院右大臣殿に次第を申し受けられければ、「又五郎男を師とするより他の才学さぶらはじ」とぞのたまひける。彼の又五郎は、老いたる衛士の、公事によく慣れたる者にてぞありける。近衛殿着陣し給ひける時、膝突を忘れ、外記を召されければ、火焚きてさぶらひけるが、「まづ膝突を召さるべくやさうらふらむ」と、忍びやかにつぶやきたりける、いとをかしかりけり。(第一〇二段)

ある所の侍ども、内侍所の御神楽を見て人に語るとて、「宝剣をばその人ぞ持ち給ひつる」など言ふを聞きて、内なる女房の中に、「別殿の行幸には、昼の御座の御剣にてこそあれ」と忍びやかに言ひたりし、心にくかりき。

(第一七八段)

「六位の外記康綱」「又五郎男」「内なる女房」、これらはいずれも歴史にその名を刻むような存在ではなく、またここで三人が果たした役割も、他人が犯した「失礼」のフォロー程度であり、到底、秘事・秘伝として伝えられなければならないようなものではあるまい。それでも書き手は、如上の話の中に儀礼への深い理解と、何より行き届いた配慮の存在を認め、そこに末端とはいえ貴族社会を生きる人間のあるべき姿を認めたのではなかったか。

注目すべきは、これら全ての章段に共通する、三人とも「忍びやかに」公事にまつわる失敗・思い込みを解消してみせた点である。彼らが控えめな態度をとった理由は、それが誤りを正す行為であったため、間違った人の立場を慮ってというのが第一であろう。加えて、間違いを正す際に惹起せざるを得ない、得意げな優越感・他者からの称賛を浴びたいと願う欲求を、抑えようとしたためでもあったろう。いずれにしても、この「忍びやかに」という態度が書き手の好むところであったことは、「よく弁へたる道には、かならず口重く、問はぬ限りは言はぬこそいみじけれ」(第七九段)といった一節からもうかがうことができる。彼らは皆、自らの行為によって賛辞を受けることなど、期待していなかっただろう。[12] あるいはそれは意識していたとしても、自身の活躍がこのように伝え聞いた第三者によって書記化され、永く語り継がれることになるなど、およそ夢想だにしなかったに違いない。そのような者たちの見事な心配り・素晴らしい振舞いを伝え残すことこそが、このテクストの目指す方向性、あるいは存在理由の根底にあったと思われる。

そしてさらに想像をたくましくするならば、「外記康綱」などの如く、あるいは王朝物語的章段の貴顕たちの如くに、誰に知られることもなく「忍びやかに」自らの行為を律していく姿勢は、『徒然草』執筆という営みと相似的な関係にあったのではないか。

第一九段の「筆に任せつつあぢきなきすさみにて、かつ破り棄つべき物なれば、人の見るべきにもあらず」という韜晦、そして第二五段の「されば、よろづに見ざらむ世までを思ひおきてんこそ、はかなかるべけれ」、また第三八段の「伝へ聞かむ人、又々すみやかに去るべし。誰をか恥ぢ、誰に知られんことをか願はむ」、これらの認識が示す通り、無常の世に何かを残すということにどれほどの意味があるのかという諦念が、最初からこのテクストには潜在していたと思しい。実際『徒然草』からは、これを伝え残そうという積極的な意欲・姿勢を見出すことができない[13]。書き手はおそらく、このテクストがこれほどまでに多くの読者を獲得することなど、夢にも思っていなかったはずだ[14]。

しかし、それでも書記テクスト(「文」)である以上、時と場所を越えて複数の読み手に伝播する可能性[15]はあり、そのことへの意識がこの書き手をして、強い筆の抑制[16]へと向かわしめたのではあるまいか。誰にも読まれない可能性が高いとしても、誰かに読まれる可能性が僅かでもある以上、あるいは本当に誰にも読まれず「反古[17]」として埋没したとしても[18]、筆の意匠、すなわち「心づかひ」を貫こうとしたものと見たいのである。

おわりに

以上、『徒然草』の書き手の性格を追いつつ、見落とされた「いみじき」事象を伝え残すことを、このテクストが自身の存在理由としていた可能性について言及してきた。最後に、書き手が自讃を七つ列挙した第二三八段、中でも七つ目の、美女の誘惑をはねのけた逸話について触れ、この稿を閉じたい。釈迦涅槃の二月一五日、念仏を聴聞していた書き手に対し「優なる女」が体を寄せて来たが、彼はその誘惑を拒絶した。その後、この一件はある人が仕向けた罠であったことが判明したという自讃譚である。

この段に関しては、既に稲田利徳氏が鋭く指摘しているように[19]、千本釈迦堂の「うしろより入りて、ひとり顔深く隠して」聴聞していた点が、何より重要であろう。氏が説く通り、これは「顔を頭巾や布で隠した覆面姿」のことであり、結果「謀を企てた高貴な人のいる「御局」からも、また他の聴衆からも、自分が兼好であることが認知されない状況にあった」。確かに、自分が何者であるか認識されないとき、人は「自由狼藉な振舞い」をしてしまいがちである[20]。覆面をし、誰も自分のことを知らない状況であれば、美しい女性の誘惑に負けてしまったとしても仕方あるまい。にもかかわらず、明確に拒絶し得たことを書き手は誇っているのだと思われる。

如上、誰も自分を見知らぬ状況でありながら、心配りと自制を怠らなかったという自讃の姿勢が、このテクスト自体を律していたそれと軌を一にするものであること、これまで説いてきた通りである。その意味で、テクストの末尾近く自讃の最後七つ目として、これ以上にふさわしい話はあるまい。

それにしても、他者に認められなくとも心遣いを怠らないことに、『徒然草』の書き手がここまで拘泥するのはなぜだろう。容易に答えを出せる問題ではないが、予測して述べれば、その一因には古《いにしえ》・古典への強い志向があるのではないか。

何事も古き世のみぞ慕はしき。今様はむげに賤しうこそ成り行くめれ。
かの木の道の匠の作れるうつくしき器物も、古代の姿こそをかしと見ゆれ。
文の言葉などぞ、昔の反古どもはいみじき。ただ言ふ言葉も、くちをしうこそなりもて行くなれ……。

第二二段に右の如く見えるように、彼が強い尚古思想の持ち主であったことは、先行研究で繰り返し指摘されてきた通りである。書き手は常に遠く「いにしへ」を慕い、逆に「今様」は「賤し」いものと思えてならない感性の持ち主であった。そもそも「第一部」が、書記行為のモデルとして沈淪する光源氏などという、古典を読むことでしか感じ得ないバーチャルな存在を引き寄せてくるしかなかったこと自体が、このテクストの書き手の特質を雄弁に物語っていよう。

そして斜陽の今の世を生きながら、それでも語り伝えるにふさわしいもの、伝え残すに値するものを見抜き、それを最適な言葉で書き残すことに意味を見出していたように思われる。書き残すに値するか否かの明確な基準があったとは思えず、結果的に非常に断片的で、覚書のようなテクストになってしまっている。それは見ようによってはほとんど「反古」ともいうべきものであったが、それでもなお、書き手は鋭い眼で世の中を凝視し、筆の意匠を凝らして言葉を綴っていたのではあるまいか。[21]

今我々は、それを「随筆」[22]と呼んでいるのである。

（１）稲田利徳「「徒然草」における兼好のジャンル意識」（『岡山大学教育学部研究集録』平成八年一一月号、後に『徒然草論』〈笠間書院、平成二〇年一一月〉に収載）

（２）稲田利徳「「徒然草」の虚構性」（『国語と国文学』昭和五一年六月号、後に稲田前掲書に収載）

（３）稲田前掲注（２）論文。

（４）この点に関しては、荒木浩「『徒然草』というパースペクティブ――第一段・第一九段、堺本『枕草子』、「あづま」・「都」」（『〈新しい作品論〉へ、〈新しい教材論〉へ　[古典編]３』〈右文書院、平成一五年一月〉、後に『徒然草への途　中世びとの心とことば』〈勉誠出版、平成二八年六月〉に収載）。

（5）小川剛生「卜部兼好伝批判――「兼好法師」から「吉田兼好」へ」（『国語国文学研究』平成二六年三月号）

（6）光源氏は虚構物語中の登場人物であり、対して顕基中納言は歴史上実在の人物だが、兼好からすれば、どちらも書記テクストの上でしか把捉し得ない存在に違いはない。

（7）第一篇第四章で取り上げた第一一段において、「賢木」の光源氏の姿を思わせる庵を描き出した書き手の立ち位置は、源氏と同化するのではなく、それを客観視する外側にあった。「第一部」と「第二部」は、やはり同種の発想の連続の中にあると見なければなるまい。

（8）類似している場面というわけではないが、『伊勢物語』第二三段「筒井筒」において、もとの妻が夫を送り出して後、誰に見られるわけでもないのにあえて「いとよくけさうして」いた例なども想起されよう。

（9）『大鏡』「伊尹」に、「月はいみじうあかくて、御直衣のいと白きに、濃き指貫」姿で「顔の色、月影に映えて」美しい義孝が、「御供には童一人」を連れて逍遥する描写が見える。前章でも指摘した如く、義孝もまた光源氏や顕基中納言などと同様、『徒然草』の書き手が憧憬した存在であったか。

（10）本書でもこれまで幾度か指摘してきた通り、『徒然草』は執拗に自己顕示欲を否定し続けていた。

（11）前々節において、「第二部」に入り『徒然草』の書き手が、貴族の従者の如き立場に移っていることを指摘した。近時改めて『徒然草』の有職故実的な章段を俎上に載せて、『中外抄』『富家語』などの如き「言談集」と『徒然草』との近似性が指摘されている（池上保之「『徒然草』における有職故実的章段の研究――『中外抄』『富家語』を視野において――」〈『百舌鳥国文』平成二三年三月号〉、三角洋一「文学と有職故実」〈前田雅之編『中世の学芸と古典注釈』竹林舎、平成二三年九月〉など）が、実際に兼好が貴顕に仕える存在であったという事実はもちろん重要だが、従者に近い視点を書き手が抱えていたからこそ、故実について述べられた章段が湧出することになるのではないか。

（12）少なくとも、書き手がそう受け止めていたことは動くまい。

（13）内容・文体・構成それら全てにわたって、もう少し明確な一貫性や意思表示がなければ、伝わるべきものも伝わらないだろう。

(14) 事実、正徹に見出されるまでの約一世紀、『徒然草』には読み継がれた形跡が無い。

(15) かかる「文」の性格については、第一篇第一章以来、繰り返し述べてきた通りである。

(16) 「徒然なる心がどんなに沢山な事を感じ、どんなに沢山な事を言はずに我慢したか」(小林秀雄「徒然草」〈『文学界』昭和一七年八月〉)。

(17) 荒木浩「心に思うままを書く草子——徒然草への途——(上)」(『国語国文』平成元年一一月号、後に荒木前掲書に収載)は、『徒然草』に「手習反古」としての性格を見出している。

(18) 『徒然草』が、このような伝達性と非伝達性とを合わせ持った、「つぶやき」の如き性格を有するテクストであった可能性については、本篇第二章で述べた。

(19) 「覆面姿の兼好法師——「徒然草」第二百三十八段の自讃譚——」(『岡山大学国語研究』平成一六年三月号、後に稲田前掲書に収載)

(20) 逆にいえば、誰かに見られているからこそ、人は己を律することになる。第一〇七段には、「山階の左大臣殿は、「あやしの下女の見たてまつるも、いと恥づかしく、心づかひせらるる」とこそ仰せられけれ。女なき世なりせば、衣文も冠も、いかにもあれ、引き繕ふ人も侍らじ」と見えた。

(21) 「兼好の視野は三六〇度の展望がきく。死角はほとんど存しないかのようである」(久保田淳「兼好と西行」〈『中世文学の世界』東京大学出版会、昭和四七年三月〉)。

(22) 『徒然草』を「随筆」と呼ぶことについては、三木紀人「随筆——徒然草をめぐって——」(『国文学 解釈と鑑賞』昭和四四年三月号)、近代における『徒然草』と「随筆」という用語の関係にまつわる諸問題については、朝木敏子「徒然草の近代——文学史記述をめぐって——」(糸井通浩編『日本古典随筆の研究と資料』龍谷大学仏教文化研究叢書19、思文閣出版、平成一九年三月)、この他本書序章を改めて参看されたい。

付篇　各段鑑賞

一　第八九段――奥山に猫またといふ物

一　疑心、猫またを生ず

第八九段に見えるこの化け猫にまつわる逸話は、『徒然草』の中でも特に著名なものであろう。まずは全文をあげておく。

「奥山に猫またといふ物、人を食らふなり」と人の言ひけるに、「山ならねども、これらにも猫の経あがりて、猫またになりて、人取ることはあなる物を」と言ふ者ありけるを、何阿弥陀仏とかやいひて、連歌しける法師の行願寺の辺にありけるが聞きて、「ひとり歩かむ身は心すべきことにこそ」と思ひける頃しも、ある所にて夜ふくるまで連歌して、ただひとり帰りけるに、小川の端にて、音に聞きし猫また、あやまたず足元へふと寄り来て、やがてかき付くままに、首のほどを食はんとす。

肝心も失せて、防かむとするに力なく、足も立たず、小川へ転び入りて「助けよや。猫またよや、猫またよや」(1)と叫べば、家々より松明ども出して、走り寄りて見れば、このわたりに見知れる僧也。「こはいかに」とて、川の中より抱き起こしたれば、連歌の賭物取りて、扇、小箱など懐に持ちたりけるも、水に入りぬ。稀有にして助かりたるさまにて、這ふ這ふ家に入りにけり。

飼ひける犬の、暗けれど主を知りて、飛び付きたりけるとぞ。

恐ろしい「猫また」のうわさを耳にしていた法師が、連歌の帰りの夜道、突然何物かに飛びかかられたため、怖れおののいて川へ転がり落ちてしまう。連歌の賭け物として勝ち取った扇なども台無しになってしまうが、その正体はなんと自身が飼っていた犬に過ぎなかったという話である。「助けよや」と叫ぶ法師の描写は、滑稽を通り越して、悲哀すら感じさせるものがあるだろう。

この話が秀逸な点は何より、誰も実際には猫またの実物を見たものはおらず、うわさがうわさを呼ぶようにひとり歩きした結果、化け物を幻視してしまったことにあるだろう。冒頭「山奥に猫またという化け物がいて、人をたべるそうだ」「山だけでなく、このあたりでも猫が年をとって猫またになって、人を殺すことがあるというに」と、この化け猫に関する風聞が記される。どちらの発言も「食らふなり」「あなる物を」と伝聞・聴覚推定を表す助動詞「なり」が用いられている点に注意したい。いずれも、確かな根拠のある話ではなかったのだ。にもかかわらず、それを耳にした「何阿弥陀仏」とかいう法師は、「ひとり歩きする自分のような者は、注意しなければ」と強い不安を抱くに至り、そのことが飼い犬を化け物に見誤るという悲喜劇を招いてしまう。まさしく、疑心が暗鬼を生じてしまったわけだが、この筆の運びからは、根拠なきうわさに惑わされる人の心の有り様に対する、書き手の関心の強さを読み取るべきであろう。先学の多く指摘するところだが、やはり第七三段を参看したい。

世に語り伝ふること、まことはあひなきにや、多くは皆空言也。あるには過ぎて、人は物を言ひなすに、まして年月過ぎ、境も隔たりぬれば、言ひたきままに語りなして、筆にも書きとどめぬれば、やがて定まりぬ。

確かにうわさの厄介なところは、時が経てば経つほど、そして発信地から遠く離れれば離れるほど、拡大・変奏してしまう点であろう。その理由を書き手は、本当の話というのはおおよそ「あひなき」、すなわち面白くないものであり、人は自分の語りたいように語ってしまうものだからだと述べる。この百字にも満たない文章の中に、意図的にそうするという意を表す「動詞＋なす」の形が、「言ひなす」「語りなす」と二度も繰り返されているように、話をふくらませてしまいがちな人の性が喝破されている。

二　『徒然草』と連歌

そもそも、末尾の「飼ひける犬の、暗けれど主を知りて、飛び付きたりけるとぞ」という一文から知られる通り、実はこの逸話自体が伝聞に過ぎない。しかしその割には、地名や台詞など各項目がやたらと詳細であり、話を面白く描こうとする書き手の思惑がうかがわれまいか。例えば、この法師の名前が「何阿弥陀仏とかや」となっている点は注意されてよいだろう。「〇阿弥陀仏」という呼び方(これを「阿弥号」「阿号」などという)は、浄土宗や時宗の僧に見られるもので、やがて簡略化して「〇阿弥」と称されるようになった。例えば能楽で名高い「観阿弥」「世阿弥」は、それぞれ「観阿弥陀仏」「世阿弥陀仏」の略号である。その由来は『愚管抄』巻第六に、

東大寺ノ俊乗房ハ、阿弥陀ノ化身ト云フコト出デキテ、ワガ身ノ名ヲバ南無阿弥陀仏ト名ノリテ、万ノ人ニ上ニ一字ヲキテ、空阿弥陀仏、法阿弥陀仏ナド云フ名ヲツケケルヲ、マコトニヤガテ我ガ名ニシタル尼法師多カリ。

などと見え、十二世紀以降、宗徒の間に定着していったらしい。この阿号を持った法師が、猫またに襲われ(たと勘違いし)、「助けよや」と叫ぶのである。ここには稲田利徳氏が指摘するように、「人々は危機に瀕したとき、最後の頼みの綱として、「南無阿弥陀仏」と六字の名号を唱えて仏にすがる[2]」ものであり、「何阿弥陀仏」が「南無阿弥陀

仏」と唱える羽目に陥るという、かなり底意地の悪い諧謔を読み取ることもできるだろう。

同様に、救出後の法師の様を形容した「這ふ這ふ」という表現も注意される。この語は「ほうほうのていで」「やっとのことで」などと訳されるものだが、元々は「這ふ」という動詞を二つ重ねたものであり、ここは先に「足も立たず」とあった部分との対応を考慮して、「這うようにして」と原義のままに(あるいは、「這うようにして」と「やっとのことで」とを掛詞的に重ねるように)解すべきだろう。その場合、猫また(動物)に襲われた法師(人間)が、まるで動物の如く四足で這って逃げていることになり、これまた痛烈な嘲笑に他ならなくなる。このように、全体的にこの法師に対する皮肉な筆致が徹底されているのであり、うわさというものがそうであるように、この章段自体もまた、書き手自身がある意図のもとに脚色している、まさに「言ひたきままに語りなし」ていると見なければなるまい。

例えば、この連歌法師が「行願寺の辺」に住んでいたと、ことさらに地名、しかも寺の固有名をあげてまで説明されるのはなぜか。これも稲田氏によれば、「行願寺」あるいは「小川(同寺の近くを流れていた川であり、固有名詞)」の辺りは、「連歌師をはじめ、遁世者と呼ばれる雑芸で生計をたてる在家僧が多く住みつき、一種の文人町といったものを形成して(3)」いた場所といわれる。したがって、これらの地名の強調からは(話にリアリティを加える効果があるのはもちろんだが)、連歌にうつつを抜かす遁世者たち全体に対する、書き手の批判的な姿勢が透けて見えよう。前掲、第七三段の後半には、次のような一節が見える。

とにもかくにも、空言多き世なり。ただ常にある、めづらしからぬ事のままに心得たらむに、よろづは違ふべからず。下ざまの人の物語りは、耳驚く事のみあり。よき人は怪しき事を語らず。

冒頭で猫またの話に花を咲かせていたのは、まさしく「下ざま」の人々であったろう。ところが、風聞から枯れ尾花に恐怖して醜態をさらしたのは、それら「下ざま」の面々ではなく、本来かかる根拠なき怪異からは遠くあるべき、出家者であった。猫またに襲われたのが緇徒であったことを繰り返し強調していたのは、かかる転倒に話の勘所を見出していたがゆえではなかったか。

同様に、法師が襲われてから助け出されるまでの、まるで見てきたかのような描写の存在も看過できない。「音に聞きし猫また」(三木紀人氏[4]が指摘するように、この表現の存在によって、「読者もだまされたまま読み進め」てしまうことになる)が、「足元」そして「首のほど」と迫ってくるこの一連の描写は臨場感に満ち溢れており、しかもその実態が読み手にも明かされないため、法師の恐怖のほどがひしひしと伝わってこよう。加えて、近隣の人々が「松明」を持って助けに来た段階で猫またの正体は明らかになっているはずだが、書き手は種明かしを最後まで引っ張り、前述の通り、這うようにして帰宅した法師の姿を活写する。この逸話をできるだけ面白く語ろうとする筆の意匠が確認できるわけだが、ここでも川から救い出された後、法師の様子よりも先に「連歌の賭物」として手に入れた「扇、小箱など」が水に浸って台無しになったことを記すなど、無様な連歌師への辛辣な筆致が貫かれていることに注意したい。

他にも例えば第一三七段、

　よき人はひとへに好けるさまにも見えず、興ずるさまもなほざりなり。かたゐ中の人こそ、色濃くよろづはもて興ずれ。花のもとにはねぢ寄り、立ち寄り、あからめもせずまぼりて、酒飲み、連歌して、はては大きなる枝、心なく折り取りぬ。泉にては手足さしひたし、雪には降り立ちて跡付けなど、よろづの物、よそながら見ることなし。

かかる一節の存在などからもうかがい知れるように、『徒然草』の書き手にとって、連歌のイメージは風趣を解さない「かたゐ中の人」と結びついていた。なお、十三世紀頃に賭け物連歌が盛行していたことは、つとに諸注釈書が指摘してきた通り『園太暦』や『連理秘抄』などから、また賭け物として「扇、小箱」などが出されていたことも、

『花園院宸記』元応二年(一三二〇)五月四日条・同一一月一一日条などから確認することができる。

それに対し、例えば「何事も古き世のみぞ慕しき。今様はむげに賤しうこそ、成り行くめれ」(第二二段)、「今様のことどものめづらしきを言ひひろめ、もてなすこそ、又うけられね」(第七八段)などと強い尚古姿勢を有し、また「さるべきゆゑありとも、法師は人に疎くてありなむ」(第七六段)、「仏道を願ふといふは、別のことなし、暇ある身に成りて、世の事を心にかけぬを第一の道とす」(第九八段)などと、法師が俗事に夢中になることを強く戒めていた書き手にとって、「夜ふくるまで」流行の連歌に熱中するような法師は、擁護の埒外であったに違いない。当該話は、悲喜劇の主人公たる法師が連歌をたしなむ者であったことを強調することで、遊戯に没頭する出家者を嘲笑する話としての性格を付与するように語り直されているのであり、その意味で、この段と並んで有名なかの仁和寺の法師の滑稽譚と、ベクトルを同じくするものと見なし得る。

三　妖猫の中世史

ところで、書き手自身は、猫またの存在を信じていたのだろうか。この化け猫にまつわる風聞は『徒然草』以前の文献からも、わずかながら確認することができる。これまた先行注釈が繰り返し指摘してきたものだが、『明月記』天福元年(一二三三)八月二日条を見られたい。なお、私に訓み下したものを引用する。

夜前、南京の方より使者の小童来たりて云はく、当時南都に猫胯と云ふ獣出来し、一夜に七八人を噉ふ。死する者多し。或は又件の獣を打ち殺すに、目は猫の如く、其の体は犬の長さの如しと云々。二条院の御時、京中に此の鬼来たりし由、雑人称す。又猫胯の病と称し、諸人病悩の由、少年の時、人之を語る。若し京中に及ばば、極めて怖るべき事か。

これによれば、奈良に「猫胯」という獣が現れ、一晩のうちに幾人も食い殺した。その後これを打ち殺したところ、目は猫のようで、体は犬の大きさだったという。定家はさらに続けて、二条院の御代(二条天皇の在位は保元三年〈一一五八〉から永万元年〈一一六五〉、定家は応保二年〈一一六二〉の生まれ)にも、「猫胯の病」といって多くの人が病に苦しめられたことについて、幼少の頃、周囲の人が語っていた記憶を回想している。兼好が『明月記』を読むことがあったか否かは定かではないが、彼は定家の曾孫に当たる二条為世の歌道の弟子(為世門下の四天王と称された)であり、この逸話を耳にする機会はあったかもしれない。なお『日本伝奇伝説大事典』(5)も指摘するように、犬くらいの体長、病の流行等の情報からして、この「猫胯」の正体は狂犬であったろう。

時代をさらにさかのぼれば、『本朝世紀』久安六年(一一五〇)の七月条に、近江美濃の両国の「山中に奇獣有り。夜陰に村閭に群れ入り、児童を嚙損す」、「俗に之を猫と号すと云々」などと見え、山中に棲息する猫の如き「奇獣」が、夜中に村の子どもたちを食べたという。これなども仮に事実であるとしても、猫ではなく狼などの類いの仕業ではないかと思われるが、人に危害を加える四足の獣を、猫の変種として把握する発想の現れであるといえよう。

この他、これも指摘のあるところだが(6)、建長六年(一二五四)成立とされる『古今著聞集』にも、猫またというわけではないが、猫にまつわる怪異説話が見られる。例えば、巻第一七・変化・六〇九話には、以下の如き説話が見える。嵯峨に住む観教法印は、どこからともなく迷い込んだ美しい唐猫を飼っていたが、ある時、その猫が秘蔵の守り刀を口にくわえて走り逃げてしまった。人々は追いかけて捕まえようとしたが、猫の行方はようとして知れなかったという。説話はその末尾を、「この猫、もし魔の変化して、まもり(刀)を取りて後、はばかる所なく犯して侍るにや。おそろしき事なり」と結んでいる。「はばかる所なく犯」すとは、観教法印にとり憑くことを意味するのであろうか、そこはやや判然としないが、姿を消した猫を不気味な存在と見る感覚を、この説話から確認することができる。

もう一つ『著聞集』から、巻第二〇・魚虫禽獣・六八六話をあげる。

保延の比、宰相の中将なりける人の乳母、猫を飼ひけり。その猫たかさ一尺、力のつよくて綱をきりければ、つなぐこともなくて、はなち飼ひけり。十歳にあまりける時、夜に入りて見ければ、せなかに光あり。かの乳母、つねにこの猫に向かひて、「汝死なん時、われに見ゆべからず」と教へけるは、いかなるゆゑにか、おぼつかなき事なり。十七になりける年、行方を知らず失せにけり。

背中の光る不思議な猫を語る説話だが、ここで注意したいのは、この猫が「たかさ一尺」とあり、新潮日本古典集成の頭注(7)によれば、足先から肩までがおよそ三〇センチと大柄で力も強かったため、綱でつながれずに飼われていた点である。そう、この時代、猫は首綱をつけて飼われていた。

簾の外、高欄にいとをかしげなる猫の、赤き首綱に白き札つきて、はかりの緒、組の長きなどつけて、引きあるくも、をかしうなまめきたり。

時代はずれるが、『枕草子』「なまめかしきもの」の一節である。赤い首綱に白い名札をつけ大切に愛玩されていたであろう、宮中の猫の様子が伝えられている。さらに江戸初期成立の御伽草子である、その名も『猫の草子』は、慶長七年八月中旬に「洛中、猫の綱を解き、放ち飼ひにすべきこと」という高札が掲げられる場面からはじまっており、これらから、猫を綱でつないで飼うことは長い間一般的であったと考えることは許されよう。

当時の人々が猫をつないで飼っていた理由は、唐猫が貴重な舶来品であったことに加え(8)、犬とは異なりどこか自由で、飼い主である人間の思うがままにはならない猫の生態と無縁ではないだろう。事実、つながれていなかったからこそ『著聞集』六八六話の猫は、飼い主の前から姿をくらましてしまったのであり、これはおそらく六〇九話も同様だろう。こちらが用意した拘束を断ち切り、急に自分の元から離れてしまった存在に対するある種の不安が、これら猫への恐怖の奥底にあったと考えるのは、穿ち過ぎであろうか。

さらに、六八六話の猫が「汝死なん時、われに見ゆべからず」という飼い主の台詞にも見える通り、老齢になってから行方知れずになっている点も見逃せない。死期が近づくと姿を消すのは、猫の習性として今でもよくいわれるところであるが、常識の範疇を超えて長く生きる動物に対する畏怖もまた、化け猫という幻想を生み出す一因であったと思われる。

猫の平均寿命を「現在で十五歳前後、昔は十歳程度か[9]」と想定するならば、「十七」まで生きたという六八六話の猫は、それだけでどこか、人の心をざわつかせるに足る存在であったろう[10]。人々はこの老猫が、姿を消した後も生き続けていたのではないかという疑念を抱いたはずである。そして『徒然草』当該段において「山ならねども、これらにも猫の経あがりて、猫またになりて、人取ることはあなるものを」とうわさした者のように、姿を隠した後に化け猫へと転じたと思い込む者もあったのではないか。少なくとも、目の前から消えた老齢の猫という存在が、中世の人々の想像力を刺激せずにはおかなかったであろうことは、想像に難くない。ちなみに、文化八年(一八一一)刊の『耳袋』巻の四には、人語を解す猫の台詞として「猫の物をいふ事、我らに限らず。十年余も生き候へばすべて物は申すものにて、それより十四五年も過ぎ候へば、神変を得候ふ事なり」と見える。

四　事実は猫またよりも奇なり

しかしながら、「よき人は怪しき事を語らず」(第七三段)と明言した『徒然草』である。他の人々はともかく、少なくとも書き手は、妄信などしていなかっただろう。むしろ、実は飼い犬がじゃれついてきただけであったというこの話の「オチ」に、「やはりその程度だったのだ」と得心して、満足していたのではないか。『徒然草』をひもとくと、世の中の様々な事象に対して非論理的な発想を退け、自らが納得のいく理由を求めようとする、書き手の思考のパターンを見出すことができる。一例に、第一四六段を示す。

明雲座主、相者にあひたまひて、「おのれ、もし兵杖の難やある」と尋ねたまひければ、相人、「まことにその相おはします」と申す。「いかなる相ぞ」と尋ねたまひければ、「傷害の恐れおはしますまじき御身にて、仮にもかくおぼしよりて尋ねたまふ、これ既にその危ぶみのきざしなり」と申しけり。

はたして、箭《や》に当たりて失せたまひにけり。

『平家物語』などでも有名な明雲が、人相見に「兵杖の難」すなわち武器によって害に遭う相はあるかと尋ねると、人相見は確かにその相があると答えた。明雲が重ねてそれはどのような相かと尋ねたところ、「本来、「兵杖の難」の心配などする必要のない身でありながら、そのような質問をしてしまうこと自体、既にその危険が近づいている証に他ならない」と述べた。はたして、明雲は矢に当たって命を落としたという逸話である。ここからは、占いのような神秘的なものではなく、人間心理に対する合理的な考察を評価する『徒然草』の傾向がはっきり読み取れる。

この他、「吉日に悪をなすに、かならず凶なり。悪日に善を行ふに、かならず吉なり」、「吉凶は人によりて、日によらず」などと断じた第九一段などを読む限り、書き手が神秘的・超現実的なものに関して極めて冷淡であり、物事とは「人による」ものだととらえていたことは間違いないであろう。確かにこの猫またの話も、単なる飼い犬を化け猫に昇華せしめたのは、連歌法師の恐怖心であり、その恐怖心を生み出したのは、面白おかしくうわさをふくらませてしまう、人の性そのものであった。

これまで述べてきたように、書き手は猫またのことを信じていなかったと思しい。しかしながら全く皮肉なことに、『徒然草』中にこの話を書き残したことが、近世以降、猫またの普及・浸透に大きな役割を果たすことになるのである。

執筆されてから後の長い間、『徒然草』にはほとんど読まれた形跡がない。現在のところ、史料上確認できる最も古い読者は、室町時代中期の歌僧正徹であり、それ以降は、歌人や連歌師(これも皮肉なことだが)たちに、主に歌書として受容されていたと想定されている。ところが、近世期に入ると一転、爆発的な流行を見せ、あまたの注釈書まで刊行されるようになる。季吟・貞徳ら文人たちの研究・講義の対象となり、最も有名な古典の一つとして、幅広い階層の読者に浸透していく。作者兼好への関心も高まり、伊賀の地で没したとか、南朝の忠臣であったなどの伝説まで誕生するに至ったのである。(11)

そして、かかる『徒然草』の盛行に比例する形で、猫または最も有名な化け物の一つとして、広く知られるようになったものと想像される。近世期に多数刊行された化け物図鑑の類いには、ほぼ必ず猫またが登場している。文学作品中にも、例えば延宝五年(一六七七)刊の『御伽物語』巻之四第一「ねこまたといふ事」には、夜中狩りに出ていた男の前に母親に化けた猫が現れ、射殺された話が載る。貞享三年(一六八六)刊の、西鶴『好色一代女』巻六「夜発の付声」にも、「宵に猫またの姥に化けたる咄をせしが、この事をおもひ出して、おそろしがるなり」などとある。中でも、天明四年(一七八四)刊の伊勢貞丈『安斎随筆』巻之九・猫には、「数年の老猫、形大に成り、尾二岐になりて妖怪をなす。是れを猫マタとも云ふ。尾岐ある故なるべし」、「つれづれ草にねこまたの事あり。昔よりいふ事と見えたり」と見え、『徒然草』が猫またの典拠の一つとして認識されていたことが知られよう。

さて、ここで改めて第七三段の一節を思い出したい。「あるには過ぎて、人は物を言ひなすに、まして年月過ぎ、境も隔たりぬれば、言ひたきままに語りなして、筆にも書きとどめぬれば、やがて定まりぬ」、まさに「筆にも書きとどめ」てしまったがために、書き手自身が猫またのうわさの流布に、一役買ってしまったというわけだ。彼も、よもや自分の書いたものがベストセラー（そもそも、『徒然草』の時代には、かかる概念・現象自体もなかったわけだが）になるとは、夢想だにしていなかったということであろう。それにしても、当該段を素直に読めば、猫またなどという化け物はいないという結論になりそうなものだが……。(12)

（1）原文では「猫またよや〳〵」となっており、「〳〵」を「よや」の繰り返しとして「猫またよやよや」と解するものが多いが、ここでは酒井憲二「猫またよや〳〵考」（『季刊リポート笠間』昭和五五年一〇月号）の指摘に従い、「〳〵」を一文全体の繰り返しと見なし、「猫またよや、猫またよや」と改めた。
（2）「『徒然草』の誹諧的表現」（友久武文・湯之上早苗編『中世文学の形成と展開――継承と展開（6）』〈和泉書院、平成八年六月〉、後に『徒然草論』〈笠間書院、平成二〇年一一月〉に収載）
（3）「『徒然草』の地名の注釈をめぐって」（『国語と国文学』昭和五五年三月号、後に稲田前掲書に収載）
（4）『徒然草 全訳注』（講談社学術文庫、昭和五七年四月）
（5）乾克己・小池正胤・志村有弘・高橋貢・鳥越文蔵編集（角川書店、昭和六一年一〇月）
（6）例えば、三木紀人「説話・随筆、中世的世界と猫」（『国文学 解釈と教材の研究』昭和五七年九月号）。
（7）西尾光一・小林保治校注『古今著聞集』（新潮社、昭和六一年一二月）
（8）田中貴子『鈴の音が聞こえる 猫の古典文学誌』（淡交社、平成一三年二月）など。
（9）前掲新潮日本古典集成頭注。
（10）田中前掲書も、「年老いたものは化ける、という認識」の重要性をあげる。

(11)　近世期の『徒然草』受容、および兼好伝の隆盛については、川平敏文『徒然草の十七世紀――近世文芸思潮の形成』(岩波書店、平成二七年二月)。

(12)　香川雅信『江戸の妖怪革命』(河出書房新社、平成一七年八月)は、十八世紀後半に妖怪への人々の認識が、恐怖すべき不可解な存在から、快楽の対象として見られる「物」に変化したと論じる。

二　第一〇五段――北の屋陰に消え残りたる雪

一　残雪の舞台

『徒然草』に見える雪の描写の中でも、以下にあげた第一〇五段は、とりわけ印象深いものであろう。

北の屋陰に消え残りたる雪の、いたう凍りたるに、さし寄せたる車の轅も、霜いたくきらめきて、有明の月さやかなれども、くまなくはあらぬに、人離れなる御堂の廊になみなみにはあらずと見ゆる男、女と長押に尻掛けて、物語するさまこそ、何事にかあらん、尽きすまじけれ。かぶし、かたちなど、いとよしと見えて、えもいはぬ匂ひのさと薫りたるこそをかしけれ。けはひなど、はつれはつれ聞こえたるもゆかし。

日光の当たりづらい「北の屋陰」ゆえ、溶けず残った雪が冷たく凍っている、そこに月光が美しくきらめくが、かといって「くまなく」照らすほどではない(1)、そのような冬の夜明け前を舞台に密会する、おそらく貴族と思しき男女を覗き見たというものである。一読して明らかなように、全体に物語的な雰囲気が色濃く漂っており、諸注指摘する通り、『源氏物語』「帚木」において、源氏が空蟬と契りを交わした明け方の描写、

月は有明にて光をさまれるものから、かげさやかに見えて、なかなかをかしきあけぼののなり。何心なき空のけしきも、ただ見る人から、艶にもすごくも見ゆるなりけり。(104)

などの表現をふまえつつ、実体験を物語的に「虚構化」[2]したものと考えられる。「帚木」のこの場面のみが参考にされたということではなく、中世王朝物語まで含めた物語的表現の蓄積が、『徒然草』に影響を与えていたと見るべきだろう。例えば後節でも取り上げる、中世の物語の一つ『しのびね』には

月やうやうさしいでてをかしきほどに、「何人ならん、ゆかし」と思して、人の見ぬ方の簀子に尻かけてながめ居給ふに、大人しやかなる声にて、「いと艶なるにほひかな。いづくより吹きくる風にや」といへば……。

などと見え、第一〇五段と近似した景色が描出されている。[3]

とはいえ完全な創作でもないと思われるのは、これも諸注が必ず指摘する『兼好法師集』第三三番歌の詞書に、

冬の夜、荒れたる所の簀子にしりかけて、木だかき松の木の間より隈なくもりたる月を見て、暁まで物がたりし侍りける人に

と、至って類似する描写が見えるからである。ただし、両者の間には幾つかの相違点も見受けられる。例えば第二篇第五章でも指摘したように、『兼好法師集』においては兼好が逢瀬の当事者であったのに対して、第一〇五段では、その逢瀬を垣間見る第三者へと書き手の位置がずらされている。さらに相違を指摘するならば、第一〇五段には、詞書には見えない細かい設定が付与されている点も見逃せない。具体的には「北の屋陰に消え残りたる雪」「さし寄せたる車の轅」「かぶし、かたちなど、いとよしと見え」「けはひなど、はつれはつれ聞こえたる」等である。これらより一層物語的な雰囲気を作り上げるために、意図して加えられた表現であることは間違いあるまい。とりわけ本稿では、「北の屋陰に消え残りたる雪」という一節の存在に注意したい。『兼好法師集』でも「冬の夜」のことと明示されているが、雪に関する描写までは書き込まれていない。第一〇五段の虚構化に際し、書き手が右の表現を書き加えたのはなぜであろうか。

その際に想起されるのが、『源氏物語』「朝顔」の以下の一節である。

雪のいたう降り積もりたる上に、今も散りつつ、松と竹とのけぢめをかしう見ゆる夕暮に、人の御容貌も光りまさりて見ゆ。「時々につけても、人の心をうつすめる花紅葉の盛りよりも、冬の夜の澄める月に雪の光りあひたる空こそ、あやしう色なきものの身にしみて、この世の外のことまで思ひ流され、おもしろさもあはれさも残らぬをりなれ。すさまじき例に言ひおきけむ人の心浅さよ」とて、御簾捲き上げさせたまふ。月は隈なくさし出でて、ひとつ色に見え渡されたるに、しをれたる前栽のかげ心苦しう、遣水もいといたうむせびて、池の氷もえもいはずすごきに、童べおろして雪まろばしせさせたまふ。をかしげなる姿、頭つきども月に映えて……。

（490）

藤壺亡き後、朝顔の君と源氏との関係に悩む紫の上に対して、雪の夜、源氏はこれまでに関わった四人の女性たちの人柄を批評していく。紫の上と源氏の心の微妙なすれ違いが印象的な場面であるが、ここに見える「冬の夜の澄める月に雪の光りあひたる」「月は隈なくさし出でて」「をかしげなる姿、頭つきども」といった表現は、第一〇五段に影響を与えた可能性があるのではないか。とりわけ月明かりに冷たく輝く雪は、心の奥底にある源氏の本音を照らし出すものとして、右の場面に欠くべからざるものといえる。

第一〇五段においても、車の轅に降りた霜とともに、有明の月に照らされた残雪の存在は、この場面を一層幻想的なものにしていよう。冬の夜、わざわざ「人離れなる御堂」にまで足を運び、尽きることなく語り合う男女からは、何かしら秘めたるものが感じられる（かかる設定も『兼好法師集』には見えない）。雪と月光は、影のある男女を妖しく照らしているのである。

二　雪と「つれづれ」

いったい、『源氏物語』に見える雪は、鈴木日出男氏(4)が指摘している通り、「数々のきびしい別れの場を形象」し、「雪を境に二つの世界が区別」されるような、雪によって「閉ざされた世界がかえって人間の思念や想像を広げさせ深めさせる」類いのものであった。前掲「朝顔」においても、雪は「この世の外のこと」を想像させ、事実、この直後亡き藤壺が源氏の夢枕に立つ。月明かりに照らし出された雪の空間は、確かに非日常的な趣があり、そこに異界の人との回路が現れるのかもしれない。

『徒然草』においても、雪は故人を想起させている。第三一段を読みたい。

雪の面白う降りたりし朝、人のがり言ふべきことありて、文をやるとて、雪のこと何とも言はざりし返り事に、「「この雪、いかが見る」と、一筆のせ給はぬほどのひがひがしからむ人の仰せらるること、聞き入るべきかは。返す返すくちをしきみ心なり」と言ひたりしこそ、をかしかりしか。

今はなき人なれば、かばかりのことも忘れがたし。

雪が趣深く降った朝、そのことに言及せず手紙を出したことについて、それを非難した故人との思い出を語った段である。雪に限らず印象的な自然現象は、それにまつわる親しい人との記憶を惹起させるものであろう。中でも、降り積もった雪は周囲の色を変え、音を消し、いつもとは異なる空間へと我々を誘う。

ちなみに、この段の前後には

風も吹きあへずうつろふ人の心の花になれにし年月を思へば、あはれと聞きし言の葉ごとに忘れぬ物から、わ

が世の外になりゆく習ひこそ、なき人の別れよりもまさりて悲しき物なれ。（第二六段）

諒闇の年ばかりあはれなることはあらじ。（第二八段）

人のなき跡ばかり悲しきはなし。（第三〇段）

その人、ほどなく失せにけりとぞ聞き侍りし。（第三二段）

如上、人の死にまつわる章段が続いており、しばしば「詠嘆的無常観(5)」と評される感傷的な文言が散見する。第三一段もその一つと見るべきだろう。

書き手が故人を思い出したのは、一つには

人静まりて後、長き夜のすさみに、何となき具足取りしたため、残しおかじと思ふ反古など破り棄つる中に、なき人の手習、絵描きすさみたる、見出でたるこそ、ただそのをりの心ちすれ。この頃ある人の文だに、久しくなりて、いかなるをり、いつの年なりけむと思ふは、あはれなるぞかし。手馴れし具足などの、心もなくて変らず久しき、いと悲し。（第二九段）

などと、直前の段に見えるように、亡き人の「反古」、この場合は「消息反古」をたまたま手に取ったからであろうか。もしそうだとすれば、書き手はなぜ亡き人の「反古」を読もうとしたのか。第二九段に見えるように「長き夜のすさみ」ということもあろうが、雪に閉ざされたがゆえの無聊ということもあるかもしれない。例えば『古今和歌集』の三二二番歌、

わがやどは雪ふりしきてみちもなしふみわけてとふ人しなければ

に端的に表れている通り、降り積もる雪は他者とのつながりを物理的に断ち切ってしまうものである。(6)

ことは中世王朝物語でも同様であり、『我が身にたどる姫君』冒頭では

春夏秋冬のゆきかはるにつけて、慰む方とは、つれづれとうちながめつつ、空ゆく月を慕ふとしもあらねど、西の山の端、都の方には通はずしもあらぬ心の道さへ閉ぢつる心地して、日ごろ降りやまぬ雪のあやにくさには、まして来し方ゆく先かきくらし、ものがなしき夕べの空、踏み分けたる跡なき庭を、端近うながめおはするさま・かたち、げにかうさびしき深山の雪に閉ぢられ給ふべくも見えず……。

と、雪の積もる「深山」に暮らす姫君の憂鬱な「つれづれ」が語られ、さらに

……ただおほどかにもてなして絵物語などに慰み給へど、それにつけては例なき身のあはれに思さる。

その無聊を「絵物語」で慰めざるを得ない、彼女の孤独が描かれている。

また『枕草子』「雪のいと高うはあらで」には、以下のような話が見える。

また、雪のいと高う降り積りたる夕暮より、端近う、同じ心なる人二、三人ばかり、火桶を中にすゑて、物語などするほどに、暗うなりぬれど、こなたには火もともさぬに、おほかた雪の光、いと白う見えたるに、火箸して灰などかきすさみて、あはれなるもをかしきも、言ひ合はせたるこそをかしけれ。

高く積もった雪のために、かえって「同じ心」の友との会話が弾んだと記すこの小話を、前掲の第二九段・第三一段等に重ねて読み比べれば、『徒然草』の孤独のほどが知られるであろう。眼前の友の代わりといわんばかりに、書き

手は故人の消息反古を手に取っては、遠く「この世の外」へ思いを馳せたのではあるまいか。

三　虚構の中の女性

見てきたように『源氏物語』にしても故人の手紙にしても、『徒然草』の書き手にとって雪とは、書かれたものの中に意味を見出し得る、非常に観念的なものであったと思しい。しかし、穢れを知らないかに見える幻想的な雪も、やがては解けて泥土にまみれてしまうが如くに、雪を舞台として物語的に書き記した段のすぐ後に続けて、それとは極めて対照的な現実を、書き手の筆は執拗に描き続けることとなる。

第一〇五段に続く第一〇六段は、「高野の証空上人」が道すがら女とすれ違った際に落馬したことに激昂して、露骨に差別的な放言を弄してしまうという話である。前段との落差に戸惑うばかりだが、「比丘よりは比丘尼は劣り」などと仏教用語を用いた罵詈雑言と、それに対して馬を引く男が「いかに仰せらるるやらむ。えこそ聞き知らね」と、そもそも聖が何を言っているのか理解できず対話が成立し得ない有り様は、雅な男女の尽きせぬ物語を描いた前段と明瞭な対照をなしており、配列に対する書き手の強い意図を思わせよう。

加えてこれに続く第一〇七段は、男女の対話の理想と現実という視点からとらえた場合、さらに踏み込んだ内容となっている。

「女の物言ひ掛けたる返り事に、とりあへずよきほどにする男は、ありがたき物ぞ」とて、亀山の院の御時、しれたる女房ども、若き男達のまゐらるるごとに、「ほととぎすや聞き給へる」と問ひて心みられけるに、何大納言とかやは、「数ならぬ身は、え聞き候はず」と答へられけり。堀河の内大臣殿は、「岩倉にて聞きて候ひしやらむ」と仰せられたりけるを、「これは難なし。数ならぬ身、をかし」など定めあはれけり。すべて、男は女に笑はれぬやうに生し立つべしとぞ。「浄土寺の関白殿は、幼くて安喜門院のよく教へまゐらせ給ひけるゆゑに、御言葉などのよきぞ」と人の仰せられけるとかや。山階の左大臣殿は、「あやしの下女の見たてまつるも、いと恥づかしく、心づかひせらるる」とこそ仰せられけれ。女なき世なりせば、衣文も冠も、いかにもあれ、引き繕ふ人も侍らじ。

洋の東西、時代の今昔を問わず、女性たちからの問いかけへの返答によって、男はその程度をはかられてしまうものなのであろう。この段では、「ほととぎすや聞き給へる」という女房らの問いに対する、二人の公卿の返答が俎上に載せられ、続いて女の目があるからこそ男は「心づかひ」するものだという、山階左大臣の発言が引用されている。このように、女房が返事の仕方によって男を試そうとする企ては、古来「上流社会で無数にくりかえされた[7]」と思しく、これまた諸注の指摘する通り『無名抄』「女の歌よみかけたる故実」には、

勝命談云、「しかるべき所などにて、無心なる女房などの歌よみかけたる、無㆑術事多かり。それには故実のあるなり。まづ、え聞かぬ由に空おぼめきして、たびたび問ふ。されば、後には恥ぢしらひて、さだかにもいはず。これをあつかふ程に、返し思ひ得たればいひつ、よみ得べくもあらねば、やがておぼめきてやみぬる、ひとつの事なり。

などと、巧みな対処法まで論じられている。対処に頭を悩ませる男性側に対し、女房の側でも

御簾の際近く居寄りて、「誰が冠の額付き、靴の音」など申し笑ふ人の候はんに、ゆめゆめ言葉まぜさせ給ひ候はまじく候ふ。　（『阿仏の文』）

と、男へ問いかける話とは若干相違するが、品定めすること自体をたしなめる発想の存在が知られる。

第一〇五段に見えたような物語的な男女の有り様を理想とするならば、確かに「しれたる女房」の問いかけなどは、対極の存在ということになろう。観念的な女性像を描出すればするほど、現実の女性に対するいらだちが湧き上がってくる体、といえようか。第一〇七段はこの後に続けて、女性一般を徹底的に糾弾していく。

かく人に恥ぢらるる女、いかばかりいみじき物ぞと思ふに、女の性は皆ひがめり。人我の相深く、貪欲甚だしく、物のことわりを知らず……。

この後にも長く続く激烈な女性批判を、逐一引用する必要はあるまい。重要なことは、ここで批判の対象となっているのが、あくまで現実の女性の振舞いだという点である。(8) 書き手は物語の女君の如き女性像に固執しているのであり、現実の女性への肯定的な言及は、当該章段の最末尾に

ただ迷ひをあるじとして、かれに従ふ時、やさしくもおもしろくも覚ゆべきことなり。

とあるように、官能的な魅力を謳うばかりである。(9)

同種のことは、擱筆近くの第二四〇段において

しのぶの浦の海人のみるめもところせく、くらぶの山も守る人滋からむに、わりなく通はん心の色こそ、浅からずあはれと思ふふしぶしの忘れがたきことも多からめ、親はらから許してひたふるに迎へ据ゑたらむ、いとまばゆかりぬべし。

と、女を家に「迎へ据ゑ」る結婚(現実的な男女関係)を否定し、男が「わりなく通」うような関係(物語的な有り様)をよしとしている点にも見出し得る。ちなみに、この段に説かれた男女の関係についての理想像は、中世期の王朝物語が繰り返し描出してきたそれと、大きく重なっている。中でも、男の恋の障害になるのがしばしば「親」の「許し」

が得られない点であったことなどは、[10]

殿へおはしたるに、「などかくはるかなる道のほど、かろがろしく通ひ歩き給ふらん」とむつかり給へば、さればよと、いまよりさへ心苦しく思して、かしこまりて立ち給ふ。　（『しのびね』）

院には、かく夜ごとに歩かせ給ふを、いたはしく、例ならぬ御事とおぼしめすに、都の外と聞き給ふに、驚きおぼえ給ふ。　（『小夜衣』）

と見える通り、中世の物語における典型[11]に他ならない。『徒然草』の書き手にとって、物語とは単なる虚構ではなく、範とすべき世界が表象されたものであった。本稿の冒頭であげた第一〇五段の如き実体験の虚構化＝物語化も、物語に理想を見る感性抜きには生まれ得なかったろう。

四　雪という非日常

そして、如上、現実を虚構化し物語的な理想の世界へと変容させる重要な道具立ての一つが、降り積もる「雪」だったのではないか。[12]このことをふまえ、これも雪について触れた、『徒然草』を代表するかの章段を取り上げよう。第一三七段の、以下の一節に就きたい。

よき人はひとへに好けるさまにも見えず、興ずるさまもなほざりなり。かたゐ中の人こそ、色濃くよろづはもて興ずれ。花のもとにはねぢ寄り、立ち寄り、あからめもせずまぼりて、酒飲み、連歌して、はては大きなる枝、心なく折り取りぬ。泉にては手足さしひたし、雪には降り立ちて跡付けなど、よろづの物、よそながら見ることなし。

繰り返すが『徒然草』の書き手にとって、前節で触れた「女」と同様に、「雪」もまたあくまで観念的・物語的に理解されるべきものであった。にもかかわらず「かたゐ中の人」は、実際に「雪には降り立ちて跡付け」てしまう。それは彼にとって、耐え難いものだったに違いない。

ならば、どのように鑑賞するのが理想なのか。「花はさかりに、月はくまなきをのみ、見るものかは」という同段冒頭が象徴的に示すように、実際にただ目で見るのではなく、眼前の情景の背後や時間的前後を心で想像することによってもたらされる美を賞玩する、ということになろう。現実ではなく観念的なものの中にこそ価値を見出そうとする姿勢が、これまで見てきた『徒然草』の傾向と軌を一にするものであること、もはや説明を要すまい。第一三七段においても、例えば

すべて、月花をば、さのみ目にて見る物かは。

都の人のゆゆしげなるは、眠りていとも見ず。

と、見ないことが賛美されている。また「かたゐ中の人」についても

ただ、物をのみ見むとするなるべし。

と、その即物的な鑑賞姿勢が非難されることとなる。物語的な想像力によって立つなら、まさしく「存在よりも非在の方が美しい」(13)のである。

この他、第一三七段(14)は、祭も華やかな行列そのものを見ずとも、

何となく葵掛けわたして、なまめかしきに、明け放れぬほど、忍びて寄する車どものゆかしきを、「それか、かれか」など思ひ寄すれば、牛飼、下部などの見知れるもあり。をかしくも、きらきらしくも、さまざまに行き交ふ、見るもつれづれならず。

行列を見に集まってくる牛車の持ち主をあれこれ想像するだけで、退屈を感じないとまでいう。ここに「つれづれ」というこの作品を象徴する鍵語が登場するのは、偶然ではないだろう。『徒然草』は「つれづれなるままに、日ぐらし硯に向かひて、心にうつりゆくよしなしごと」を書くと宣言して始められた営みであった。そこには最初から、実見よりも机上の想像力を恃むことが明言されていたのである。周囲を覆うことによって外の世界とのつながりを遮断し、また世界を白く包むことで日常を非日常に変容させる雪の存在は、『徒然草』にとって最も相性のよい気象現象だったといえまいか。

(1) 後述する第一三七段との、発想の近似性も気になるところである。
(2) 稲田利徳「「徒然草」の虚構性」(『国語と国文学』昭和五一年六月号、後に『徒然草論』〈笠間書院、平成二〇年一一月〉に収載)
(3) したがって、『徒然草』と『しのびね』との間に直接の影響関係を認めたいという話ではない。
(4) 『源氏物語歳時記』(ちくま学芸文庫、平成七年一一月)
(5) 本書第一篇を参照のこと。
(6) それゆえにこそ「山ざとは雪ふりつみて道もなしけふこむ人をあはれとは見む」(『拾遺和歌集』冬・二五一・平兼盛)と、雪にもかかわらず来訪してくれる人への共感も詠われることとなる。
(7) 三木紀人『徒然草 全訳注』(講談社学術文庫、昭和五七年四月)

（8）三田村雅子「後の葵——徒然草の「女」——」（『国文学 解釈と教材の研究』平成元年三月号）も、『徒然草』の中には生身の女性は登場せず、兼好の女性観は尚古姿勢の中にのみあると説く。

（9）『徒然草』は繰り返し、色欲を肯定していた。例えば「世の人の心迷はすこと、色欲にはしかず」（第八段）、「四十に余りぬる人の、色めきたる方おのづから忍びてあらむは、いかがせん」（第一一三段）など。

（10）「よろづにいみじくとも、色好みならざらむ男は、いとさうざうしく、玉の盃の底なき心ちぞすべき」と述べる第三段にも、「親の諫め、世の譏りを包むに心の暇なく」とあった。

（11）それらもまた、主に『源氏物語』の影響を受けたものであったろう。例えば、母中宮によって宇治通いを諫められる匂宮の姿を描出した、

宮は、その夜、内裏に参りたまひて、えまかでたまふまじげなるを、人知れず御心もそらにて思し嘆きたるに、中宮、「なほかく独りおはしまして、世の中にすいたまへる御名のやうやう聞こゆる、なほいとあしきことなり。何ごともものの好ましく立てたる心なつかひたまひそ。上もうしろめたげに思しのたまふ」と、里住みがちにおはしますを諫めきこえたまへば、いと苦しと思して……。（「総角」276）

かかる一節など。

（12）この他「有明の月」「人離れなる御堂」なども、機能を同じくするものであろう。これらはいずれも、中世の王朝物語において、舞台設定として頻繁に用いられた。

（13）三木紀人「歳月と兼好」（秋山虔編『中世文学の研究』東京大学出版会、昭和四七年七月）

（14）なお、この段の解釈については渡部泰明「因果の転倒」（安藤宏・高田祐彦・渡部泰明『読解講義 日本文学の表現機構』岩波書店、平成二六年三月）を参照。

三　第二三六段——丹波に出雲といふ所

一　話が嚙み合わない

『徒然草』は中学高校の古典教材として、最も好んで取り上げられる作品といって過言ではないだろう。中でも、本稿が扱う第二三六段は、現在高等学校の古典の教科書においてかの序段「つれづれなるままに」の次に採録数が多い[1]、学校現場にとっておなじみの章段である。そこで本稿では、この章段についていかなる読み方ができるのか、改めてその可能性を掘り起こしてみたい。

まず、同段の全文をあげておこう。

丹波に出雲といふ所あり。大社を移して、めでたく造れり。しだのなにがしとかや領る所なれば、秋の頃、聖海上人、その外も人あまた誘ひて、「いざたまへ、出雲拝みたまへ。搔餅召させん」とて具しもていきたるに、おのおの拝みて、ゆゆしく信起こしたり。

御前なる師子、狛犬、背きて後さまに立ちたりければ、上人いみじく感じて、「あなめでたや、この師子の立ちやう、いとめづらしく、ふるきゆゑあらん」と涙ぐみて、「いかに殿ばら、殊勝のことは御覧じ咎めずや。むげなり」と言へば、おのおの怪しみて、「誠に他に異なりけり。都のつとに語らん」など言ふに、上人なほゆかしがりて、おとなしく物知りぬべき顔したる神官を呼びて、「この社の師子の立てられやう、定めてならひあることに侍らん。ちとうけたまはらばや」と言はれければ、「そのことに候ふ。さがなき童どものつかまつりける、奇怪に候ふことなり」とて、さし寄りて据ゑ直してければ、上人の感涙いたづらに成りにけり。

参詣した神社の狛犬が互いに背を向け合って立っていたことにいたく感動した上人は、なにか古くからのいわれがあるに違いないと思い、事情に通じていそうな神官に尋ねたところ、実は子どものいたずらであったと告げられる。この話を聖海上人の滑稽な失敗譚であると理解することは、おおよそ問題ないであろう。

しかしながら、中身を丁寧に読んでいくと、すんなりとは納得できない一文に遭遇する。それはこの段の末尾近く、まさに話のクライマックスにあたる、上人と神官との対話場面である。互いに背中を向け合うという狛犬の不思議な立ち方に、上人は「定めてならひあることに侍らん」、すなわち「きっといわれのあることなのでございましょう」と声をかける。それに対し神官は「そのことに候ふ」、すなわち「そのことでございます」と答える。この「そのことに候ふ」は、「質問に対して答えるときの慣用語。よくも質してくださいましたという気持[2]」を表す表現であり、これも高等学校の教科書に採録されることの多い『徒然草』の第一〇九段「高名の木登り」において、木の高く危険そうに見える場所にいるときには特段声をかけなかったにもかかわらず、木を降りる際、飛び降りようと思えば降りられるくらいの高さになってはじめて「気をつけて降りろ」と声をかけたことについて尋ねられ、「そこが大事なのです」と答えた木登り名人の台詞の中にも用いられていた。

ここで本稿が問題にしたいのは、この慣用句には相手の質問を否定的にとらえる語感が認められない、という点なのである。上人は、狛犬の立ち方に何かいわれがあるのでしょうと声をかけた。しかし実際はいわれなど全くない、子どものいたずらに過ぎなかった。にもかかわらず、神官はなぜ上人に同意を示すかのような返事をしたのであろうか。「きっといわれがあることなのでございましょう」と聞かれたら、「いいえ、実はそうではないのですよ」と返すべきではなかったか。上人の質問への返事(そのことに候ふ)と、その後の対応(さがなき童どものつかまつりける、奇怪に候ふことなり」とて、さし寄りて据ゑ直してければ)の間には、明らかに矛盾があると見なければならない。無論、上人が狛犬の立ち方を話題にしたことそれ自体に、神官が同意を示したと見なすことは可能だろう。だがその場合、神官は「ならひ」という語を意図的に聞き流したことになってしまうはずだ。

この矛盾を解消する可能性を探ってみよう。例えば「神官は実は意地悪な性格だった(いったん、上人に同意しておいて後で突き放す。持ち上げておいて落としている)」、あるいは「神官は実は気弱な性格だった(ひとまず、相手の言葉に納得したふりをしている)」などといった、神官の性格に矛盾の解決を求めるのはどうか。だが、これらはやはり根拠という点において弱いといわざるを得まい。もし神官が本当に意地悪な、あるいは気弱な性格なのだとすれば、この点について、それまでの本文中で少しは言及があってしかるべきであろう。この神官について、書き手の説明は、「おとなしく物知りぬべき」、現代語に訳せば「年配で、よくものを知っていそうな」というものであった。ここに前述のような性格を読み取ることは難しいだろう。

それでは、他にどのような可能性があるだろうか。そこで注目したいのが、上人の台詞中に見えた「ならひ」という言葉である。この古語には、「一、長い期間、慣れ親しんでいること。習慣。習癖。二、広く世間で行われていること。風習。世の中の決りきったこと。三、ほかの人や物に学ぶこと。学習。練習。四、その事物にまつわる言い伝え。来歴」などの意味がある。(3) 第二三六段において、上人が四の意味で用いたことはいうまでもない。実際この少し前の場面でも、上人は「ふるきゆゑあらん」(4)とつぶやいていた。この「ゆゑ」も、「言い伝え。来歴」を意味する。

これに対し、神官はどうだろう。そう、神官は上人のいう「ならひ」を、一の「習慣」の意味で理解していたのである。(5) 神官の立場からすれば、上人の言葉「定めてならひあることに侍らん」は、「きっと習慣となっていることなのでございましょう」の意味で聞こえていたのだろう。それゆえ、神官は「そのことに候ふ」とうなずいたのだ。(6) 如上、第二三六段は、まず「ならひ」という言葉の多義性によって上人と神官の間に誤解が生じ、コミュニケーションにねじれが生まれた、その面白みを活写した話として理解できるのである。

二　空気が読めない

それにしても、なぜ前述の如き誤解は起きてしまったのか。確かに、「ならひ」という言葉には複数の意味が存在していた。だが、複数の意味を持つ言葉に対して、大抵の人は適宜その中でどの意味なのかを文脈に応じて理解し、適切な選択を行っているものだろう。「勤続三十年のベテラン」という一文を、「金属三十年のベテラン」と理解する者はまずいないはずだ。

ではこの話において、「勤続」を「金属」と理解してしまったのは、上人と神官、どちらなのだろうか。ここで、この狛犬の立ち方について、上人以外の登場人物たちの反応がそろって薄いことに注意したい。いたずらな子どもたちの被害にあっていた神官が、狛犬の立ち方に感動していないのは当然だが、それでは上人の旅の同行者はどうか。実は、彼らもまた、狛犬の立ち方にさほど論ずべき価値を認めていないのである。

別に彼らが、特別信仰心の薄い人たちであったわけではない。わざわざ都を旅立ってまで参詣に行くほどである。本文中にも、「おのおの拝みて、ゆゆしく信起こしたり」とあり、彼らがこの神社自体には至って感激していたことが読み取れる。だが、狛犬に対してはどうだろうか。ここで、上人の「いかに殿ばら、殊勝のことは御覧じ咎めずや。

むげなり」という言が端的に示しているように、彼らは当初、いずれも狛犬の存在を気にも留めていない。上人から強い言葉で促されてはじめて、ようやく関心を持った程度である。彼らにとって狛犬の件は、すぐ後に続く台詞「都のつとに語らん」に見える通り、土産話になるかならないかくらいのものだったのである。(7)そしておそらく、これがこの狛犬に接したときの、(8)一般的な反応だったのではなかったか。神官としても、まさか狛犬の立ち方にこれほど感動している人がいるとは、思いもしなかったのだろう。

　それに対して、上人はただひとり狛犬の不思議に夢中になり、何か特別な理由があると思い込んでしまった。もちろん憧れの神社参詣という場において、些細なことにも深いいわれがあると思いたいというのは、人の気持ちとしてあるだろう。しかし、上人のそれはやや度を越していたというよりあるまい。前掲の本文五行目には「涙ぐみて」と見えた。仮にこの狛犬の立ち方が本当に珍しく由緒のあるものであったとしても、はたして涙を流すほどのことだったのか、疑問視せざるを得ないだろう。

　このように読んできたとき、先ほどの同行者たちの薄い反応が示された直後に見える、「上人なほゆかしがりて」という一節の存在は看過できない。この「なほ」は、「一、状態が元のままで、変りのないさま。また、他と変りのないさま。まだ。二、いろいろ考えても、同じ結果が導かれるさま。既に抱いている考えを確認する気持を表す。何といっても。やはり」などと訳される。既に事態が変化しているにもかかわらず、以前と同じ状態を求めるニュアンスを表現する言葉といってよかろう。また、二の「何といっても」と訳す場合は、「一般には否定されているものを改めて肯定する気持ち(9)」を表すともされる。この「なほ」を意識して、本話の流れをもう一度つかんでみたい。

　興奮した上人にけしかけられ、同行者たちは一応狛犬に目を向けた。そして「珍しいね」「都への土産話にしよう」といった程度の反応を示したが、これはその程度の反応であった、と見ねばなるまい。「土産話」という言葉が図らずも暗示するように、それ以上その場においては、狛犬のことが話題になることはなかったのではないか。いうなれば、狛犬の話は既に「終わっていた」のであり、にもかかわらず、ただひとりかかる場の空気が読めなかった上人は、「それでもなお」狛犬の話を続けようとした。あるいは、同行者たちのかんばしくない反応に対して、「それでもなお」狛犬の立ち方に意味を見出そうとあらがったのである。そのような上人が、誤解による失態を演じるのは必然だったろう。

以上の読み方を前提とした場合、この段の最末尾に見える話末評とも呼ぶべき一文「上人の感涙いたづらになりにけり」も、さらに印象深いものとして受け止められるのではないか。繰り返すが、この狛犬を見て感動の涙を流していたのは、上人ただひとりであった。「上人の感涙」は、その浮世離れした純粋さが周囲から浮き上がっていたことを、何よりも象徴的に示すものであったに違いない(10)。その涙が「無駄になってしまった」とだけ語る書き手の言葉は、話の締めとしてはこれ以上ないくらいシンプルであり、それゆえに残酷なのである。

三　怒る相手が違う

この「感涙」という語は、『徒然草』中にもう一例見つけることができる。第一四四段をあげよう。

栂尾の上人、道を過ぎ給ひけるに、河にて馬洗ふ男、「あしあし」と言ひければ、上人立ちとまりて、「あな尊や、宿執開発の人かな。阿字阿字と唱ふるぞや。いかなる人の御馬ぞ。余りに尊く覚ゆるは」と尋ね給ひければ、「府生殿の御馬に候ふ」と答へけり。「こはめでたきことかな。阿字本不生にこそあなれ。うれしき結縁をもしつるかな」とて、感涙を拭はれけるとぞ。

栂尾の明恵上人が、馬を洗う男の「あしあし」という呼び声を「阿字阿字」に、馬の持ち主を尋ねられた男の返答「府生殿」を「阿字本不生」にそれぞれ誤解したという話。取り立てて意味もない言葉をも法文として理解してしまった明恵上人のこの逸話は、全く宗教的な意味合いのないものに深い意味を見出してしまう話として、第二三六段に通じるものがあろう。ここでも感涙は、明恵上人の浮世離れした感性を伝えるものとして機能している。

加えて、既に諸注釈書や先行研究が指摘しているように、この第一四四段は第一〇六段と非常によく似ている。念のため、こちらも引用しておこう。

高野の証空上人、京へ上りけるに、細道にて、馬に乗りたる女の行き逢ひたりけるが、口引きける男悪しく引きて、聖の馬を堀へ落としてけり。

聖、いと腹悪しく咎めて、「こは稀有の狼藉かな。四部の弟子はよな、比丘よりは比丘尼は劣り、比丘尼より優婆塞は劣り、優婆塞よりも優婆夷は劣れり。かくのごとくの優婆夷などの身にて、比丘を堀に蹴入れさする、未曾有の悪行なり」と言ひければ、口引きの男、「いかに仰せらるるやらむ。えこそ聞き知らね」と言ふに、上人、なほいきまきて、「何と言ふぞ、非修非学の男」と、荒らかに言ひて、極まりなき放言しつと思へるけしきにて、馬を引き返して逃げられにけり。

尊かりける諍ひなるべし。

「高野の証空上人」が、細い道で自分の馬を堀に落とされたことに立腹して、「四部の弟子はよな、比丘よりは比丘尼は劣り、比丘尼より優婆塞は劣り、優婆塞よりも優婆夷は劣れり……」などと激昂し、さらに困惑する男に向かって「放言」を発したかと思えば、そのことを急に恥じて逃走したというものである。馬を扱う下賤の男に、過剰に宗教的な感性でもって応じてしまった点で、第一四四段と共通しよう。その過剰さは、第一四四段(および第二三六段)では感涙で表現されていたのに対して、第一〇六段では激怒でもって表されているといってよい。

では、第一〇六・一四四段の上人らを、書き手はいかに見ていたのだろうか。第一〇六段は「尊かりける諍ひなるべし」と結ばれており、上人の純真さを好んでいるようにも見える。ただし、ここで「尊い」とされているのが、上人その人ではなく「諍ひ」であった点は看過できない。そもそも「口引きける男悪しく引きて」と明言されているように、上人を堀に落としたのはあくまで馬引きの男である。にもかかわらず、彼は馬に乗っていた女を責め、(11)前述の「比丘よりは比丘尼は……」の暴言を吐いてしまう。既にこの段階で、上人の言葉は発せられるべき相手がずれてしまっているのだ。もちろん、ずれているのは、発言の対象だけではない。馬を落とされた際の非難の言葉として、「比丘よりは比丘尼は……」は余りに無意味であろう。この言葉を受け取った「馬に乗りたる女」としても、(12)反応のしようがあるまい。

いったい、なぜ上人は馬引きの男ではなく女を叱責したのか。無意識下のレベルで、女性差別的な価値観を有していた上人が、興奮のあまり本音を口にしたと解釈することも可能かもしれない。もっと単純に、頭に血が上って女しか目に入らず、馬引きの存在を失念してしまったのかもしれない。いずれにしてもこの一件、本質的には、馬引きの技術不足以外の何物でもないはずだ。しかし、そのことを冷静に理解する余裕を上人は持ち合わせず、とっさに発せられた言葉は、自家薬籠中の物としていたであろう法文のみであった。それらは相手に届くこともなく、対話は空回りし続ける。対話する両者の温度差が全く異なるという点において、第二三六段とも確かに近似していよう。

一方馬引きの男にとって、上人の言葉は当然、まず自分に向けられたものと思ったのではないか。自分に向かって発せられた(と思われる)言葉の意味が理解できず、「いかに仰せらるるやらむ。(13)えこそ聞き知らね」と応じるが、如上、馬引きの男が反応したこと自体上人にとっては予想外だったろう。本文に「なほいきまきて」と見える通り、さらに腹を立てて今度はその男を「非修非学の男」と罵るが、今度の怒りの言葉は、仏道への無関心をなじるもの、もっといえば自分の説教を受け止めてもらえなかったことを非難するものであった。女性が男性より優先されたことを立腹する発言から、さらに仏教への無関心を叱責する発言へと、馬を落とされたという本来の怒りの中身が、益々変質していることが知られよう。興奮した上人が言葉を発し続ければ続けるほど事態の本質から遠ざかり、相手により一層届かなくなっていく。「尊かりける諍ひなるべし」なる話末の一文は、したがって「皮肉る評語」「風刺」(14)と読むのが適当であると思われる。(15)

四　得意げになる

再び第二三六段に戻ろう。既述の如くこの話は、連れ立って神社参詣に行った仏僧が、ひとり宗教的な関心から事態を見誤り、失態を演じるという滑稽譚であった。以上のように話の枠組みを理解したとき、もう一つ、これとよく似た段があることを指摘し得る。第五二段である。余りに著名な話(16)であるから、もはや引用は差し控えたい。とある仁和寺の法師が老年になるまで石清水八幡宮を拝んだことがなかったため、あるとき思い立ち、ひとり徒歩で石清水に向かう。末寺などを参詣して宿願を果たしたと喜んだ法師は、人々が山に登っていることを不思議に思ったものの、物見遊山で来たのではないからと引き返してしまう。実は、山の上にこそ本社があったのだという話である。

旅先での僧侶の失敗譚・滑稽譚という共通点だけにとどまらず、その失敗が篤い信仰心から生じる誤解に起因しているあたり、第二三六段とよく似通っていよう。第二三六段が宗教的な熱狂によって、単なるいたずらに過ぎないものに重要な価値を認めてしまう失敗であったのに対して、第五二段は敬虔さゆえに、かえって価値あるものを見落としてしまう話であった点において、両者は実に対照的であり、第五二段はいわば第二三六段のネガのような存在とも見なし得る。

それにしても第五二段の「仁和寺の法師」は、前節で見た明恵たちの如く、ただひたすらに純真な世間知らずだったのであろうか。いったい、この法師が「ただひとり徒歩より」石清水に参詣したのは、既に指摘のある通り、「道心のあかしとすべく、あえて負担の多い方法を採った(17)」からだと思われる。この段階で既に、信仰心の過剰な発露が見え隠れするが、さらに前述の石清水での顚末を、後に「かたへの人」に語る場面はどうだろう。とりわけ「ゆかしかりしかど、神へまゐるこそ本意なれと思ひて、山までは見ず」という発言には、自らの信仰心が人並み以上であることを他者に誇ろうとする、自己顕示欲(18)が現れてはいまいか。自分の敬虔さ・まじめさを、おそらく得意げに語っているであろうこの法師は、やはり好意的に描写されているとは認め難いのである。

そもそも、本当に「ゆかしか(19)」ったのであれば、山へ登らずとも誰かに聞いてみればよかったはずである。それすら純粋な信仰にとっては不要なものというのであれば、やはりその信仰心は常識の範囲を越えているといわねばなるまい。むしろ、本当は物見遊山の人々と決めつけることで、翻って自らの信仰心(のすばらしさ)を、再確認していたのではないか(20)。

そして、このことは、第二三六段の聖海上人にも当てはまるだろう。自分だけが狛犬の不思議に気がつき、それを同行者たちに説かんとするときの、上人の得意げな口吻を思い起こしたい。仁和寺の法師同様、聖海上人もまた自分のみが特別敬虔であり、それゆえに見つけ得たのだと、自らを誇る気持ちを持ち合わせてはいなかったか。神社仏閣への参詣という機会である。上人には、いわば自身の得意分野において、他の同行者たちをリードしていこうという意気込み(あるいは、山っ気と呼ぶべきか)があった可能性を指摘しておきたいのである。

以上本稿では、第二三六段に対する、新たな読みの可能性を提示した。「法師は人に疎くてありなむ」(第七六段)と語る『徒然草』である。本当に純真な上人[21]であったなら、かくも露骨に笑い話にすることはなかったであろう。仁和寺の法師や聖海上人は、馬引きの男と偶然に対話することとなった第一〇六段の証空上人らとは異なり、自ら周囲に声をかけて己の敬虔さを確認・誇示しようとした。それは、書き手の理想とする出家者像からは、遠く離れたものであったに違いない。

(1) 須藤敬氏のご教示による。
(2) 三木紀人『徒然草 全訳注』(講談社学術文庫、昭和五七年六月)
(3) 『角川古語大辞典』より。次節の「なほ」も同辞典による。
(4) 本文「いとめづらしく、ふるきゆゑあらん」(正徹本)の箇所、烏丸本等では「いとめづらし。ふかきゆゑあらん」となっている。
(5) この点、蔦尾和宏氏のご教示による。氏には後に成稿の予定があるが、ここに了解をとって紹介した。氏の学恩に対し、厚く感謝申し上げる。
(6) したがって、神官からすればこの話は、子どものいたずらに辟易しているところに突然共感者が現れて少し愚痴を吐き出すことができた、というものになるだろう。
(7) 新編日本古典文学全集『方丈記 徒然草 正法眼蔵随聞記 歎異抄』(小学館、平成七年三月)は、同段に対する頭注で「子供の悪戯の結果を、何か特別の神意ででもあるかのように受け取った聖海上人は、そこで笑い飛ばされる。上人の言葉に感心する一行の姿も同時に笑いの対象として、はなはだユーモラスに描かれており、それだけかえって兼好の批判は痛烈である」と述べるが、本稿中で指摘した通り、一行が上人の言葉にそれほど感動しているようには、稿者には読み取れない。さらに細かいことをいえば、書き手は上人を冷笑しているようではあっても、決して笑い飛ばしてはいないだろう。そもそも、「笑い飛ばす」とは「笑って問題にしない。まともに取り合わないで笑ってすませる」(『日本国語大辞典』)の意である。

(8)　神官の言葉にある通り、狛犬へのいたずらは日常化していたのであり、上人たち以外にこの狛犬を目撃した参詣客も、少なくなかったはずである。

(9)　ここのみ、『旺文社古語辞典』第一〇版より。

(10)　稲田利徳「「徒然草」の誹諧的表現」(友久武文・湯之上早苗編『中世文学の形成と展開』〈和泉書院、平成八年六月〉、後に『徒然草論』〈笠間書院、平成二〇年一一月〉に収載)は、「聖海上人が珍しい狛犬の立ち様に感動したのは、丹波の出雲に参詣し、大社を勧請した社殿が、田舎のものとは思えないほどの荘厳さにうたれ、「ゆゆしく信」を起こしたためである。深い信仰心に浸る上人は、すでに先入観にとらわれ、対象を冷静に判断する力を喪失した」と指摘しており、首肯されよう。

(11)　「蹴入れさする」と使役表現が用いられていることに注意。なお前章でも触れたように、本段の一つ前は男女の密会を描いた第一〇五段、一つ後は女性批判を展開した第一〇七段であり、本段がそれらとの連想からここに位置付けられていること、疑いあるまい。

(12)　おそらく女は、上人の発言の内容自体は理解できたのではないか。もっとも、なぜ今そのようなことを言うのかは、理解できなかったであろうが。

(13)　ここにもやはり、「なほ」と見える。

(14)　いずれも三木前掲書。

(15)　第一四四段の明恵上人にしても、いかなる言葉も自分の領分(宗教的感性)に引きつけて理解してしまうのであれば、もはやそこに対話は成立しないだろう。本書中でも繰り返したように、理想的な語り・対話についてあれほど思考を巡らせていたこのテクストの書き手が、かかる対話の不成立を手放しで称賛していたとは思えない。明恵のすばらしさを認めつつも、彼我の違いを感じ、敬して遠ざけているといった理解が穏当かと思われる。

(16)　中学校の国語の教科書に、序段と並んで非常に高い頻度で収載されている段である。

（17） 三木前掲書。なお第五二段、とりわけこの法師が「徒歩」で参詣したことの意味については、稲田利徳「徒歩より詣づ――『徒然草』第五十二段の解釈とその周縁――」（『岡山大学国語研究』平成元年三月号、後に稲田前掲書に収載）に詳しい。

（18） うまいこと企んで喝采を得ようという魂胆・自己顕示欲が失敗を招く滑稽譚として、続く第五三段・第五四段とともに、これら仁和寺の法師にまつわる三つの段は共通するものを有していよう。

（19） 第二三六段は、「ゆかしがりて」わざわざ尋ねる話であった。ここでも両段は、まさに好一対をなしている。

（20） そもそもこの法師が山に登らなかったのは、「徒歩」で参詣したため単に疲れていたからという可能性はないか。なお、仁和寺から石清水までは、現代の道でも歩いて四時間以上は要する。

（21） 第六〇段の盛親僧都などが、これに当てはまる一人であろう。

跋章　随筆の誕生――式部から兼好へ

一

つれづれなるままに、日ぐらし硯に向かひて、心にうつりゆくよしなしごとをそこはかとなく書き付くれば、あやしうこそ物狂ほしけれ。

改めて『徒然草』の書き出しをあげる。この極めて著名な序段において兼好(ここでは、ひとまずそう呼んでおこう)が、自分が筆を執った所以を「つれづれ」な状態に求めていることは、ひとまず認められるであろう。一日暇で特にすることもないので、硯に向かった。一読すると自明のことのようであるが、他の古典籍をひもといてみると、「つれづれ」な状態と書記行為との結びつきは、必ずしも月並みなものとはいえないことが知られる。

例えば、『枕草子』において清少納言は、

つれづれなぐさむもの。碁。双六。物語。三つ四つのちごの、物をかしう言ふ。また、いと小さきちごの、物語し、たがへなど言ふわざしたる。くだ物。男などのうちさるがひ、物よく言ふが来たるを、物忌なれど、入れつかし。

と見える通り、「つれづれなぐさむもの」として「硯に向か」うことをあげていない。「碁。双六」はともかく、右の一節からは、彼女が「物語」こそを「つれづれなぐさむもの」と見ていたことがわかるだろう。

『枕草子』以外ではどうか。『和泉式部日記』(1)には

心のどかに御物語、起き臥し聞こえて、つれづれもまぎるれば、参りなまほしきに、御物忌過ぎぬれば、例の所に帰りて、今日はつねよりもなごり恋しう思ひ出でられて、わりなくおぼゆれば、聞こゆ。

と見える。『更級日記』も、同じ時間を過ごす友人たちとの「物語」を描く。

うらうらとのどかなる宮にて、同じ心なる三人ばかり、物語などして、まかでてまたの日、つれづれなるままに、恋しう思ひ出でらるれば、二人の中に、

袖濡るる荒磯波と知りながらともにかづきをせしぞ恋しき

と聞こえたれば、

荒磯はあされどなにのかひなくてうしほに濡るる海人の袖かな

いま一人

みるめおふる浦にあらずは荒磯の波間かぞふる海人もあらじを

同じ心に、かやうにいひかはし、世の中の憂きもつらきもをかしきも、かたみにいひかたらふ……。

この他、既に本篇中でも触れた

先つ頃、雲林院の菩提講に詣でてはべりしかば、例人よりはこよなう年老い、うたてげなる翁二人、嫗といきあひて、同じ所に居ぬめり。「あはれに、同じやうなるもののさまかな」と見はべりしに、これらうち笑ひ、見かはして言ふやう、「年頃、昔の人に対面して、いかで世の中の見聞くことをも聞こえあはせむ、このただ今の入道殿下の御有様をも申しあはせばやと思ふに、あはれにうれしくも会ひ申したるかな。今ぞ心やすく黄泉路も

まかるべき。おぼしきこと言はぬは、げにぞ腹ふくるる心地しける。

雲林院の菩提講において、講師が登場するまでの無聊を語りによって慰めるという設定を有する『大鏡』、そして『源氏物語』雨夜の品定めなども、これらに加えてよいだろう。いずれにしても、対面の語りと「つれづれ」とは、強く結びつくものとして認識されていた。この認識が中世に入ってもなお有効であったことは、

世間の男女・老少、多く、交会に婬色等の事を談ず。これを以て、心を慰むるとし、興言とする事あり。一旦、心を遊戯し、徒然も慰むに似たりと云へども、僧は最も禁断すべき事なり。

と見える『正法眼蔵随聞記』「一ノ十七」の一節からも認められる。

ところが『徒然草』は、「つれづれ」を、「語る」ことではなく「書く」ことで慰めると宣言した。本稿はこのことを、同テクストの性格を考える上で無視できない、重要な鍵と見てこれまで論を進めてきた。その中で、とりわけ「第一部」に消息的な性格を認め、「見ぬ世の人」へ宛てた消息の如きテクストであった可能性に言及した。いったい、消息には、「同じ心」の対話を可能にする力があったと見なければなるまい。例えば『和泉式部日記』には、

よそにても同じ心に有明の月を見るやとたれに問はまし

われならぬ人も有明の空をのみ同じ心にながめけるかな

われひとり思ふ思ひはかひもなし同じ心に君もあらなむ

などと「同じ心」を詠み込んだ歌が繰り返し現れる。周知の通り、宮と女の間には様々な障碍が横たわっていたわけ

だが、それらを乗り越え、二人に、口頭では言い表せない思いのたけを吐露せしめたのが、

そののち日ごろになりぬるに、いとおぼつかなきまで音もしたまはねば、

「くれぐれと秋の日ごろのふるままに思ひ知られぬあやしかりしも

むべ人は」

と聞こえたり。「このほどにおぼつかなくなりにけり。されど、

人はいさわれは忘れずほどふれど秋の夕暮ありしあふこと」

とあり。あはれにはかなく、頼むべくもなきかやうのはかなしごとに、世の中をなぐさめてあるも、うち思へばあさましう。

という宮との贈答の場面に見える、「頼むべくもなきかやうのはかなしごと」である「文」だったのである。この点に言及した石坂妙子氏は「十月末のこの贈答歌は、これまで二人を隔てようとしてきた外的要因である身分的懸隔や女にまつわる多情の噂、周囲の人々の非難・中傷を克服して、他の介在を許さない二人だけの小宇宙が形成しえたことの証と読むことができる」と論じているが(2)、首肯される意見であろう。もちろん、例えば敬語を用いないなど、和歌は基本的に身分差を問わない表現様式であったともいえようが、同時に、消息のやりとりを続ける過程で、他見を憚り当事者の二人のみが存在を許される時空が出現したことが重要なのではないか。

さらに「書く」ことにしても「読む」ことにしても、「文」とは畢竟、ただひとりでなされる営みである点を看過すべきでない。確かに、既に何度か取り上げた『無名草子』の一節、

遥かなる世界にかき離れて、幾年あひ見ぬ人なれど、文といふものだに見つれば、ただ今さし向かひたる心地して、なかなか、うち向かひては思ふほども続けやらぬ心の色もあらはし、言はまほしきことをもこまごまと書

き尽くしたるを見る心地は、めづらしく、うれしく、あひ向かひたるに劣りてやはある。

等に端的に示されているように、「文」は書き手・読み手の双方に対して、「ただ今さし向かひたる」という思いを喚起せしめる。しかし、それはあくまで「心地」であって、現実ではない。「文」がひとりでなされる営為である以上、互いの心中に措定された相手とは、自らが胸中に作り上げた架空の、あえていってしまえば、都合のよい存在に他ならないだろう。それは、直接対峙したときに、ともすれば惹起しかねない違和感を捨象した理想の対話相手であり、(3) それゆえに(自己満足に陥る危険すら内包した)共感が形成されるだろう。兼好はこの「文」の力を恃んで、『徒然草』という新しいテクストを作り上げたととらえたいのである。

二

思うに、かかる書記テクスト＝「文」の力を信頼したもう一人の存在こそ、紫式部であった。これも本篇中で既にあげた、『紫式部日記』「消息文」の跋文に就きたい。この中で式部は、

御文にえ書きつづけはべらぬことを、よきもあしきも、世にあること、身の上のうれへにても、残らず聞こえさせおかまほしうはべるぞかし。けしからぬ人を思ひ、聞こえさすとても、かかるべきことやははべる。されど、つれづれにおはしますらむ、またつれづれの心を御覧ぜよ。また、おぼさむことの、いとかうやくなしごとおほからずとも、書かせたまへ。見たまへむ。

以上のように、自らの書記行為を振り返っている。これらの言葉を信じるなら、彼女は「残らず聞こえさせおかまほしう」、すなわち憚ることなく語り尽くしたいという理由から「消息文」を書いたことになろう。

無論、これを額面通りに受け取るわけにもいくまい。実際には消息の中だからといって、いかなることでも思うがままの内容が書き得るなど、ないからである。

しかし少なくともかかる「消息文」の存在は、紫式部が実際の宮廷生活においては、このような自説の披瀝ができなかったことを逆説的に証明するものではなかったか。例えば、極めて著名な逸話であるが、

「をのこだに才がりぬる人は、いかにぞや、はなやかならずのみはべるめるよ」と、やうやう人のいふも聞きとめて後、一といふ文字をだに書きわたしはべらず、いとてづつに、あさましくはべり。

と見えるように、漢字の「一」という文字すら書けないと偽らなければならないほどに、紫式部は「過敏で深刻な状況」(4)にあった。

次にあげた「消息文」の一節は、彼女が夫亡き後、いかに本音を隠して生きてきたかを述べた部分である。

よろづつれづれなる人の、まぎるることなきままに、古き反古ひきさがし、行ひがちに、口ひひらかし、数珠の音高きなど、いと心づきなく見ゆるわざなりと思ひたまへて、心にまかせつべきことをさへ、ただわがつかふ人の目にはばかり、心につつむ。まして人の中にまじりては、いはまほしきこともはべれど、いでやと思ほえ、心得まじき人には、いひてやくなかるべし……。

侍女たちの目すら気にして行動を自制し、まして宮中への出仕後は自分に向けられる好奇の視線を思い、いいたいことがある場合でも「心得まじき人には、いひてやくなかるべし」と口を閉ざしていた。右にあげた箇所のすぐ後には、以下のような吐露も見える。

物もどきうちし、われはと思へる人の前にては、うるさければ、ものいふことももの憂くはべり。

それ、心よりほかのわが面影を恥づと見れど、えさらずさしむかひまじりゐたることだにあり……。

もはや「ものいふこともものの憂」い状態にあった彼女は、他者と向かい合った際、「心よりほかのわが面影を恥づ」、すなわち本心とは異なる自分の表情を恥ずかしく思うが、やむを得ず面と向かって座っていることすらあると述べるなど、式部は思うがままに発言できない憂いを抱えていたのである。(5)

そして、これはひとり彼女のみが置かれていた特殊な状況では決してなく、

またうれしう御心にあふ事候ふとも、言葉に「うれしや、ありがたや」などおほせごとあるまじく候ふ。(6)

たとへば人のうへをそしり、にくみなどしても、しのぶ事をいひあらはし、うちささめきなど、かたへの人の候はんに露ばかり言葉まぜさせおはしまし候ふまじく候ふ。

などと『阿仏の文』にある如く、女房社会という狭く閉鎖的な空間において、当然のように必要とされる語りの自制であったと思しい。これも既に見たように阿仏尼は、娘に対して他人の悪口はもちろん、嬉しいことであっても、無遠慮に言葉にすることに強い自制を求めていた。消息的テクストは、このように制御を余儀なくされる口頭の語りを補完する側面があったのではないか。いや、より正確にいえば、口頭での語りを模しつつ、言葉が発せられる空間を恣意的に作り上げたものと見るべきかもしれない。当然のことながら、読み手の性質およびそれとの関係性によって、記される内容はおのずと限定されるのであり、繰り返すが何の制約もない自由な言説空間など、もとより存在しないからである。

三

前節で見た語りの自制について、ここには女房という身分、女性という性別がもたらした問題という側面もあったであろう。紫式部は『源氏物語』においても、かかる状況を鮮やかに剔抉してみせる。一例として「夕霧」の巻から、柏木亡き後夕霧に言い寄られて苦悩する未亡人・落葉の宮の噂を耳にして、心から同情する紫の上の言葉である。

女ばかり、身をもてなすさまもところせう、あはれなるべきものはなし、もののあはれ、をりをかしきことをも見知らぬさまにひき入り沈みなどすれば、何につけてか、世に経るはえばえしさも、常なき世のつれづれをも慰むべきぞは……心にのみ籠めて、無言太子とか、小法師ばらの悲しきことにする昔のたとひのやうに、あしき事よき事を思ひ知りながら埋もれなむも言ふかひなし、わが心ながらも、よきほどにはいかでたもつべきぞ、と思しめぐらす……。(456)

宮中女房でなくとも、「女」という存在であるだけで「ところせう」、思ったこと・感じたことも「心にのみ籠め」るなど、自由な発言が憚られた。確かに「これは言葉を奪われたもの、表現を奪われたものの不満」[(7)]といえるだろう。発言を自制する余り、「わが心ながらも、よきほどにはいかでたもつべき」と懊悩する紫の上は、自然

手習などするにも、おのづから、古言も、もの思はしき筋のみ書かるるを、さらばわが身には思ふことありけりとみづからぞ思し知らるる。(「若菜上」88)

と見える如く、書記行為に身を委ねていった。

さて、右にあげた一節中にある「手習」こそは、自由な発言の可能性を奪われた紫の上が、まず救いを求めた書記

行為であったと思しい。もとより、手習とは筆の練習の謂であるが、同時に、心に思うままに古歌などを書きすさぶ営みをも意味した。例えばこれも既述だが、

　つれづれなるままに、いろいろの紙を継ぎつつ手習をしたまひ、めづらしきさまなる唐の綾などにさまざまの絵どもを書きすさびたまへる……。　（「須磨」200）

流浪後、孤独の憂いの中で筆を執った光源氏の例などが想起される。

『源氏物語』から、もう一例あげておこう。男君らとの対話から逃避を試み出家した浮舟も、紫の上同様、手習に心情吐露の場を求めていた。

　思ふことを人に言ひつづけん言の葉は、もとよりだにはかばかしからぬ身を、まいてなつかしうことわるべき人さへなければ、ただ硯に向かひて、思ひあまるをりは、手習をのみたけきことにて書きつけたまふ。

　「亡きものに身をも人をも思ひつつ棄ててし世をぞさらに棄てつる

　今は、かくて、限りつるぞかし」と書きても、なほ、みづからいとあはれ、と見たまふ。　（「手習」341）

これらの例において、手習はもはや単なる手すさびの次元にとどまっていない。紫の上の場合、「わが身には思ふことありけりとみづからぞ思し知らるる」と見えるように、自分自身すら気付いていなかった無意識下の思いを、「書く」ことによって見出している。[8] さらに、出家の決断が正しかったことを訴えんとする浮舟の手習の言葉は、最初から自分自身に向けて発せられており、にもかかわらず「なほ」と反転することによって、彼女の本心ではないことすら明らかにされる。「手習をのみたけきこと」とあり、山田利博氏が鋭く指摘しているように、「本来無目的、無意識的であるはずの手習歌が、非常に意識的なものに変質していることを窺わせる」[9] のである。

二人の女君の例からは、手習、すなわち書記行為が現実の対話を救済するもの、および単なる代替にとどまらず、

書き手の無意識の領域すら照らし出す可能性を持つものとして立ち現れており、「消息文」などと根を同じくする性格を認めることができよう。右にあげた箇所の中に「つれづれなるままに」「ただ硯に向かひて、思ひあまるをりは」という『徒然草』序段との表現上の一致が認められることも、単なる偶然では片付けられまい。(10)

しかしながら、「消息文」と手習の間には、また大きな径庭が存在していることも無視できない。前述の通り、手習とは本来(古歌か自詠歌かの違いこそあれ)ひとりで和歌を書きすさぶものであり、人の心の有り様等について論じた前掲の諸テクストとは、その内容を大きく異にしているのだ。

かかる内容の差異が生まれた所以は、手習が基本的に他者への伝達を前提としていない点に求められるだろう。第一篇第三章―二でも取り上げた『十六夜日記』鎌倉滞在記などのように、手習が他者に届けられたものは確かに存在する。しかし、手習の伝達性はあくまで存外のものに過ぎず、ほとんどの場合が「詠歌主体の意志やその存在の有無とは一切関係なく伝達され」(11)たものなのである。他人に読まれないものである以上、自らの意見の開陳などは記されるべくもない。

対照的に雨夜の品定めなどは、一人ないし複数の聞き手の存在を前提としており、それゆえに様々な自説の開陳が可能になったのではなかったか。気の置けない友人などとの語り合いは、おそらく最も共感を生み出しやすい空間であったろう。このような空間設定は、必然的に批評的な内容を要請したはずである。(12)例えば今あげた雨夜の品定めをはじめ、『源氏物語』「蛍」に見える光源氏による物語論、『今鏡』「有栖川」に見える、令子内親王家の女房たちによる以下の如き『源氏物語』批評、

北の方のつまなる局、妻戸たてたりければ、「月も見ぬにや」とおぼしけるに、うちに源氏読みて、「榊こそいみじけれ」「葵はしかあり」など聞こえけり。

同様に若い女房たちによる座談によって批評が展開される『無名草子』など、指摘するに枚挙にいとまあるまい。「独白でなく、対話において、精神はより批評的であり反省的でありうる」[13]のである。そして、『紫式部日記』「消息文」も、これらのテクストの系譜上に位置する。既述の通り「消息文」が批評的な言説[14]を含みこんでいたのも、このテクストが読み手に語りかけるように記された消息(に近しい存在)であったことの、必然的な帰結であった。

ただし繰り返すが、書記行為とは畢竟ひとりの手になる営み以外の何かではあるまい。複数の人間の存在を前提とする実際の語りの場との懸隔は、やはり小さくないものがあったであろう。孤独な書記行為が、受け手の共感を求める語りの場以上のものを、いかにして成立させたのかが問われなければならない。例えば女性論や物語論を展開した『無名草子』が、発言者以外にも聞く側に回る女房をテクスト上に仮構し、さらにはそれら女房たちのお喋り全体の聞き手役として老尼を登場させていたのは、そうしなければ、ことさらに書き記した批評の言葉が、受け手を持たず宙に浮いてしまうのを回避するためではなかったか[15]。

実際にやりとりされる消息そのものにしても、宛先の存在は必須なものに他なるまい。「語る」ことであれ「書く」ことであれ、表現行為である以上、受け手の存在は不可欠なはずである。「消息文」の書き手たる紫式部は、間違いなく、かかる問題に気付いていていた。

　斎院に、中将の君といふ人はべるなりと聞きはべる、たよりありて、人のもとに書きかはしたる文を、みそかに人のとりて見せはべりし。

「消息文」は右にあげたように、斎院方の女房であった中将の君の消息を瞥見したことを早い段階で明示し、さらに第二節にあげた、

　されど、つれづれにおはしますらむ、またつれづれの心を御覧ぜよ。また、おぼさむことの、いとかうやくな

しごとおほからずとも、書かせたまへ。見たまへむ。

という、テクストの読み手に対し筆を執るよう促す言葉をもって締めくくられていた。結果、「消息文」のすぐ前と後とにおいて、書き手が消息の受け手の立場へと移行しているわけで、実際の語りの場のように、語り手と聞き手が交互に入れ替わるものへと近似させているのである。前述の『無名草子』同様、書記テクストによって日常の語りに近しいものを作り上げるための、筆の意匠と見るべきではあるまいか。(16)

消息的テクストの問題はこれにとどまらない。「つれづれ」の慰み、日常のお喋りに近しい性格を有するということは同時に、記された中身があえて書記化するほどの価値を持たない、まさに「やくなしごと」である可能性を包含していよう。実際に会って話せば済む程度のことを、わざわざ筆にする必要への疑問が、常につきまとわざるを得まい。

『紫式部日記』「消息文」には、主家の慶事の記録という前提があったことを見逃してはならない。この書き手は、中宮に仕える女房という立場に執拗にこだわることにより、筆を執る根拠を確保した。(17)「消息文」は、単独では存在理由を持ち得ない。記録の中に紛れ込ませる形でしか、成立しなかったろう。

筆を執った兼好が真っ先に直面した問題も、まさにこれだったのではないか。彼は自身が書記テクストを執筆する根拠を創造しなければならなかったに違いない。そこで要請されたのが、「賢木」から「須磨」にかけての、無聊を筆で慰める光源氏であったこと、これも本篇中で詳述してきた通りである。そして、自分自身とは遠く離れた書き手像を仮構したことで、兼好はまた別の問題に直面することとなった。

自ら選んで言葉を書き記す。その内容がいかなる類いのものであったとしても、それはまさしく、もうひとりの自分を紙の上に作り上げる・可視化する営みに他ならないだろう。

四

無論、そうして紙の上に現れた言葉の数々を、現実の作者本人のそれとそのまま同一視すべきでない。物語における語り手と作者の関係を思い浮かべればよい。語り手とは、テクストの枠組みにしたがって仮構された存在に過ぎないからである。いや、無理にテクスト論の如きものを持ち出す必要もあるまい。どれほど推敲を重ねて思いを言葉にしたところで、自分の声を録音して聞いたときのような違和感を、完全に払拭することは不可能だ。

そして本書が俎上に載せてきた消息的テクストの場合、かかる違和感は特に大きいものだったのではないか。消息的テクストとは特定の読み手をひとまず限定することで、私的で閉じられたテクスト空間を仮構し、書き手に発言を保証しようとするものであった。そこでは日常の語りがそうであるように、消息的テクストの言葉もしばしば逸脱し、過剰に陥ってしまう。違和感は膨れ上がり、やがては書き手を裏切ることになるだろう。

例えばこれもよく知られた、『紫式部日記』「消息文」における清女批判、

清少納言こそ、したり顔にいみじうはべりける人。さばかりさかしだち、真名書きちらしてはべるほども、よく見れば、まだいとたらぬこと多かり。かく、人にことならむと思ひこのめる人は、かならず見劣りし、行末うたてのみはべれば……。

かくの如き過激さはどうだろうか。もっとも、これを紫式部の本音が思わず吐露されたものと、作者の本心に安易に

直結させて議論すべきではない。「消息文」内の言説は、「純粋に中宮女房たる存在として仮構された主体[18]」によってなされたものに他ならないからである。その「仮構された主体」にしたがって、書かれるべき内容もおのずと定められる。如上、「消息文」は極めて戦略的にテクストに持ち込まれた存在であった。

しかし、いかに戦略的に記されたものであったとしても、右に見た過剰さが全て書き手の思惑通りであったとも、稿者には思えない。これらの言説は、遮るものを持たない「消息文」という枠組みの中で自律的に肥大化し、当初に思い描いていたものをはるかに越えて表出されたのではなかったか。

かくして、式部は筆を擱いた。「消息文」の擱筆直前には、

それ、罪ふかき人は、またかならずしもかなひはべらじ。さきの世知らるることのみ多うはべれば、よろづにつけてぞ悲しくはべる。

という一節が見える。この部分に対して、福家俊幸氏は「突出しすぎた自我を痛感したからこそ、このような叙述が反動として定位されねばならなかったのである[19]」と述べているが、「突出しすぎた自我」とは、「消息文」内に可視化されたもうひとりの自分のことに他ならないだろう。

そもそも、右の一節は

人、といふともかくいふとも、ただ阿弥陀仏にたゆみなく、経をならひはべらむ。世のいとはしきことは、すべてつゆばかり心もとまらずなりにてはべれば、聖にならむに、懈怠すべうもはべらず。ただひたみちにそむきても、雲に乗らぬほどのたゆたふべきやうなむはべるべかなる。それに、やすらひはべるなり。

という、出家への憧れとためらいを告白した箇所に続くものである。求道への思いを口にしながらも、「罪深き」自らを省みては逡巡を見せる。この「罪[20]」は、単に女人罪業論を述べただけではあるまい。これらが「消息文」の末尾

に現れることを思えば、石坂妙子氏が指摘する通り、辛辣な他者批評を繰り返してきた自身の「『ものいひさがなき罪』である「語り手の業[21]」」ともとらえられるはずである。「ひたみちに」出家してもなお制御しきれないであろう語りの「業」の深さを、式部は予感していた。その予感の正しさを裏付けるかのように、『無名草子』の老尼も、

八十あまり三年の春秋、いたづらにて過ぎぬることを思へば、いと悲しく、たまたま人と生まれたる思ひ出でに、後の世の形見にすばかりのことなくてやみなむ悲しさに、髪を剃り、衣を染めて、わづかに姿ばかりは道に入りぬれど、心はただそのかみに変はることなし。

と述べる。彼女は、出家でも満たされない憂いを抱えて彷徨し、やがて女房たちの語りの空間に迷い込んだ。中村文氏が指摘するように[22]、出家の代わりに「後の世の形見」となり得たものこそ、「文」であったと思しい。

いみじかりける延喜、天暦の御時の古事も、唐土、天竺の知らぬ世のことも、この文字といふものなからましかば、今の世の我らが片端も、いかでか書き伝へましなど思ふにも、なほ、かばかりめでたきことはよもはべらじ。

（『無名草子』）

右に見える如く、「感情を表現し記録し、人の心にはたらきかけて現前しない時空を再現させる言葉の機能」ゆえに、「無名なまま生きて死ぬ、取り立てて優れたことのない人間であってもその折々に得る経験や感情はあり、それは時の流れに従って消えていくしかないが、文字を通して定着することでわずかに生の証を留めることができる[23]」のである。

本節の冒頭で述べた通り、「書く」こととは、紙の上に自らを浮かび上がらせる営みに他ならない。時間の経過とともに変わりゆく自分を、今につなぎ止めようとすること。そして、取るに足らない自分という存在の「片端」だけ

でも、他の誰かの記憶の中にとどまるように願うこと。それこそ、人が書記行為、とりわけ消息的テクストに託したものであったろう。

しかしもう一度述べるが、かかる書記行為はやがてそれ自体が自己目的化し、書き手に書記行為へのさらなる欲求を生じせしめよう。自らの表出への飽くなき欲求に耐えかねてか、式部は出家への思いを口にした。最末尾、

かく世の人ごとのうへを思ひ思ひ、はてにとぢめはべれば、身を思ひすてぬ心の、さても深うはべるべきかな。何せむとにかはべらむ。

「消息文」（という書記行為）を振り返り、彼女は「何せむとにかはべらむ」と嘆息して、これ以上の継続を放棄してしまう。

そして、紫式部が放り投げた筆を、今一度拾おうとしたのが兼好だったのではないか。「つれづれ」を理由に筆を執り、消息のように限定された、「同じ心」の読み手に向けて言葉を書き連ねると宣言することで、「やくなしごと」ともいうべき私見の開陳を可能にする書記行為。兼好『徒然草』は、式部「消息文」とその枠組みを同じくする、文学史的後継と呼び得る存在であったと思われるのである。

兼好も式部と同様、『徒然草』の中で幾度も、何もかも捨て仏道に専心すべきことを書き記している。[24]「ひたぶる」（第一段）な出家を求めながらも、語り伝えることへの欲求を捨て切れずに筆を執り、筆を執れば制御を越えたテクストへの違和感から、筆を擱くことを思う。消息的テクストの書き手たちは、メビウスの輪の如きかかる円環の中をたゆたっていた。

さらに縷述の通り、『徒然草』「第一部」において兼好は、閑居の無聊を文事で慰める隠遁文人というテクストの書き手像を匂わせ、自身の存在をその影に隠すことで、『徒然草』を成り立たせようとしていた。書き続ければ続ける

ほどに、書き手と自身との懸隔は広がっていったであろう。かかる書き手の像を捨象してなお執筆を続けるための模索の跡こそ、『徒然草』「第二部」そのものであったというのが、本書が第二篇で論じてきたことの大まかなまとめとなろう。

近世期以降、いわゆる「随筆」が数多く記されるようになる。しかしそれでも『徒然草』に匹敵するほどの雑多性を持つテクストは、およそ見出し得ない。過剰な主張をなるべく回避し、文体も内容に呼応して柔軟に変化するなど、『徒然草』は徹底して意匠が凝らされている。それは「書く」ことの持つ、執筆者をもたやすく飲み込んでしまう前述の特性を深く認識していたがゆえの、自己抑制ではなかったか。(25)

「すべて何もみな、事の調ほりたるはあしきことなり。し残したるをさてうちおきたるは、おもしろく、いきのぶるわざなり。内裏造らるるにも、かならず造りはてぬ所を残すこと也」と、ある人申しき。先賢の作れる内外の文にも、章段の欠けたることのみこそ侍れ。（第八二段）

『徒然草』は、書き手を仮構し、消息的に書き記すという、執筆の劈頭から極めて自覚的な書記行為であった。読む者を幻惑する極めてふぞろいなその外貌は、書き伝えるべき根拠を持たないテクストが「いきのぶる」(26)ための戦略であったと思われる。

本書で扱った消息的テクストの歴史は、書記行為の可能性を広げていく歴史であった。『徒然草』はその極北に位置しよう。それは「消息文」や、あるいは芸道の師匠たちのテクストの如き、消息のように書き記すという書記行為の蓄積があってはじめて生まれるものであり、そしてそこに「書く」ことと格闘し筆を揮い続けた、兼好の個人的な資質が加わって誕生した、極めて革新的な成果だったのである。

（1）　三木紀人「「つれづれ」ということ――源泉にふれつつ――」（『国文学 解釈と教材の研究』平成元年三月号）は、久保田淳氏による新日本古典文学大系『徒然草』の脚注を参照しつつ、『和泉式部集』に「つれづれなりしをり、よしなしごとにおぼえしこと、世の中にあらまほしきこと」という『徒然草』序段に通じる詞書が見られることを指摘する。

（2）　「『和泉式部日記』反転する世界――「おなじ心」と「こころづきなし」と――」（『平林文雄教授退官記念論集――平安日記文学の研究』〈和泉書院、平成六年一〇月〉、後に『平安期日記文芸の研究』〈新典社、平成九年一〇月〉に収載）。この他、和歌という「文」を媒介に、二人が「同じ心」につながることをこのテクストの主題と見るものに、秋澤亙「帥宮の美質――『和泉式部日記』〝折を過ぐさず〟から〝おなじ心へ〟――」（『国学院雑誌』平成二年一月号）。

（3）　『紫式部日記』「消息文」も、日本古典文学大系『枕草子 紫式部日記』（岩波書店、昭和三三年九月）所収の秋山虔氏の解説にあるように、「作者は自己の内部の、自己のもっとも理想的な理解者である他者に向って語りかけてい」たと思しい。

（4）　池田和臣「『源氏物語』の言語状況――物語行為の喩としての、色好みのことば――」（上坂信男編『源氏物語の思惟と表現』〈新典社、平成九年二月〉、後に『源氏物語　表現構造と水脈』〈武蔵野書院、平成一三年四月〉に収載）

（5）　この部分、『徒然草』第一二段、第一七〇段などが想起されよう。

（6）　村井幹子「『紫式部日記』の主題と構造――《作者の憂愁の思い》を担う表現「憂し」と「消息」体跋文との関わり――」（中野幸一編『平安文学の風貌』〈武蔵野書院、平成一五年三月〉、後に『紫式部日記の作品世界と表現』〈武蔵野書院、平成二六年三月〉に収載）は、「〈作者の憂き思い〉の表出のほとんどが、直接、間接を問わず作者の「ものいう行為」（表出行為）に関わるものであった」と述べる。

（7）　清水好子『源氏の女君』（塙新書、昭和四二年六月）

（8）　この箇所に対し、後藤祥子「手習いの歌」（『講座源氏物語の世界』第九集、有斐閣、昭和五九年一〇月）は、「意識下のものを掘り起こすと同時に、人は歌によって新たな自己を築いている」と考察している。

（9）　「源氏物語における手習歌――その方法的深化について――」（『中古文学』昭和六一年六月号、後に『源氏物語の構造研究』〈新典社、平成一六年二月〉に収載）

(10)　荒木浩「心に思うままを書く草子――徒然草への途――（上）」（『国語国文』平成元年一一月号、後に『徒然草への途――中世びとの心とことば』〈勉誠出版、平成二八年六月〉に収載）

(11)　山田前掲書。

(12)　福家俊幸「『紫式部日記』消息的部分の方法――語りと書簡の関係――」（守屋省吾編『論集日記文学の地平』〈新典社、平成一二年三月〉、後に『紫式部日記の表現世界と方法』〈武蔵野書院、平成一八年九月〉に収載）は、「この時代の仮名散文には、人物批評をものするための文体は存在しなかったと思われる。雨夜の品定めが会話という形で進行していたことは、むろん物語の筋立て上のこととはいえ、示唆的である。それは、当時、会話が人物批評に相応しい形態――文体であることを示しているのではないだろうか」と述べる。

(13)　秋山前掲解説。

(14)　したがって、必ずしも批評的な言説のみが要請されるわけではない。「消息文」にしても、宮廷生活の回顧や出家への思いなど、その内容は多岐にわたっている。なお「つれづれ」を慰める場において語られる物語・説話については、森正人「〈物語の場〉と〈場の物語〉・序説」（説話論集第一集『説話文学の方法』〈清文堂、平成三年五月〉、後に『場の物語論』〈若草書房、平成二四年九月〉に収載）、阿部泰郎「対話様式作品論再説――〝語り〟を〝書くこと〟をめぐって――」（『名古屋大学国語国文学』平成六年一二月号、後に『中世日本の世界像』〈名古屋大学出版会、平成三〇年二月〉に収載）などを参照のこと。かかる物語の類いと消息的テクストは、地続きの関係にあったと思しい。

(15)　『無名草子』同様、『源氏物語』などに対する「寂超の私見を披瀝する」（蔦尾和宏「『今鏡』「打聞」論――「敷島の打聞」を中心に――」〈『国語と国文学』平成一七年七月号〉）ことを目的に記されたと思しい『今鏡』巻十「打聞」も、

　この中の人の、「おぼつかなき事ついでに申さむ」とて、「万葉集はいづれの御時つくられ侍りけるぞ」と問ひしかば……。（「奈良の御代」）

あるいは

　またありし人の、「まことにや、昔の人の作り給へる源氏の物語に、さのみかたもなきことのなよび艶なるを、藻塩草

かきあつめ給へるによりて、後の世の煙とのみきこえ給ふこそ、えんにえならぬつまなれども、あぢきなく、とぶらひ聞こえまほしく」などいへば、返り事には……。(「作り物語の行方」)

などと、それまでは老媼の語りに口をはさむことのなかった聞き手(質問者)が突然姿を現す。これなども問答形式が「評論的文章には有効な方法」(竹鼻績『今鏡　全訳注』講談社学術文庫、昭和五九年六月)であったことに加えて、歌論や物語論を書き記す機会を持ち得なかった寂超(無論、建前の上では語り手の老媼だが、彼女にしても、老齢という歴史語りの根拠は有していても、例えば『万葉集』に関する私見を披瀝する根拠は、実は持ち合わせていない)にとって、聞き手の存在を明示することが、自説の開陳のためには不可欠だったことを示すものではないか。なお、菊地仁「口伝と聞書」(説話の講座第二巻『説話の言説――口承・書承・媒体――』勉誠社、平成三年九月)や蔦尾前掲論文などが指摘している通り、「打聞」は「私的・褻的」な語りの性格を有していたと思われ、消息的テクストとの近親性は看過し得ないものがある。

(16) 福家前掲論文などが指摘するように、稿者も、書簡の相手は仮構の存在と考えている。

(17) 石坂妙子「紫式部の位相――「見る」女房」(『新大国語』平成九年三月号、後に石坂前掲書に収載)

(18) 土方洋一「文章体としての『紫式部日記』の構造」(『青山学院大学文学部紀要』平成一五年、後に『日記の声域――平安朝の一人称言説』〈右文書院、平成一九年四月〉に収載)

(19) 「『紫式部日記』消息体考」(『早稲田大学大学院文学研究科紀要別冊(文学・芸術学)』平成元年一月号)

(20) 『徒然草』第一五七段には「筆を取れば物書かれ、楽器を取れば音を立てむと思ふ……仮にも不善の戯れをなすべからず」と見えた。書くことを「罪」と見なす認識は、このテクストの書き手も当然持ち合わせていた。

(21) 「『紫式部日記』の「語り」――「ものいひさがなき」紫式部――」(伊井春樹・高橋文二・廣川勝美編『源氏物語と古代世界』新典社、平成九年一〇月)

(22) 「『無名草子』冒頭部の構想」(『埼玉学園大学紀要　人間学部篇』平成一七年一二月号)

(23) 中村前掲論文。

(24) 第三八段・第五九段・第一〇八段・第一五五段・第一八八段・第二四一段など。まるで自分に言って聞かせているかのようなこれらの章段が、間を空けて断続的に現れるのは、表現行為に対する衝動と逡巡の円環を示唆するもののようにも、稿者には思える。

(25)「徒然なる心がどんなに沢山な事を感じ、どんなに沢山な事を言はずに我慢したか」（小林秀雄「徒然草」〈『文学界』昭和一七年八月号〉）。

(26)「いきのぶ」には、「生き延ぶ」「息延ぶ」の両説ある。

引用出典一覧

＊本文中の資料の出典は、以下によった。なお表記等、一部私に改めた箇所がある。

『正徹物語』『毎月抄』『ささめごと』……『日本古典文学大系』
『徒然草』『方丈記』『兼好法師集』『うたたね』『たまきはる』『閑居友』……『新日本古典文学大系』
『枕草子』(三巻本)『紫式部日記』『源氏物語』『無名草子』『堤中納言物語』『伊勢物語』『十訓抄』『讃岐典侍日記』『建礼門院右京大夫集』『土佐日記』『とはずがたり』『十六夜日記』『なぐさみ草(正徹)』『大鏡』『沙石集』『好色一代女』『和泉式部日記』『更級日記』『正法眼蔵随聞記』……『新編日本古典文学全集』
『夜の鶴』『今鏡』……『講談社学術文庫』
『なぐさみ草(貞徳)』……『日本古典文学影印叢刊』
『教訓抄』『極楽寺殿御消息』『愚管抄』……『日本思想大系』
『阿仏の文』『雑秘別録』『龍鳴抄』『夜鶴庭訓抄』(管絃・入木)『大槐秘抄』『胡琴教録』『成通卿口伝日記』……『群書類従』
『残夜抄』『木師抄』『新夜鶴抄』『龍鳴抄中不審儀』『知国秘抄』『管絃したたむる事』『一人口決』……『伏見宮旧蔵楽書集成』
『文机談』……『文机談全注釈』
『古今著聞集』『発心集』……『新潮日本古典集成』
『実家集』『続後撰和歌集』『後撰和歌集』『古今和歌集』『拾遺和歌集』……『新編国歌大観』

『庭のをしへ』……田渕句美子編『十六夜日記　阿仏の文』
『山槐記』……『史料大成』
『體源鈔』……『日本古典全集』
『越部禅尼消息』……『松平文庫影印叢書』
「藤原為家譲状」『明月記』……『冷泉家時雨亭叢書』
『しのびね』『海人の刈藻』『風につれなき』『我が身にたどる姫君』『小夜衣』……『中世王朝物語全集』
『河海抄』……『天理図書館善本叢書』
『白氏文集』……『新釈漢文大系』
『枕草子』(能因本)『猫の草子』……『日本古典文学全集』
『晩学抄』……『続群書類従』
『無名抄』『落書露顕』……『歌論歌学集成』
『本朝世紀』……『国史大系』
『耳袋』……『東洋文庫』
『安斎随筆』……『故実叢書』
『和泉式部集』……『私家集大成』

あとがき

　ここ数年、教育改革の重要性が叫ばれることが増えてきた結果、大学の授業などを積極的に公開する動きが広がっている。自分も、古典教育やその普及等に強い関心があることもあって、講義を録画してネット上にあげてみたり、ひとりで見直して改善につなげてみたりしている。だが、見直すたびに感じるのだが、映像というものは、伝えたい内容だけに留まらない様々な周縁の情報、いや、情報というのも大仰に過ぎるような、伝わって欲しくないノイズの如きものを、隠すことなく伝えてしまうものだ。それは主に挙動に現れるのだが、例えば「ここで思わず笑いを取ろうとして、失敗している」とか「手際よくプリントを配布するはずが、うまく数えられず内心焦っている」等々、自分で見せ方をコントロールできず空回りしているシーンを見ていると、恥ずかしさの余り思わず画面をそっと閉じることになる。もっといえば、本編中でも少しだけ触れたが、自分の声からして普段自らがイメージしているものとの違いに、誰しも一度は戸惑うものであろう。

　本書ではこれまで「書く」ことに焦点を当て、特に口頭でなされる対話との相似と差異に注意しながら、『徒然草』を読み直してきた。繰り返し述べてきた通り、書かれたものは時と場所を越えて存外の伝達性を発揮する他、面前では語り切れない内容を改めて吐露する機会ともなるといった特徴を持つ。そして、これらに加えて、伝えたい内容を書き手が十分にコントロールできるという点もまた、「書く」ことが持つ大いなる利点であったろう。紙の制約はあるにしても、幾度も推敲することができるし、一晩おいて読み直すこともできる。その過程で、自分の描くイメージに限りなく近づけることができる。実際に誰かの眼前で表現するときには隠し得ないものを覆うことを可能にする、それが「書く」という表現手段の特性だと思われる。

もちろん、書かれたものならば全て抑制が効いているのかといえば、決してそういうことにはならない。それどころか、例えばSNSを眺めていると、世のあれこれに対し真面目に意見しているようで、その実、書き手の単なる自慢になっていて、読んでいて物憂い気分にさせられるつぶやきに出会うことが少なくない。口頭での対話と異なり、「書く」という行為は基本、ひとり単独でなされるものである。例えば、そういう自慢をすることはデリカシーに欠けることだ、などと強く自分を律する気持ちを持っていない限り、歯止めを失い文章は幾らでもノイズに溢れ返ることになるだろう。そういえば兼好も「人のさまのよしあし、才ある人はそのことなど、定めあへるに、おのれが身に引き掛けて言ひ出でたる、いとわびし」(第五六段)と書いていたではないか。

今回改めて読み直してみて、数ある古典文学作品の中でも、自分がとりわけ『徒然草』に惹かれたのは、文章から右のような強いデリカシーを感じたからだと思い当たった。以下、主観的な印象に過ぎないと指摘されればそれまでだが、『徒然草』を読むと、例えば余計な解説は挟まない、中途半端な感想は加えないなどといった強い自己抑制を感じるのだ。私見を述べた章段においても、重箱の隅をつつくようなことは稀で、基本、自らが日常気になった小さなことから話を進めるといった、地に足の着いた安定感があるように思う。それはそのまま、兼好という書き手への信頼につながっていよう。少々褒め過ぎたか。

思うに、文章から書き手の人間性のようなものまで過剰に読み取られてしまうこと自体、「随筆(に近い文章)」が色濃く持つ性格ではあるまいか。例えばこれが論文なら、何よりも中身が第一、というか全てであり、その中身を語る論者の人となりが問われることは、ほとんどあり得ない。書き手の性格の悪さがにじみ出ている学術論文など、まずお目にかかれないはずだ。

だが、『徒然草』は論文ではない。もちろん、内容もある程度重要だろうが、同時に、それをいかに語っているか（書いているか）という点にこそ、魅力はあるのではないか。随筆のような文章（今なら、SNSのつぶやきなどもその一つであろう）を読むと、我々はその文章の向こう側に書いている「人」を見出し、その人の人間性を推し量ろうとする。時に共感し、時に反発し、いずれにしても他の誰かと言葉を交わしているかのように錯覚する。かかる幸せな錯覚をもう少し感じ続けるために、今後もしばらく『徒然草』と向き合っていたい。

もう一つ、本書には思い切って「中世文学表現史序説」という、分不相応な副題をつけた。自分でも、大きくでたなと思わざるを得ない。もう十年以上前、博士論文の口頭試問の際に、「本文中に『徒然草』への文学史的な見取り図を粗描した」とあるけれど、確かに本当に粗いね」と指摘されたことが今も忘れられない。事実になってしまっている謙遜ほど哀しいものはない。それでも懲りずに事事しい文言を用いたのは、自分の中で、文学史的な視座を持ち続けたいという、強い思いがあるからである。いったい、表現とは（と、これまた大きくでてしまった、本当にすみません）、突如現れた天賦の才能によって新しい何かが生み出されるようなものではなく、有象無象の表現行為の蓄積の中から、模倣と改変を繰り返しつつ成長していくものであろう。『徒然草』も、例外ではないはずだ。今回も非常に粗い画となったが、今後少しでも解像度を上げていければというのが、これまた分不相応な次なる目標である。

それにしても、怠惰な自分がここまで研究を続けてこられたのは、本当に数多くの人に支えられ、励まされてきたからに他ならない。ご迷惑になることを恐れ、いたずらに名前を列挙することは差し控えるが、お一人お一人に深く感謝を申し上げたい。ここに至るまで様々なことがあった。その折々に、自分を見捨てることなく、常に味方でいてくださった。ただただ深謝するばかりである。

最後に、紹介の労を取ってくださった渡部泰明先生、辛抱強く伴走してくださった編集の吉田裕氏に改めて心よりお礼申し上げます。

二〇一九年一月

中野貴文

初出一覧

序章　「随筆」という陥穽
　「『徒然草』のジャンル論」（荒木浩編『中世の随筆――成立・展開と文体』竹林舎、平成二六年八月）

第一篇　『徒然草』「第一部」の始発――「消息」という方法

第一章　「消息」の時代――中世文学史のなかの『徒然草』
　「『徒然草』第一部の文学史的性格について」『国語と国文学』平成一六年九月号

第二章　楽書の批評性――藤原孝道と「消息」
　「楽書の随筆性――藤原孝道のテキストを中心に」『国語と国文学』平成一四年六月号、及び「娘へのテキスト――楽書にまつわる一風景」『文学』平成一五年七・八月号

第三章　「文」の特質――阿仏尼と「消息」
　一　『阿仏の文』
　『乳母のふみ』考――文学史的な位置付けをめぐって」『国語と国文学』平成一五年一〇月号
　二　『十六夜日記』
　「中世――旅する女たち」『国文学　解釈と鑑賞』平成一八年一二月号、及び「『十六夜日記』鎌倉滞在記の消息的性格について」『中世文学』平成二〇年六月号

初出一覧

第四章　「つれづれ」と光源氏――無聊を演じること
「『徒然草』「第一部」と光源氏」『日本文学』平成二二年六月号

第二篇　『徒然草』「第二部」の転回――新ジャンルの創成

第一章　「よき人」の語り――不特定読者への意識
「『徒然草』における対話――「第二部」論にかえて」『国語と国文学』平成一七年四月号

第二章　つぶやく兼好――世継との交錯
「『大鏡』と『徒然草』――二つのことわざから」『文学』平成二三年一一・一二月号、及び「つぶやく兼好――第四一段小考」『東京女子大学日本文学』第一一二号（平成二八年三月）

第三章　心構えの重視――書記行為と「心」
「心構えの重視――『徒然草』のディレッタンティズム」『国語国文』平成一八年七月号

第四章　立ち現れる兼好――断片化が要請する実作者像
「『徒然草』の書き手」『文学』平成二三年一・二月号

第五章　「忍びやか」な精神――『徒然草』が目指したもの
「『徒然草』が依拠するもの」『国語と国文学』平成二四年五月号

付篇　各段鑑賞

一　第八九段――奥山に猫またといふ物
「『徒然草』奥山の猫又」（鈴木健一編『鳥獣虫魚の文学史――日本古典の自然観1　獣の巻』三弥井書店、平成二

三年三月）

二　第一〇五段——北の屋陰に消え残りたる雪
「『徒然草』の雪」（鈴木健一編『天空の文学史——雲・雪・風・雨』三弥井書店、平成二七年二月）

三　第二三六段——丹波に出雲といふ所
「背を向ける狛犬とすれ違う対話」（『ともに読む古典——中世文学編』笠間書院、平成二九年三月）

跋章　随筆の誕生——式部から兼好へ
書き下ろし

索　引

1. この索引は，『徒然草』の章段，および書名の索引である．
2. 配列は，現代日本語の発音による五十音順である．
3. 書名索引では，『徒然草』を除いた．

章段索引

書名索引

あ 行

か 行

さ 行

た 行

な 行

は 行

ま 行

や 行

ら 行

わ 行

中野貴文
1973年山口県生まれ.
1997年東京大学文学部卒業.
2005年東京大学大学院人文社会系研究科博士課程単位取得満期退学，博士(文学).
日本学術振興会特別研究員(PD)．熊本大学准教授を経て，現在，東京女子大学現代教養学部教授.
日本中世文学専攻.
著書に『大学生のための文学レッスン 古典編』(三省堂，2010年，共著)，『女学生とジェンダー──女性教養誌『むらさき』を鏡として』(笠間書院，2019年，共著)など.

徒然草の誕生 — 中世文学表現史序説

2019年2月26日 第1刷発行

著 者 中野貴文《なかのたかふみ》

発行者 岡本 厚

発行所 株式会社 岩波書店
〒101-8002 東京都千代田区一ツ橋2-5-5
電話案内 03-5210-4000
http://www.iwanami.co.jp/

印刷・精興社 製本・牧製本

ISBN 978-4-00-001410-6 Printed in Japan